W9-AST-024

Colección Tierra Firme

ANTOLOGÍA POÉTICA
[1960-1994]

HOMERO ARIDJIS

ANTOLOGÍA POÉTICA

[1960-1994]

DEPARTAMENTO DEL DISTRITO FEDERAL

FONDO DE CULTURA ECONÓMICA

MÉXICO

Primera edición, 1994

ISBN 968-16-4296-1

Impreso en México

A

Betty, Cloe y Eva Sofía

Tú no podrías hallar las fronteras del alma, aunque anduvieras el camino entero: tan profundo es su Logos.

HERÁCLITO

NOTA PRELIMINAR

Esta *Antología Poética* 1960-1994 incluye casi todos los poemas que he escrito entre esos años. He suprimido algunos y añadido otros. Las correcciones han sido mínimas. Cuando los poemas no tienen título, llevan la primera o las primeras palabras en versalitas

H. A.

LOS OJOS DESDOBLADOS

1960

CIRABEL
llego siempre a tu aposento
con una confusión de bocas
y una zozobra de hombre
a traerte la ofrenda cotidiana
de mis manos huecas
Más o menos
cuando la ceniza de la noche
se derrama sobre tus pupilas
como ante una ciudad inerme
Anudado tu grito de silencio
no me dices nada
y nos contemplamos
como si no existieran nuestros cuerpos

SOY LO que eres
miro por tus ojos
camino por tus pies
me levanto sin peso en ti
y me sumerjo en tus aguas
sólo conozco el sentido particular
que ha dado tu visión del universo
Soy tu risa meridiana
tus brazos en el aire
tus dedos desgranando un tiempo
compuesto del alba a la noche
Soy tú sin cuerpo
presente en toda la tierra
tu historia es la misma que la mía
desde la infancia siento a través de tus esporas
con los ojos ausentes

LLAMARÉ
hasta que las puertas de tu ciudad
fortificada con estatutos inviolables

me acojan como habitante
de la vida que en ti se desenvuelve
igual que la lluvia de silencio
sobre tu cabeza
Gradualmente me impregnaré de ti
hasta que sea humo en tu voz
luz en tus ojos
y haga sobre mis hombros tu futuro
Cuando llegue el otoño
te descubriré al rostro de los hombres
para que en tus vasos alimenticios
vengan a nutrirse de esperanza

Elle a la forme de mes mains
elle a la couleur de mes yeux

PAUL ÉLUARD

TIENE la medida de mi sueño
los ojos de mi infancia
ama lo que yo amo
lo que no retorna
lo que no llega todavía
se levanta en mis párpados
y de ahí hace volar sus sueños
Se desplaza y permanece
siempre es ella en todas partes
saludando al universo
Llena todos los días del mundo
y aún no nace porque no tiene fin
La encuentro en el silencio en la absolución
pero ella está dispersa respirando en todo
Si algún día llego a penetrar su alma
le daré vendimias de su cuerpo
el hombre el pasto la niebla

DÉJAME entrar a tu íntimo alfabeto
para saber lo tuyo por su nombre
y a través de tus letras

hablar de lo que permanece
y también de auroras y de nieblas
Déjame entrar para aprenderte
y girar en tu órbita de voces
hablándote de lo que me acontece
describiéndote a ti
Quiero dar testimonio a los hombres
de tus enes y tus zetas
desnudarte ante ellos como a una niña
para que todos se expresen con acento puro

SÉ QUE piensas en mí
porque los ojos se te van para dentro
y tienes detenida en los labios
una sonrisa que sangra largamente
Pero estás lejos
y lo que piensas
no puede penetrarme
yo te grito Ven
abre mi soledad en dos
y mueve en ella el canto
haz girar este mundo detenido
Yo te digo Ven
déjame nacer sobre la tierra

YO EL antiguo el nuevo
por el derecho que me da mi cráneo
hablo
en nombre de los que no tienen la segunda boca
para romper sus cápsulas de angustia
y digo
Nadie ha sido penetrado
el hombre
en su siniestra vocación de polvo
es intocable

TE ME vas haciendo alas
ya eres menos física que una palabra
flotas sobre mí ligera como aire
Te me vas haciendo imagen
porque cuando estoy contigo
quiero decirte algo
y la voz se me hace una paloma abstracta
Estoy lleno de ti como la tierra
me tienes inundado de tus ojos
eres más inaplazable que un segundo
Todo lo has podido haciéndote aurora
yo no puedo nada
soy demasiado noche
canto de luz muda luciérnaga

DIME una palabra sin vocales
que no denuncie lo definitivo
estoy cansado de ser irremisible
de proseguirme como un río
de este cero cumpliéndose en sí mismo

Haz volar pájaros sin fórmula

No quiero verte cuerpo ni sentido
ni que el día te imagine realizada

AL HABLARTE me escuchas
desnuda de conceptos
renuncias a ti misma
para volverte aire
y al vuelo de mis pájaros verbales
concibes la palabra
siempre virgen y madre
vas perdurando los instantes
en tu cintura poderosa
algún día

cuando pierda al mundo
me harás permanecer

CUANDO la nombran se purifica
vuelve atrás su mirada a los ojos de Dios
se le siente nacer otra vez intacta
como en las aguas del bautismo
bajo la blanda improvisación de su palabra
Se levanta vertical para envolvernos
con su inmensa estatura sin peso
flotando y sumergiéndose en el aire
y en la marcha lenta de su desdoblamiento
nos descubre la tierra
Cuando la nombran

LA MADRE UNIVERSAL

No estás solo,
vivo prolongándome en tus ojos,
por eso hay algo de mí que va contigo;
aunque ya lo has olvidado
el líquido simple de mis senos
sigue amamantando tu esperanza.
Agotarás tu horizonte
recorriendo los campos y los rostros,
y cuando pierdas el albergue de tu sombra,
estaré junto al fuego con Rebeca
para abrirte el hospicio de mi cuerpo.
No pediré testimonio de tus actos:
sólo habré de enseñarte la renuncia.

LOS OJOS DESDOBLADOS

Todo lo abrazarás tú,
rostro invisible y presente,
en ti claudicarán
los últimos promontorios
de la esperanza humana.
Recibirás en tu cuerpo
el peso del universo,
porque lo que está
es semilla desgranada de tus campos.
Tu hambre, infinita como tu fertilidad,
segará las espigas de ti misma,
porque nada de lo que existe te es ajeno.
No podrás juzgar a los que llegan,
sabes que el juicio y la absolución
penden de ellos
como el dolor y el placer,
y dividirlos
rompería tu medida.
No esperas nada, todo lo tienes tú.

Te hago nacer en mí
a cada instante,
eres una creación continua
como el tiempo en mis manos.
Primero te me diste inasequible
en una complejidad total,
pero tus equilibrios de geómetra
desmenuzaron el evento
y has persistido con tus leyes,
alzándote sobre mi universo
en una órbita perfecta.
Ya no esperes el eclipse,
está sembrado un momento
y un poema.

DETÉN tu caravana
El alfanje del día
se ha disipado en las colinas,
Ruth la moabita no siega los trigos
ni el hijo pródigo siembra sus distancias;
lo mismo hombres que camellos
han sido recogidos por la noche;
todo está más próximo en los campos,
las casas y los cuerpos
se hicieron un ojo apagado en las ciudades.
Ven,
te invito a que olvidemos
el símbolo del pez
y la apariencia de las bocas,
bajo el oasis de la luna rota.

DÉJAME
estoy lleno de ti,
no te perderé,
llevo conmigo tu esperanza invicta
y los diluvios de tu claustro;
he visto levantarse de tus pupilas
el sentimiento inaugural del hombre,
pero todavía no tengo la sangre
y la tierra y la palabra
no me pertenecen.

QUEDÉMONOS
los dos solemnes
en una activa, sólida
conjunción de nuestros cuerpos,
ocupándonos conquistadores
por todos lados,
quizá podamos
como hábiles taumaturgos
redimir del tiempo

un instante,
en la demostración suprema
de nuestros recursos
de continuidad.

CIUDAD destruida
yo te ocupo
con manos justas
para tus muertos.
Tantos ojos sin dueño
llenan tu nombre
de fruta y desperezo.
Mis dedos,
partidos como gajos,
no pueden nada con el día,
pero sobre tu cuerpo-penumbra
dejan caer su luna elemental.
Háblame de tu sangre,
la que se perdió en sí misma
por no quedarse sola.
Háblame de tu voz,
párpado abierto
cortado por el hombre
cuando se miraba aurora.
Háblame de ti.
Yo no sé nada,
ciudad destruida,
apenas levanto mi palabra
para decir que soy uno
y que te ocupo.

HOY ME desperté
con huecos profundos en el cuerpo,
te habías levantado sobre la medianoche
para cortarme el alba,
y ahora por los cráteres que abriste

me salgo todo
y me disperso por la tierra
sin voluntad de odio,
y sin el poder mínimo
de colgar tu nombre en la penumbra.

ANVERSO

No veo tu sonrisa entre mis labios
apurar la prolongada espera
en tu abandono de luciérnaga a la noche;
sólo tengo asida entre mis brazos
la inexpresable lucha
de penetrar en el bosque sin fondo de tu sueño
que empieza en la penumbra.
Sólo el afán de arañar las escamas de la tierra
y volcar la savia del origen
en tu canasto de riberas blandas,
para encontrarte a ti,
en el hueco de tus verdes plantaciones
como un todo revuelto entre mis manos.
Sólo mis párpados abiertos
confundidos en el incendio de absorberte
en tu acuario de humo,
bajo la soledad de unos cerebros desyelmados.
No veo tu presencia desdoblada
ahondarme y contenerme,
sólo mi furia de hombre
en las grietas de ti misma
persiguiéndote sin alcanzarte.
Sólo la noche posada en tus cabellos,
la noche raspándonos los ojos,
la noche uniéndonos y separándonos
como división eterna entre los cuerpos.

TENTATIVA DE ESCRUTINIO

Todo se nos ha ido:
la noche en que nos afirmamos
y tú me viste desde arriba
ciñendo tus rodillas
y yo miré la Vía Láctea
abajo de tus pechos.
La palabra anunciación
ahora se ha cumplido
y sólo nos queda el verbo retornar
en una inutilizable ausencia.
Todo se va:
el niño que mirábamos juntos
abrir sus ojos penetrantes
a la claridad del día
no es el mismo:
amplió sus huesos
y sus manos son más grandes.
Hasta nuestros dolores son irreversibles,
por ejemplo, ya no podemos sangrar
por nuestras separaciones
que permanecen como leves manchas en la memoria.
Todo se va:
el pan, las miradas, el terror,
nuestros objetos conocidos
obedecen a una nueva presencia.
A veces veo que te desplazas
y cuando mis palabras te regresan, eres otra
y más encendida o más tenue es la luz.
Háblame ahora,
dime que soy ancho, inextinguible
y que tú eres inmensa,
porque siento que somos
más pequeños dentro de nosotros.

TÚ LA de siempre toda
la que no va sujeta

a cápsula de tiempo
y lo mismo está
en el ayer que en el ahora
tú la única en su nombre
la que no tiene contacto con la luna
y su sexo gravita como una forma etérea
la que se difunde con manos invisibles
y ojos cumplidos
la que se sumerge en sí misma
para volver al mundo
con sus mitos jóvenes
la que va creando la vida con sus pasos
tú

CIRABEL
amanece la tierra con tu nombre
el ave primera te levanta
los hombres acuden a tu cuerpo
para cultivar sus mejores semillas
tú eres la que establece los evangelios
y participas en la vida de todos
porque tus ojos no son para nosotros
más tuyos que la tierra
Cirabel
vuelves a nacer entera sobre el mundo

TERCER POEMA DE AUSENCIA

Tú has escondido la luz en alguna parte

VICENTE HUIDOBRO

Tú has escondido la luz en alguna parte
y me niegas el retorno,
sé que esta oscuridad no es cierta
porque antes de mis manos volaban las luciérnagas,
y yo te buscaba

y tú eras tú
y éramos unos ojos
en un mismo lecho
y nadie de nosotros pensaba en el eclipse,
pero nos hicimos fríos y conocidos
y la noche se hizo inaccesible
para bajarla juntos.
Tú has escondido la luz en alguna parte,
la has plantado en otros ojos,
porque desde que ya no existes
nada de lo que está junto a mí amanece.

ANTES DEL REINO
1963

Y TODAS las cosas que a mi amor contemplaban
el sonido y la lluvia   los parques y la imagen
se asomaron en ella

Y todos los seres que en el tiempo eran árboles
abrieron sus pestañas a los frutos del día
y el sol fue su mirada reencontrada en el mar

Y era un verano de diamante y de polvo
despierto al borde de la noche dormida
y creció entre la luz y la sombra trenzada

Creció sin detenerse y miré la Vía Láctea
perdido entre las negras mariposas fugaces
y las bocas llamando como rojas campanas

Creció con el amante en verde silencioso
vestido de destinos cabalgando las horas
y breves arco iris espontáneos y breves

Y mis manos pudieron ser aire de sus manos
y en medio de la fábula descubrí nuevas fábulas
y el cuerpo de su risa emergiendo del aire

Y tocamos el musgo de sus aguas inmóviles
y sentimos los ojos redondear las palabras
y volamos muy libres adentro de los pájaros

TE DARÉ mis armas   el vino boreal
distraídos tropiezos en el miedo

Te daré poder de aproximada
tu faz por los caminos
y dobles de ti en cada visión

Te daré lazos   signos privados
lenguas ocultas para que hables
en la cámara adversa

Te daré la concesión de la carne
el rostro de los que abominan

Te daré convivencia
por todo el transcurso del verano

Te daré cuerpos   distancias
ciudades de afección

Quizá propicies momentánea el humo perpetuo

CONSTRUYO tu alabanza
en la sequedad de mi costado
en los trigos y en las distancias
en las riberas donde la Segunda Persona
te cumple y te promete

Construyo tu alabanza
en la fuente de vida donde accionas
en el ave sucia
en los ojos que te sobreviven
en las paralelas juntas y distantes

Construyo tu alabanza
en el rostro de los tránsfugas
en los que murieron antes de alcanzar un rostro
en los asesinos de seres posibles

Construyo tu alabanza
en palabras como puertas
en ventanas y símbolos y desafecciones
en la noche que se prolonga
para conceder el alba

Amo tu confusión
los pájaros revueltos de tu lengua
tus palabras simultáneas
tu Babel   tu Delfos
sibila de voces enemigas

Amo tu confusión
cuando dices noche y es alba
cuando dices soy y es el viento

tu Babilonia herida
el equívoco que te hace fabular el silencio

Es tu nombre y es también octubre
es el diván y tus ungüentos
es ella   tú   la joven de las turbaciones
y son las palomas en vuelos secretos
y el último escalón de la torre
y es la amada acechando el amor en antemuros
y es lo dable en cada movimiento y los objetos
y son los pabellones
y el no estar del todo en una acción
y es el Cantar de los Cantares
y es el amor que te ama
y es un resumen de vigilia
de vigilancia sola al borde de la noche
al borde del soñador y los insomnios
y también es abril y noviembre
y los disturbios interiores de agosto
y es tu desnudez
que absorbe la luz de los espejos
y es tu capacidad
de hacerte mirar en las cosas
y eres tú y soy yo
y es un caminarte en círculo
dar a tus hechos dimensión de arco
y a solas con tu impulso decirte la palabra

SON LOS navíos del alba que descienden
son tus fuegos   Eva   son tus fuegos
tu heroísmo de luces encendidas

Son tus calles   Eva   mi aspirarte
la desnudez de adentro y la penumbra
el antílope verderisante que traiciona

Eres mi tú y nuestros en medios
los peces de niebla   la fauna del amor
los colores balsámicos del cuerpo

Son tus palabras   Eva   mi encontrarte
el cubrir la ventana con la túnica oscura
tu promesa tu corredor de duendes

Son tus poderes   Eva   tus cabellos
el sol que no nos ha perdido
y con los navíos del alba descendemos

TE RECONOZCO en semejanza
entre los inaplazables y desconocidos

Judith podrá algún día llorar tu descendencia
tus árboles más altos y perdidos
tu irte yendo por los cestos frutales

Yo no sé de ti más que ese lento
caer de aurora sobre el mundo
y ese vapor de barcos que se ahogan

Judith podrá algún día llorar tu descendencia
en las esferas que llegan hasta el humo
y en seres que se hallan y se plantan

Yo no sé de ti más que la noche
y las gaviotas que anudan el mar con sus orillas

Yo no sé de ti más que mis manos
y el exorcismo de jóvenes culpables

Judith podrá algún día llorar tu descendencia

Te amo ahí contra el muro destruido
contra la ciudad y contra el sol y contra el viento
contra lo otro que yo amo y se ha quedado
como un guerrero entrampado en los recuerdos

Te amo contra tus ojos que se apagan
y sufren adentro esta superficie vana
y sospechan venganzas
y muertes por desolación o por fastidio

Te amo más allá de puertas y esquinas
de trenes que se han ido sin llevarnos
de amigos que se hundieron ascendiendo
ventanas periódicos y estrellas

Te amo contra tu alegría y tu regreso
contra el dolor que astilla tus seres más amados
contra lo que puede ser y lo que fuiste
ceremonia nocturna por lugares fantásticos

Te amo contra la noche y el verano
contra la luz y tu semejanza silenciosa
contra el mar y septiembre y los labios que te expresan
contra el humo invencible de los muertos

Antes del reino
ya eras tú primera sombra
el presagio desatándose
en lenta destrucción de ángeles
ya eras la mano y la espada
y el rostro los dos rostros
y el cinturón que anuda los vientos contrarios

ya eras la ventana última
los ojos últimos
el incendio de luz
y la noche sucia
con toses de enferma por las calles

eras tú misma
y tu doble atrás como un espía

Antes del reino
todavía no eras tú
sólo premonición

y ya eras la presencia
la señal como saludo
los cuerpos
y la cópula cayéndose a pedazos

VUELVE una vez más a ver
la sombra en la pared
la hiedra oscura que se eleva
sólo para nombrarte
antes de sumergirse en aquello
que nombrándote te ha perdido

Vuelve hacia mí tu luz
la luz que en las ramas deja
un poco de amor en cada hoja
un ojo que te mira en cada brillo

Vuelve hacia mí tu luz
la luz que como una diadema
que como un creciente
mira y piensa al borde de tu cabeza
que se inclina

Mira que no te vi   viéndote a ti
más blanca y transparente

más alzada en todo lo que no yergue
para volar más que un ala

Mira mis árboles que sueñan rodeándote
de deseos que son almas
de almas que son brazos extendiéndose
hacia el aire claro

Vuelve hacia mí tu luz
ya la estación se ha vuelto
una rosa desnuda como tú
un corazón solo en sus rayos

Por el silencio sigues
embriagada y sonámbula

Detrás de los espejos
se desnuda tu nombre

Difusa entre las lámparas
es mortal tu pupila

Naciendo con el día
llevas un luto largo
de vasijas y cuerpos

Tu revelación no cesa nunca
en la noche sin huellas

Al fondo de tu voz que niega
hay otra voz que afirma

Tus dioses desplazados
se recrean sigilosos
en la realidad invisible

Y tu amor se denuncia por el canto de un pájaro

Tu nombre repetido por las calles
Tu boca
Tu paso que no es nocturno ni de aurora
Tu voz
Sólo tu ser creciendo en las esquinas
Tu tiempo   tus alianzas
Ahora sentada en espiral
Después el humo

Tus ojos de Circe y mariposas yertas
miran el sitio y el cuerpo
donde oscureces

La noche sobre la ciudad
se eleva con elementos de tu descendimiento

Tus brazos son cuerdas flojas
tu cuello seres que se inclinan

Un demonio se encarna en el amante
sitúa leves infiernos en tu alcoba

Lo invicta de ti nadie lo conoce

Eres como la luz que asciende por el día
con ojos maravillados apagando mi sombra

Todo fruto en el alba
fuego es y es aire
sobre el suelo que pisas

La tiniebla de un árbol
es instante que cae
sobre el agua dormida

La noche que se aleja
es un negro silencio
en la niñez ardiente

El viento iluminado
es un pájaro más
que entre las aves canta

El alba que te asciende
es la joven que brilla
con un sueño en la mano

MI MUJER en primavera
lleva el rostro dorado entre los hombres

la intimidad de su lluvia
es tan alta en la luz como en la sombra
por el campo desciende
ébano púrpura y ciudades

sus ojos pacíficos de aldeana
siegan las horas luminosas

el polvo de sus manos
se deshace con soles tendidos en la hierba

los cuerpos del amor
han llenado de nombres su camino

DIJE si la luz fuera compacta como mi mano
estrecharía su cintura hasta hacerla volar
como una palabra que se pierde en el aire
hasta volverse un fruto

haría en la noche un claro de sol para su vuelo
un círculo de imágenes que asciendan
con esa lentitud de las horas quemadas
al ritmo de su corazón

hallaría en el instante el espacio secreto
donde hace un sueño los cuerpos se han tocado las alas
se han encerrado juntos en alguien para siempre
han visto la alegría

en el agua profunda el verbo iluminado
tendría el color de ella la forma de sus ojos
la alabanza y el fuego el tremolar del viento
iría de vuelo en vuelo más alto que la luz

ABRIL es ella quien habla por tus labios
como un joven sonido desnudo por el aire

En la noche ha volado con tu vuelo más alto
con risa de muchacha
como el fuego nocturno de los frutos del viento
donde vibran los pájaros
Manzana del amor
su voz bajo la lluvia es un pescado rojo

Embarcada en sus cuencos con los ojos absortos
es la virgen gaviota que ha bebido del mar

En el agua su sol mariposa de luz

ELLA no duerme más
en las torres de niebla
dispone de las llaves
de la presencia y el insomnio

sobre los campos largos
de golondrinas muertas
recobra el asombro
de su primer mutismo

en el alba marina
con su rostro ajado por el viento
mira perderse la espalda del que huye

en lo alto del día
escribe el nombre de los otros

ella no duerme más

en su tiempo de arena
una voz le grita desde las colinas

LA PERFECTA DORMIDA

en el hálito ardiente de su propio sonido quema
y en su ámpula germina la crisálida

La libélula transcurre bajo el sol

Rompe la quieta corriente del instante
el río que ha pasado comparece
al golpe del nuevo movimiento
Se recuesta en el agua el esplendor

Otras criaturas tañen las olas bajo el mar
Aire de su aire mueve la gaviota
el soplo el verbo el yo soy de esa muchacha
como los árboles etéreo

Nuevas existencias toman superficie
toman cuerpo en sus ojos   Los astros son pupilas

Siempre un poeta canta entre los muertos

CUANDO la sombra duerme su cuerpo se ilumina
su rostro reflejado atraviesa cristales
y finalmente se instala en todo brillo

Sus dedos trenzan en el aire
los bellos frutos de los días de mayo

Muda en la respiración muda de las cosas
la voz de una mujer pasa buscándola

Desnuda en el esplendor irreparable
sus ojos se abren como un río
de luz y de sonido

CAE la lluvia sobre junio
El espíritu de la mujer que ama
corre en tu cuerpo   se desnuda en las calles

La vida en los rincones
sostiene el equilibrio del mundo
con un algo de Dios que asciende de las ruinas

Los hijos del hombre hacen su universo
sobre un barco de papel que se destroza
pero la alegría no está precisamente allí
sino en la proyección de otro universo

Nada debe detenerse
volverá septiembre y después abril
y los amigos que no acudieron esta primavera
estarán con nosotros en un invierno previsible

Amo este tiempo
donde los perros son sagrados
y los insectos titubean en los vidrios

Te amo a ti por efímera por susceptible al frío

La ciudad se ilumina para nuevas proezas

VAS CRECIENDO sombra a sombra
abril se desvanece en tus cabellos
papeles sin sueño habitan en los parques
el día negro es una estrella acuática

La iluminación tiene alas del camino
en los muros no pesa el aire
el rostro de la noche en la ventana
es un ser dormido que despierta

Hay un tiempo desvelado que te esconde
y un fantasma que te hace recordar

La primavera oficia en secreto
un diálogo de niños
y en el cuenco de tus manos
pueden volar los pájaros

El mundo es gris en tus pupilas
es un cuerpo desnudo
que se apoya en los párpados

Elástica la luz se cumple en otro asombro

Sólo tu voz rompe la bruma

Vas creciendo sombra a sombra

POLVO de ti en el suelo ensimismado
cuencos de ti hasta el fondo y por arriba
agua de ti me baña las palabras

Cópula de vulnerables y prosigue
números sin salida te denuncian
el sol la tarde el grito son un mismo ojo

Todo es agua en la noche compartida
Me descubro en tu antemuro como cuerpo
Emerges niebla   Yo los dedos adheridos   unc

Mujer preservas el trigo hasta el verano
Aglomeración de luz es la tiniebla
Hay mesura en tus fugas   me desplazo

Eres causal cuando te heredas
estás llena de afecciones y habitada
qué azul sereno agradecida

Antes de hablar ya tengo tu vestigio
claridad de seres   sacramentos tuyos
Déjame buscarte cuando pasas

Esto es el mundo   sumisión de arena
abrazo de cálida penuria
escribir en tus ojos hacia dentro

La mujer sonrisa doble lo ha sabido
Continua y ascendiendo la luz de la fatiga
Te inmensas por el campo   Ya no estás

A VECES uno toca un cuerpo y lo despierta
por él pasamos la noche que se abre
la pulsación sensible de los brazos marinos

y como al mar lo amamos
como a un canto desnudo
como al solo verano

Le decimos luz como se dice ahora
le decimos ayer y otras partes

lo llenamos de cuerpos y de cuerpos
de gaviotas que son nuestras gaviotas

Lo vamos escalando punta a punta
con hoteles y cauces y memoria

Lo colmamos de nosotros y de alma
de collares de islas y de alma

Lo sentimos vivir y cotidiano
lo sentimos hermoso pero sombra

DONDE el ensoñado y el soñado
van por un solo camino
se levanta un cuerpo

Por ese adentro de mujeres que hablan
de pasadas contiendas en las que no estuvimos
otro cuerpo se abre

Y todo aquello que los cuerpos forman
es en la sombra
un brillo solitario

HE DE perseguir tu cuerpo
hasta donde dos cuerpos pelean
tu callejón oscuro

y peligrosamente el día
tiene contacto con una luz que no le corresponde
para sentirse propio y poseído
hasta donde la demolición de los conjuros
no perdona el rumor de las palabras

he de perseguir tu cuerpo
hasta el fin de tus calles
donde los saludos forman esquina con el viento

y la seguridad imposible de manos conocidas
hace vivir deseos   constelaciones
en el solo equilibrio de la sombra

PERO TÚ no te reconoces como mía
Luces dispersas te saludan como suya

Siempre igual en todas partes
siempre primero a ti mujeres apagadas

A pesar de ciudades y ciudades
de rostros y rostros   de semejanza y semejanza

Lo que tocas me niega
Ascensos y descensos no me tienen

Labios y palabras y engaños
son para mí una muerte verdadera

Silencios tan largos como un segundo
caen sobre mí sin conocerte

He creído encontrarte adentro del sonido
Los espejos confunden las imágenes

No amaneces   No eres tú
Eres otra   Es la noche

Quedas viva   inmune
caminando todavía sobre los muertos

LA NOCHE muere sobre una manzana rota
La creación recomienza

El alba crece insuperable
compacta en sus disturbios

El hombre pulsa la memoria
abre el instante nuevo
con manos transparentes

Por todas partes la fantasía
de ser entre las horas
la proeza el grito la resurrección

También de la tierra húmeda
de los hechos ya ocultos
llega el movimiento
el segundo perpetuo
la presencia

Una palabra corta en dos tus labios

Ella violenta y pública
en el peregrinaje lento de las horas
que resbalan coloreándose hacia el alba

ella
exterminada y recobrada
por batallones en su misma mano

faz que se dobla en el arco
haciéndose durar

plenitud quebranto inclinación
centro donde el esplendor se esparce
o se concentra con el instante a la deriva

con los fetiches
con los proscritos de las calles
con las mujeres que llaman con susurros

con los que esperan que lo oscuro amanezca
para que su techo sea un techo dorado

ella con lunas negras
pareja y cada uno de los oponentes
sobre el hallazgo y el trance

al fondo de su secreto brilla
alberga alas que la ascienden
ojos que develan sus brumas

la noche es su aurora
sacude en el pasmado al desertor
teje un manto de espanto en torno
de aquellos que niegan la justicia

BÁRBARA

Thy life is but two dead eternities
John Keats

Le monde des esprits s'ouvre pour nous
Gérard de Nerval

Bárbara
más allá de todo
a través de la ternura de los hombres
más atrás del comienzo de Eurídice y Beatriz
de los que te han perdido
la palabra sigue
con sangre y semillas de tu ser
Bárbara
de pronto solo en el infierno
con estas afecciones por las piedras
en esta inaguantable posición de agua
buscarte entre las sombras
devolverte el pan
Bárbara
no tienes nada contra el mundo
sólo tu amor fatigado de musgo y de salidas
y tus atónitas aspiraciones de universo
Pero no se justifica esta ausencia de Dios
este plañido helado que presencias
estos árboles talados por hallarte
esas calles con huéspedes de niebla
y esos rostros sin techo

buscando las puertas de la aurora
Bárbara
la prolongación de tu sonrisa
ha de abrir ventanas en los muros
fijará instantes y señales
pero la muerte es cierta
y hay espíritus que sufren por nosotros

LA DIFÍCIL CEREMONIA

Tu piel fluye toda cuando la noche turba
y los insectos pavonean concupiscencia.
(2 de septiembre)

Lo que se tuvo ahora vuelve
para ser destruido con palabras.
(29 de septiembre)

I

Soy en longitud y en perímetro
Soy donde fui y donde estaré
Soy donde los segundos yerguen
sus estatuas de niebla y numerosas
Soy donde las aves se bifurcan y se recobran enteras
Soy donde una eternidad sombría
amenaza el tiempo humano

Soy donde la noche descansa su fauna tenebrosa
y el desterrado empuña sus escombros
su memoria de sitios inconclusos

Soy donde los reinos extinguidos se vuelven un instante
y se abandonan largas cacerías

Soy donde la cópula se aplaza y se reanuda
donde Eva se niega cada noche en todas las alcobas
donde Eva de pronto cede el mundo los signos el regreso

Soy donde las ciudades extienden la fiesta
a la difícil ceremonia
y donde el contacto sin amor reduce las edades
a un polvo sin creación

Soy donde soy definitivo
perpetrado en tu cuerpo
con todas las raíces y los rostros

Soy el que ha perdido el resto
en tu suma asequible

Soy donde los espejos repiten tu imagen
como un eco

Soy tu dinastía
tu demonio de antemuros y espejos
el recaudador de tu presencia en fuga
el flamígero contrario que no desea tu muerte
el ángel que sólo tiene su lujuria
para hacerte morir inacabable

II

Muchachas de blancas tobilleras
de torsos blancos y sonrisas blancas
esperan en las puertas y en los muros
a jóvenes bronceados y audaces

cuando el instante pasa

Los hombres cuentan la historia
de la guerra y el amor
en poemas y gritos y canciones
que no acaban de decir lo que se quiere

cuando el instante pasa

Los niños llaman desde las azoteas
a espaldas gigantescas que se marchan
a espectros que no han cruzado la luz
y sólo el sueño los viste y los desviste

cuando el instante pasa

El día la noche la miseria
persiguen a un rostro en cada esquina
y al borde del sol y de la calle
rompen ojos y risas en un perfil intacto

cuando el instante pasa

Al fondo de alguien o de algo
miradas perdidas van y vienen
por caminos y huellas y zapatos
por lo que se soporta y lo que no se soporta

cuando el instante pasa

Y la disolución es el humo que brilla más alto
el agua que penetra más bajo
y sorprende al amor escondido en los puentes
o en un puño cerrado que se abre

cuando el instante pasa

Y lo que nos fuera dado
tendrá en el tiempo su memoria
a través de primaveras y veranos
como un fruto coral y silencioso

III

Más allá de las columnas sonrientes
que nos hacen un guiño de fracaso
de las frases en corrupción
que nos pertenecieron como un ademán definitivo

para los cuerpos innombrables
más allá de lo cotidiano y las alcobas
de lo merecido y lo casual
del riesgo de resbalar vencidos por el aire

contra la realidad de sabernos momentáneos
contra la finitud obligatoria del contacto
contra el vacío y la intemperie
que nos hace padecer todo universo
aún hay seres que pueden encontrarse

contra la misma redondez de sus caricias
y contra el silencio largo de las calles
por donde transitan sus fantasmas
de otra mirada y otro espacio

como diciéndose lo que nunca se dirían
como llenando cauces para siempre secretos
como aplazando el tiempo en su propia morada

más allá de sentirse y de tenerse
de la separación y el abrazo
de la desnudez y la semejanza
aún hay seres que pueden encontrarse

más allá del estallido de sombras explosivas
de los pájaros luz en los que vuelan
de palabras y nieblas y palabras
de las columnas sonrientes
que nos hacen un guiño de fracaso

IV

Ánfora para la fluidez implacable del origen
para la libertad de los cuerpos
yo te escribo sin nombre

así abro mi jaula de pájaros siniestros
así prefiguro la seguridad de las manos

así comprometo mi tiempo en tu tiempo
así me descubro entero en ti compacta

Éste es mi incendio de cauces y de cuencos
mi confusión de estaturas y edades

Tú eres la impenetrable la siempre nueva
la que dices a media voz tu movimiento

yo te escribo sin nombre   en alianza
con los fervientes de los ojos inmediatos

Tú elevas la densidad de las raíces
tú afirmas lo que las otras niegan
tú eres la verdad de mis días
la espiral de mi comienzo

Tú eres la inaplazable
la mujer desnuda
yo te escribo sin nombre
en las ciudades brumosas
en los antemuros   en la piel
en las escaleras que no ascienden

Tú eres la que no se acaba de decir
en una noche de verano
la que viene del mar
la que me precede

la que en tardes de lluvia
se acuesta en los campos
para que yo la ame

V

Eres el puente equilibrio de extremos
tus cauces llevan savia
beben tu permanencia

Eres el trópico la lluvia lenta
los papeles sin dueño
la calle sin árboles y árida
la mujer de la esquina
concibiendo la noche con agujas

Y la sangre eres toda la sangre
la de los perros reventados
la del hombre del tatuaje
y la de la niña torpe con los brazos heridos

Eres el hambre los ojos hacia dentro
el joven sin techo
mis manos mi boca
los cafés insolentes y hoteles

Y yo te amo
entre ídolos y carne rota
entre plegarias que no ascienden
entre voces que buscando niegan

con mis armas y mi voz y mi niebla
con mis impávidas lagunas
donde se ahogan pensamientos

y por el cañón de fuego de tierra
y por los ríos blandos
donde flotan los peces del amor
y con mis temores de pulsarte
y en cada segundo que sucede
en tu soledad de arena de cuchara de cocina

Yo te amo en tu soledad de niña sola en el retrato
en la íntima esperanza de ascenderte
y cuando callas en medio de nosotros
y en lo que no se podrá decir nunca
y en tus postigos absortos
en noches mínimas de alcoba
y en los desnudos de las pinturas
y en los exorcismos y en los presagios
y en toda confusión y en toda respuesta

Tú eres y yo te amo
ahí donde los muros ya no pueden crecer
y el agua se suspende y se recobra
no del todo sola   tuya

VI

Y seremos al fin
reposando el amor en los rincones
siguiendo por la tarde una invención
un centro una penumbra

interrogando las puertas los oráculos
los ojos del que pasa con su muerte
midiendo qué actos qué palabras
nos alejan o aproximan
qué objetos pueden ser probables
sustanciales puentes mediadores
qué tiempo nos aumenta o disminuye
en qué calles crecemos
cuál punto de la noche nos reúne
nos refleja repite nuestra anécdota

Y queremos ser
hacernos a una imagen plural
a una manera simultánea de pensarnos
disponer de las aguas navegarlas
y sobre los gritos y la niebla
sentir el poder de transformarnos

Y queremos ser
no encontrar vibración si uno se pierde
no tener vendimia ni sombra
si caminamos solos desplazados
si la aventura de dos se desanuda

Y queremos ser
profetizarnos devolvernos
mística de hombres para hombres
corredores hoteles y aldabas

campos donde sembrar nuestra batalla
el hambre de los días
aquel momento a solas con el miedo

Y queremos ser
vivirnos y habernos conocido
amarnos en infinito y en nosotros

EPITAFIO PARA UN POETA

I

Antes de que las nieblas descendieran a tu cuerpo
antes del grumo de vacilación en los ojos de tu máscara
antes de la muerte de tus hijos primeros y de los bajos fondos
antes de haber equivocado la tristeza y la penuria
y el grito salvaje en el candor de un hombre
antes de haber murmurado la desolación sobre los puentes
y lo espurio de la cópula tras la ventana sin vidrios

casi cuando tus lagos eran soles
y los niños eran palabras en el aire
y los días eran la sombra de lo fácil

cuando la eternidad no era la muerte exacta que buscábamos
ni el polvo era más verosímil que el recuerdo
ni el dolor era nuestra crueldad de ser divinos

entonces cuando se pudo haber dicho todo impunemente
y la risa como una flor de pétalos cayendo

entonces cuando no debías más que la muerte de un poema
eras tuyo y no mío y no te había perdido

II

Todos se van por el amanecer
por la creciente de los vientos
recién apuntados en la aldaba

todos se van en nombre del tributo necesario
en nombre de las vasijas y los dioses menores

en nombre de los cerezos y los ojos fijos
en nombre de los templos y la piel de tigre

todos alguna vez labraron un trípode de humo
un estupor de ebrios
una silenciosa escala

Más allá de toda condición
los pájaros se vuelven árboles o llanto
los colores descienden
con la penumbra de otras longitudes
el pasmo de Berenice no provoca
ni formula pie de absolución

Corre el viento sin ser visto
y el valle canta el silencio
de caballos azules

III

Llegarás al puente
desde sus cordones de humo
saludarás a huéspedes desconocidos
a jóvenes sin cara
buscando en tu memoria pétalos
gestos que creyeron suyos

Mujeres de pesadas alas
de pies diminutos y lascivas
te dirán al oído qué olvidaste

hablándose a sí mismas
tal como hacen aquellos que dormidos
mueven los labios viviendo en otra parte

Llegarás al puente
con la cicatriz abundante
de la semejanza perdida
con los cuervos de la afección
ya semillero de pájaros extraños

La ausencia de alguien que aún no se despide
pasará a tu lado
con trinos relámpagos y soles pequeños en los ojos
tocando apenas cables
que son recuerdos y están perdidos

Llegarás al puente
mirarás las villas
las casas las llanuras
lentas y solas por el camino
avanzando cuando tú avanzas
detenidas cuando tú te detienes

Mirarás tu sombra
fantasma único en el suelo
lejos del fardo que aún te nombra

Llegarás al puente
voz de hombre   fábula
intención que borda
figuras en la llama
que una creación reciente atiza
oculta con un leño
borra
sólo para que no
vuelvas a ser sueño

Bienamado en la memoria
por poemas helados
por viudas que lloran

por la muerte tuya
que ha quedado en ellas

Ahora que las arañas tejen
al héroe de tu espanto
y el tiempo arruga   enfría
eso que alguna vez pensó
que el infortunio era una prueba
era la escala hacia lo alto

AJEDREZ-NAVEGACIONES
1969

A Betty
las navegaciones
los tiempos
y el juego mismo

NAVEGACIONES

los libros son abiertos y las mujeres amadas
en la página justa en el círculo henchido

la visión se restaura y la herida se cura

hay un tiempo en el día en que el ser entra en espacio de re-unión
en que aire y voz se añaden se conllevan

hay un cuerpo en el cuerpo que es el cuerpo de todo

el instante se abre   se entra en él hacia atrás hacia adelante   se permanece en su centro como en un ombligo de equilibrios
el cuerpo entero es instante

sí   ha despertado   la luz bruscamente la colma   su venir de lo oscuro a lo claro ha sido todo un viaje   lo negro y lo blanco en torno de ella afirman su presencia   el día que comienza con esta luz indecisa e irá a la noche recorrerá una gran distancia   por ahora los colores más próximos al blanco son el azul y el amarillo   el paisaje es pesantez y vuelo movimiento y contramovimiento como un péndulo que se balancea

sí   es otra vez la tierra   la piedra que cae provoca un ruido seco   el cuerpo de las letras es ágil sobre lo blanco   voces resuenan y se apagan y el delfín dorado cambiará a verde olivo cuando muera

el instante se abre en una flor de luces   la mesa iluminada es cálida   y la silla sus manos y el muro tienen la claridad de la hora que como una visitadora quieta se posa sobre las superficies
las cosas se abren por su temperatura   ojos sufren mirando como ventanas por madera impedidas o como aves que no pueden volver su propio cuerpo aire

al color visible se añade un sonido una imagen se cierra ha despertado

la silla blanca es ligera

oigo sus pasos por el pasillo suaves abre la llave de agua y se lava la boca una mañana donde todas las mañanas se reúnen donde las vividas y las por venir son una cruza el espacio

el agua de la llave goteando y su voz que canturrea se oyen mezcladas aaaaaa plop veeeeee plop y consonantes vocales suben por el día iluminando libres ya en su sonido hasta que muy alto se ahuecan y se apagan y nuevas voces ondulan femeninas como en una viudez que busca en el cielo al amante perdido

pero el canto cesa y quien cantaba parece irse en sí misma muy lejos

formas nacen a mis ojos desnudeces temblando que la luz sombrea los cuerpos se dirigen a una nueva existencia donde frialdad y calor han de tenderlos sobre un lecho donde sólo el sonido el día se mueven colores toman las cosas son las cosas en la instantaneidad que nos rodea como policromía concertada el aire inoído penetra los surcos de la madera llena los diminutos pozos como cráteres negros e iluminando hace visibles las porosidades de la piel de Plap en un tiritar apenas perceptible toda luminosidad colma su objeto y abriendo da temperatura al mobiliario que nos acompaña mudo así los paisajes son innumerables así podemos hacer que la mirada vague por la silla seguir los ocres de su superficie los bordes las líneas que se curvan dan la vuelta

mientras la rodilla de Plap tensa en descanso otra vez tensa se afloja cambia de lugar y por el agua del vaso bajan de diferentes niveles en alturas distintas grumos grises negros de diversos tamaños y algunos redondamente blancos pero Plap me quita el vaso y bebe el agua cayendo el instante en cada movimiento como mariposa de alas transparentes al estar sobre las hojas no es vista sobre las hojas sobre los movimientos del cuerpo de Plap se puede ver al través al otro que busca adentro de ella los hilos cargados de pensamiento y deseo que la hacen abandonarse a una superficie que la quiere visible

las mitades separadas que el deseo atrae a su centro como a un espacio de reunión donde el ser unido resplandecerá completo   la afinidad que los conduce como un color a su sonido ascendiendo a un yo único donde el movimiento de uno y otro llega a ser inseparable   las miradas que convergen y emergen hacia afuera y hacia adentro mientras hierve el deseo en su conjunción

los senos de ella que como nubes henchidas de lluvia se mecen sobre su ombligo   y las pulsaciones fugitivas de su sangre que llevan intensamente hacia su centro al recobrado que sufre como un cuerpo en gestación o descansa como un rojo solitario en una esfera

la desopresión graduada con que descansa su peso al fondo de la tina   su progresivo retirarse sin retirarse como en un juego seriamente llevado   su conciencia de una momentaneidad doble que busca unirse y se separa a medida que se cumple   su amor que sube con esfuerzo y baja con facilidad virando entre subir y bajar como una piedra arrojada al aire   el deseo que sostiene su movimiento como un punto de apoyo   su pesantez de objeto que cae después de haberse alzado alto   su ser obediente al mandato de un cerebro obstinado en compartir imágenes   la Plap imaginaria como un sueño sobre la Plap real que sometida sometiéndose da curso a sí misma pero sobre la cual reina e impide la imaginaria   su brazo que ocupa el tiempo la atención   la cópula como una construcción temporal sobre la que se pone instante tras instante y amontonándose rápidamente es invisible   los intervalos donde ella no es ella del todo más que una apariencia abierta que borra y reúne las demás ellas   los raros momentos en que se muestra monocorde entre lo que quiere y su acto como un ademán que lleva en la curva en que se dobla todo el calor y el sonido peculiares de su cuerpo en una interioridad externada

en el círculo de llamas esta danza

el movimiento de su pecho a la derecha y el de sus caderas a la izquierda

el animal de la creación en un solo dibujo siempre sagrado sobre el suelo ardiente

señora de la danza   se cubre a sí misma como Tetis cubrió a Aquiles   pero deja como aquélla una parte de su cuerpo vulnerable   una herida por la que entra y sale el nacer y el morir   un hueco helado por donde se fuga lo perpetuo

señora de la montaña   sus senos son visibles a distancia y en su peso   y en algún regazo labio o valle se asienta su leche dócilmente

mientras para vivir los amantes van montados en un pájaro que emigra   y la lengua que los salva de la muerte es llama   ojo oh luna colmando de calor la carne vulnerada

la luz entra en el hombre por un instante lateral de la hora   y ella se acerca a la escalera del día tan desganadamente que parece que desde antes de subirla ya estuviera cansada

nuestras cabezas como sauces despeinados dan a la mañana que las atraviesa silencio   y hacia atrás van los días ruinosos como un haz sin fin de intemperies toleradas   y nos vemos vivos otra vez como larvas que viven sobre rocas lavadas por los rápidos y se sostienen por discos de succión o anclas de seda para no ser arrastradas por el agua   y descubrimos nuestros cuerpos como parajes quietos entre las corrientes torrenciales   y el poema llega frente aquel que mezcla alma y cuerpo y asiste al nacimiento de un color e inhala y respira un Dios

pues el día no tiene puertas

humo azul   tiempo quemado

entra la luz por la derecha se desborda sobre Plap sobre mi cara hace visible el tiempo en cada mueble y como denunciándolos muestra más oscuros los rincones

de ese modo ilumina el mobiliario

y la silla a su contacto no es sólo silla sino silla de luz   y la ventana una ventana de luz   y las manos de Plap un nido abierto

en su color en su sonido los vidrios las ventanas adquieren la textura del instante pues cada cosa recoge su temperatura

y por la mirada a los ojos del que mira entra la primavera

como el dolor nos concentra en un punto del cuerpo y este punto llega a ser todo nuestro cuerpo la parte que el amor escoge atrae a los que lo hacemos para verternos en ella

ella abre su mano en la mía y acariciando dos cuerpos hace durar lo que siente en mis dedos

luego si ya ha cerrado los párpados deseando que el adversario no mire lo que es de él y de ella puede sentir en lo oscuro que los cuerpos que se alejan regresarán ya cambiados

así cuando se separen él caminará en sus pasos y ella arderá si se toca

esto es   la luz descubre los centros brillantes de sus ojos que como pequeños espejos circulares reflejan dos veces el cuarto entero con sus objetos opacos y sus superficies de vidrio que centellean y reverberan en sus bordes nerviosos rayos dorados

esto es   sus ojos me tienen entero mirándola como tienen al espejo que la ve de frente y al pedazo de sol que enciende la ventana en su parte de arriba antes que la nube que pasa los ensombrezca cubriéndome

cuando sus ojos son oscurecidos su movimiento mismo parece recogerse ser más interior que externo y sus palabras suenan más en sus gestos que en las ondas del aire

esto es   un calor de sí misma calienta en su silencio y el contorno sacralizado es verde en cada palmo e interior es el reino que la hora difunde cerca de aquí la hora las dos horas la muchacha con senos como horas frágil ha de ser en sus esferas sonidos blancos de campanas jóvenes

es la mañana la luz parece no moverse de las cosas y bajo el aire despierta un cuerpo audible en sus sonidos

toco sus pies como si fueran puntos aislados de sí misma pero su reacción me hace mirar el todo cuál de todas es Plap

no singular ha de tener iguales al menos a sí misma muchachos lisos sin minutos ni gongs han de buscarla y si la hallan han de formar con ella un rumor fluido

sus manos se ahuecan amorosas carentes de sonido para intrusos sólo el amor las toca las dos horas y el pecho liso y entonces qué concierto

fue su ademán curvándose

para recibir la caricia su seno se separa un poco de la carnosidad del pecho que la sigue mientras cuelga en su peso

ligera Plap inclinada

toco su vientre como si llamara a la puerta de una casa

viva y su ser como fruto maduro borbotea y responde

el espejo la repite y Plaps dobles difunden sus movimientos a izquierda y a derecha de tal modo que puedo pasar entre las dos sin interrumpir el quehacer de ninguna y poner la que estaba a mi izquierda a mi derecha y viceversa mientras ambas dejan sobre el suelo un pequeño objeto blanco destellando rayos de sol y halos claros sobre el azul del muro bien visto que si la abrazo separaré a las dos las dos espaldas que se inclinan una a recoger su tobillera otra a ningún lado pues interrumpida ya no la continúa el espejo aunque ahora dos Plaps radiantes se miden pero la de la izquierda no siente que es mirada sin embargo paso detrás de la que me da la espalda y me mira desde la que no sabe que me mira pero sólo un momento porque Plap vuelve a la otra Plap y suspendidas se ven a sí mismas estirando un cabello que apunta a mí y hacia otro cuarto en el que también estoy pero no soy visto pues me conservo afuera de la Plap reflejada y a unos pasos de la que si le hablo volteará para verme y entonces la otra sabrá que es nadie enfrente de ella por lo tanto encuentro a Plap y la abrazo y la beso mientras nuestros nadies se aman repitiendo una continuidad que sólo tú y yo sentimos

como arroyos secos que sólo tienen corriente por la lluvia las posibilidades de su cuerpo se dan cuando el tiempo es propicio

como un perfil esbozado en una mancha de tinta su estar parece disimulado y secreto

como líneas que se entrecruzan y forman una reja sobre un rostro recuerdos turbios atraviesan sus facciones para separarlas de una visión nítida

como un perro cachorro que a menudo observábamos jugar y un día lo vemos pelear salvajemente la realidad de su crecimiento se impone en un instante

como un diálogo incesante en el que el tema que nos interesa sólo aparece por instantes para ser escamoteado inmediatamente por la palabrería de muchos la ella que prefiero entre las otras rara vez se hace oír

como la incomunicación que siente un niño frente a la mujer bella y adulta ya que los medios por los que se expresa no superan los obstáculos de mundo espacio y edad siento pues entre mi gusto por una manera de tenerla y su indiferencia casi epidérmica por ese gusto que sin realizarse vuelve a mí nacen dos movimientos uno que imaginando avanza demasiado rápido y otro que sin imaginar lentamente avanza y a niveles distintos como las corrientes de un río

la silla sus manos el muro están bajo los mismos ojos y el mismo tiempo sufren de la misma luz que a cada cosa levanta de su superficie poniendo en el suelo su sombra como un muerto la ventana su cara la mesa florece en visibilidad en color y en madera en el paisaje vibrante que se abre bajo el cielo abierto atravesado sí por nubes y por pájaros y por deseos de descontentos que lo quieren por reino

cuando el espejo creador de dobles falsos repite sin cesar también bajo los mismos ojos y el mismo tiempo la silla sus manos el muro la ventana su cara la mesa en una larga melodía que admite expulsa todo

es el numen se sabe
el que hace el espacio secreto donde llego a encontrarla

el que levanta muros
que los cubre de azul de calor que se toca
el que yergue el blanco mobiliario entre el que ella se mueve

se retrocede a veces
entre desolados solitarios objetos
se recoge un martillo
una muñeca rota

los muertos no se callan
hay un ala sin pájaro

se juntan dos palabras
se escucha el amor que corre
la montaña es azul es plegaria
silencio

todo está iluminado
la luz está adentro y afuera de nosotros
los ojos son videntes

la pupila de un gato en el mirar de Plap como en el gris verde de los crisoberilos los cabellos deshechos luego del despertar con la sensación de haber perdido algo para siempre el silencio sobre la palma de su mano que siente cuándo la luz llega las 9 azul de la mañana Plap mecida en sus curvas

sus cabellos que arrojo hacia la ventana y caen sobre sus hombros

vestidos cartas botones cubren el suelo cuadros no pintados sólo tela desnuda recargados en el muro colores en sus tubos dicen verde rojo amarillo

el día se vierte hacia fuera por sus nombres y ángeles tañendo sus laúdes sacan azules de sus cuerdas

así en sus apariciones cada vez se muestra distinta para que en la sucesión interminable de sí misma el ser que la acompaña halle la más semejante a sí pues alguna de ellas en esta semejanza ha de manifestar con una claridad definitiva lo más secreto que el ser que la mira vivir desea y esta ella elegida entre muchas será un espacio de unión siempre recurrente y siempre posible entre los dos como una manifestación única que ha acontecido sólo una vez en la vida pero que en este develarse guarda la promesa de que puede volver a ocurrir nuevamente sino igual en sus matices al menos casi en su intensidad

pues la ella vista es la que consideramos de algún modo la más suya y la más nuestra a pesar de que está precedida y procedida por otras ellas que llegan a nuestro estado de ánimo brumosas y a veces borrándola en sus actos o en rasgos pasivos de carácter que aunque no llegan a convertirse en imágenes contradictorias de la que más amamos con frecuencia nos lastiman por su disimilitud o por la inercia con que se nos presentan junto a ésta

sin embargo como la que más nos gusta está siempre detrás de las que se nos entregan fácilmente es necesario sorprender el hilo secreto de la elegida sugiriéndose en un gesto en esas que la niegan y por ese gesto ver que la ella afín pervive en las otras sin la fuerza de permanencia para prevalecer sobre las que juzgamos más mediocres y ya que en una manzana se ven todas las manzanas y se ve el árbol en esos gestos casuales podemos nosotros sentirla entera en un presente que a cada momento la descubre velada pero viva así entre las Plaps vistas una ha persistido especialmente desde que se manifestó una vez que peleamos con violencia esta pelea nos había arrojado de tal modo fuera de nuestro centro que como objeto sin gravedad nuestro afecto no tenía punto de reposo y Plap lastimada en otro cuarto lejos de mí se sentó al piano y con el sentimiento enorme de dejar en cada tecla oprimida lo más alado de su ser aprisionado en el dolor hizo oír su alma y escuchándola vi cómo exorcizaba en lirismo el amor que la oprimía esparciendo su música en un ritmo que el aire y lo que nos rodeaba parecía haber sido tocado por sus notas las cortinas haber sido penetradas por sus cadencias mientras los vidrios de la ventana reflejaban su rostro al fondo de la noche presente

parecía entregada a celebrar el alba de lunas y soles sucesivos en sonidos luminosos y sombríos a veces largos o fugaces a veces intensos o muy débiles o a veces aislados entre sí por muchos silencios nítidos y en momentos repetía un solo ritmo hasta su punto más diáfano como si el tema que la dominara fuera la melodía de la pasión misma

parecía tranquilizar la cólera los celos transformar su impaciencia en furores benignos y creadores tocar lo áspero y lo suave de las cosas dejando en cada una una nota de su ser se iba en sonoridades que iban a lo lejos y a lo alto en la perpetuidad de instante que tiene el ser que sabe está pasando mirando sólo a la dirección donde brotaban los sonidos por el peso graduado de sus dedos pero sin ver atentamente los marfiles blancos negros que cedían se acomodaban se acordaban a ella como en una relación estrecha y natural a su temblor entero

por eso cuando ahora la veo apagada y triste la recuerdo en esos momentos cuando comprendí su modo de hacer sentir su vida en revelaciones audibles de sí misma ofreciendo al que la presenciaba el espectáculo más bello que puede hallar un ser para participar lo que adentro de sí desea pues qué mejor que elevar en un canto de sonidos el amor que fluye entre ausencias silencios y alegrías ya que la intensidad de lo que está brotando sólo puede confiarse a un instrumento que resienta el esplendor que se derrama en lo efímero expresando a la vez con toda su belleza el sentimiento de mortalidad y de eternidad de la pasión que lo impulsan a ser lírico por lo cual sólo el piano le dio en esta busca súbita de puertas la concordancia entre sonido y sentimiento entre fuga y dicha y entre dolor y deseo de lo eterno pues el ser que se toca a sí mismo en la última vibración que puede arrancar a su alma pone en hacerlo tanto amor e inspiración tanta intensidad y concentración que el medio que lo expresa cede bajo el ritmo de la pasión que se le impone y el instrumento en su docilidad como un Argos que sigue obediente el canto órfico llega a ser uno con el que lo pulsa y con lo que lo rodea pues este ser une en su impulso el movimiento de los astros lejanos y lo que amando por vivir sufre y su pasión misma se suspende en el descubrimiento de los sonidos que abren en su profundidad un ser desconocido y nuevo que palpitará breve en su propia llama

por lo que no es extraño que aquello que nos rodea pierda sus contornos y el tiempo se borre y la esfera donde la pasión es música aísle en el universo una figura solitaria que ha tomado al verterse lo que su alma ama y el impulso de lo creado en lo que todo se reconoce y todo se comprende

luego sobre el anonadamiento particular que ha proseguido a la abertura de todo un lirismo el ser que tocaba es sólo el temblor que lentamente se relaja en su cuerpo y pálido y cansado después de haber dicho mucho entra a un silencio del cual ya no saldrá más que para recobrar esa parte de sí mismo que por un momento fue dios

los deseos de hacer le queman las manos pero lo que quiere hacer todavía es impreciso así el acto por venir arde en su cabeza y recorre su cuerpo y se vierte hacia afuera por sus ojos pero el que la mira sabe que lo que más desea hacer se ha alejado

uno a uno maduran los senos de Plap en cada árbol bajo el sol reverberan blancos redondos y sin fugas sosias de sueños juntos no son para ser cortados son fuerzas a punto de irrumpir hacia afuera y afuera es el aire y afuera es mi mano

de ellos gotean los instantes sílabas de su-su-rro blando hacen en la mañana un círculo

la atmósfera cerrada es buena para Plap
así no se dispersa
su cuerpo tiende a abrirse
su mismo modo de sentarse
mucho aire corre en este espacio

su cuello sube y sube
así es dueña del sitio donde está

y si toca un objeto el objeto parece querer seguir a Plap

va o viene o está en un sitio
entra al cuarto y descansa en la primera silla
se le halla a la entrada del comedor saliendo
por el espejo su espalda se aleja
su rostro crece junto a mí
sus ojos rápidos me miran

es difícil no verla no encontrarse con ella   oigo sus pasos cerca de la cocina su respiración   el agua que hierve suena como si lloviera   paquetes con pastas son abiertos   rasgado el cartón   el agua de la llave gotea sobre una olla   solo a su lado no hay soledad

por la radio aquellos que maquillan la mentira dan señales oscuras indicaciones falsas aquí murió un poeta allá estalló un tirano   la mañana descubre granulosas las paredes   el camisón de Plap sopla cayendo

mandarinas niñas sobre la mesa invioladas huelen Plap se acerca desnuda

escribo Quien había ido más allá de la última Tule navegaba

Christoforo Colombo Zenovese homo de alta et procera statura rosso de grande ingegno et faza longa

como si un ángel lo inspirara

las velas blancas con cruces
La Niña de la Ribera de Moguer
qué buen viaje faga rocín de madera el barco
O Cle-mens
O Dul-cis
el mar occidental es infinito

deja las puertas abiertas los vestidos desabotonados los cajones de los burós a punto de caer al suelo la botella de leche destapada goteando sobre el mantel va con el cinturón flojo sobre el cuerpo desnudo lleva el cabello suelto la mirada sin atención ni brillo toda ella se abre blandamente ahora se ha puesto una bata que no cierra que se arrastra siguiéndola barriendo

perezosa al caminar parece que abandona su cuerpo para que lo lleve otro
no contesta ni escucha pero tampoco mira nada

y la presencia no sólo está en las mujeres que conversan en el cuarto de al lado sino en el silencio que las rodea en el rincón oscuro algo definitivamente penumbroso y callado habla más bajo que la monotonía de sus voces

dos peces sus pies sus muslos sentada sobre la tina caliente el agua hace esperar su baño surcada su espalda sombras y en sus flancos carnosidad ahí Plap contra desilusión
las luces que entran por el vidrio se han de bañar con ella

el agua muestra el fondo por el cual ella corre
muslos verdes y jóvenes senos humedecidos y un vientre de las ondas rizadas el reloj suena en el cuarto aquí poros abiertos frescura de las gotas ardientes clap clop mío en el agua

24 a bordo de La Niña 26 sobre La Pinta y 40 en la Santa María el domingo vieron una tórtola y un alcatraz y un pájaro de río y otras aves blancas   la gente murmuraba que por ahí no había mar grande que nunca ventaría para volver a España y hallaban cangrejos en las hierbas
ver nuestros mapas sobre los senos nacientes de la niña donde la esfera está representada

en la nube negra un punto rojo ah
el ombligo de Plap
pone una cara
como si la pregunta que le hago sobre su pubertad la acongojara

senos de Plap flotando
un pie fuera del agua
húmedas sus mejillas
y sus labios con sabor a agua

tomo de aquí y de allá casi como un pirata

Plap se estremece
a la isla de las siete ciudades
navegamos

mientras hombre y mujer confluyen inevitablemente hacia el abrazo como a una unidad

lado soleado   lado sombra
hálito viviente   hálito vivido
de una colina   de un valle
en su cuerpo
como una cuerda tocada

a base de concurrir al espacio cerrado de su juego su campo se hace armónico y en la continuidad hallada los estilos se liberan y el ser imaginativo se vierte y suelta en el otro sus imágenes

el adversario macho vierte su deseo en el adversario hembra y viceversa y mientras el juego dura los sexos se entremezclan en un fluido percibirse y contestarse

cuando el cansancio llega el juego se suspende y se reanuda cuando ambas voluntades convergen otra vez con obstinada inclinación al campo donde se divierten

ya salvadas sus propias contradicciones al ser dirigidas por su maestría de jugadores

fija la mirada en Plap sobre su rostro como cuando se ve un objeto sin mirarlo pues lo que realmente preocupa se mueve en una extensión verde y llana donde ni árbol ni planta interrumpen la pura monotonía donde yo joven me quedaba de pie observando como ante un vasto tablero y a base de mirar la pulcritud ordenada lentamente la hacía mía hasta que la veía en mi mente con los ojos cerrados y si una figura entraba a mi pensamiento la situaba al borde para que no interrumpiera la llaneza en la que me sentía libre y si otra figura entraba también a mi pensamiento también la ponía al borde de tal modo que se iban acumulando hasta que ya era imposible no verlas pues colmaban una tras otra y en fila los sitios neutros del campo de mi juego hasta que finalmente decidía darles entrada a mi tablero pero con el subterfugio de la invisibilidad que les daba a la figuras todas las posibilidades y ninguna

no te muevas   le dije   que tu noche abierta hace que me precipite por una fiesta atroz de pequeñas sombras recibiéndome como si yo mismo fuera mil pequeños cuerpos luminosos   ellas detrás de mí se cierran dulcemente como intangibles conchas y hacia lo oscuro se alejan y de lo oscuro llegan apenas sonando si se rozan

al fondo de ti eres húmeda y hueca   y entre los muchos rostros que tu ser se pone hay uno que es mío cóncavo y cálido   y me atrae de tal modo que amando profundamente el sol y el aire dejo que un nuevo sol me alumbre pero oscuro y un nuevo aire me anime pero acuoso y sin ser feliz en tu mirada que no me ve reposo

así se concentra para el sueño el deseo   así el otro ser se abre para que lo imaginario atraviese sus días sobre la tierra   así la mujer recibe al hombre y el hombre no la distingue de sí mismo

se ve su escalofrío sobre lo verde y han heredado el dolor y lo transmiten la voluntad de ser y la transmiten y en su abrazo crean una bestia o algo sin tiempo que era suyo

pues la máxima fantasía es la vida y un Dios cada día más grande en su corazón impide que el infierno y la muerte entren en ellos

pues qué impediría que el infierno que ha penetrado ya en otros no los deshiciera sino el ser que está en ellos y al cual son en su amor más semejantes

pues qué impediría que la muerte que ha tomado los anteojos rotos el encendedor descompuesto el cuchillo mellado y el gato enfermo temblando al sol sobre una piedra no detuviera el aliento ritmado en el que se entretienen reemplazando su dicha con nada

pues bien el tiempo avanza con sus cuerpos y aleja hacia algún punto de su memoria los lugares adonde han sido felices

pues bien han tenido miedo que la imprudencia de uno los arroje fuera de sí a la separación de todos   ya que cada pareja que se ama trata de recobrar el paraíso y cuando fracasa la caída de todos se repite

en oscuridad el cautivado es agitado y apretado
un presente sin fondo se abre con calor
y los objetos en los que la mirada se posaba se van retirando y borrando   y los bordes en los que se apoyan las rodillas y los codos llegan a ser insuficientes e intangibles

cada cosa va perdiendo presencia
las molestias sentidas no son molestias de ahora sino de des-

pués la realidad del cautivo es la de la otra aunque también se mueva desvanecida
y en los instantes de intensidad con un gemido vuelva a nacer

como mariposas que balancean su peso en ambas alas el cuerpo mutuo que entre los dos se lleva no pesa a nadie pues libre y propio consigue su esplendor transcurriendo

en el agua domina con blanduras oprime para que no salga de ella lazo es su presencia su interioridad es húmeda cuerda es su cuerpo en el que se aferra el ser como alguien que resbala su espacio es invadido y quema siempre más tibia más adentro
y el no pasar en el deseo se obstina
a ella convergen las cosas los movimientos en ella se concilian en su centro todas las mujeres son bellas cada una atrapa a su oponente y lo sepulta en porosa belleza

los elementos acuden a su mano y uno a uno por las puntas de los dedos a otras partes se dirigen y su rostro en dicha sobre lo efímero queda perpetuado
y ella en un rincón del cuarto se separa del cuarto y sus objetos pues mucha luz le entra y en silueta de fuego convertida su llama es en todos sus colores llama

su seno se acuenca en mi mano
del modo que el agua impone al pez su forma y cópulas más pequeñas en la cópula son como estanques de agua en la profundidad del agua y como el piranha que vuela por cortas distancias sobre la superficie nuestro movimiento emerge para volver a hundirse y sus manos como deseos a la deriva flojamente soltadas descansan de su peso

el tiempo va de perfil de soslayo me mira

el tiempo no desea hablar se dispersa en sus sílabas

hablar es hacer sonoro el movimiento es alternar lo vivo entre vocales

las consonantes son piedras y las palabras casas como en el libro Yesira

el balbuceo está en decirla el ahogamiento

como cuerpos de doncellas que siguieran a una virgen y a base de convivir con ella adquirieran sus gestos y la forma misma de sus caras expresara su aura

los cuerpos alineados variantes de su cuerpo   en diferentes ademanes pero su cuerpo mismo   iguales entre sí si se alzan si se inclinan vierten o recogen la diversidad de ser una

un cuerpo   que el oído rescata al escuchar el movimiento continuo de las otras que no significa más que el rumor que sigue con obediencia un ritmo

aunque de pronto no es más oída ni vista ni sentida como si a fuerza de desear transferirse hubiera llegado a la invisibilidad en el otro ser que aún no la oye ni la ve ni la siente esperando que emerja al fondo de sí como una imagen o como un doble soñado alguna vez sobre su cuerpo

ahora que cuando cesa llena la atención retardándose indefinidamente para hacerse visible   y en su suspensión el que la ama teme haberla perdido en un tiempo larguísimo que él oye ve y siente en medio de un silencio sofocante

pues sigue tardándose en darse a conocer en los miembros ajenos   en latir en incorporarse en otro

pero ella surgirá en él con un movimiento tan débil y brotará de una parte suya tan inesperada que el que la espera no sabe en qué zona de su cuerpo la reunión con su ser se hará sentir

hasta que lo que se oye es otra cosa   el papel mal puesto sobre una superficie que en su caída sopla

y ella lentamente se mueve en su distancia con ademanes propios desprenderse del cuerpo que succiona que ya dulcificado no hace más que mirarme con párpados más bajos

alejarse de lo unido que ha perdido movimiento cumpliéndose

sellar en sus labios mojados sin color lo que ya no tenemos

separar sus piernas nuevamente para recobrar lo entrañado

y ver allí abierto el cuerpo desprendido en su propio peso descansando entre ondas jabonosas

ahora que se acomoda el pelo y se preocupa por los cabellos enredados perdidos en las llaves

la noción de ella persiste en un roce débil sobre la carne como si repentinamente un peso amable que nos cubría enteros se hubiera retirado de nosotros dejando sobre la piel que gustaba del calor de su opresión el aire

persiste en la percepción de cada cosa que aprende a ver los objetos según ella y la silla que antes no tenía sentido más que en sí ahora reluce bajo el ritmo de la mirada que ella me ha dejado

viene el estrecho corredor de la cocina y se dirige al estudio pasando por la habitación   el cabello de Plap goteando sólo interrumpe el acanalado silencio donde no se oye aparte del blanco ningún color pues el gris del piso por deslavado no suena

entre esos muros desnudos Plap va disminuyendo a medida que se aleja y al desaparecer por la primera puerta a la derecha de la habitación apagada por las cortinas cerradas no deja ausencia ni eco sólo unas cuantas gotas temblando más brillantes que el piso   por ellas recobro su andar mientras siento detrás de mí las blancuras sombreadas que voy dejando el silencio que se hace detrás de mí como en una memoria tubular donde sólo el aire mora pues el cuerpo que lo atravesaba ya lo desocupa

pero habrá que tener en cuenta los diálogos   se señala un escote una calvicie un seno   se discute el tamaño de una botella el color de una falda la temperatura del cuerpo pero habrá que tener en cuenta las pausas   se levanta una mano   se hace un guiño   se cuelga la servilleta al cuello   se acomoda una mesa   el verde descansa en el papel   Plap es gris en la foto   suena el verde en el pasto

una luz de cielo nublado no ilumina un palmo más del sitio donde cae por detrás de la cortina Plap se viste arrugada de sombras
con un gesto me llama y mete en mi boca su lengua curvada y dura
la cortina ha llegado a no moverse y el silencio parece antiguo en su tela
no pronuncia palabras pero lo que hace basta

veo un cuerpo audible variado en sus sonidos a través del instante sacudiendo otro cuerpo   sonando si se mira si se toca mis ojos al mirarlo ya lo suenan
horizontal sinuoso en sus caminos al avanzar sobre él no se ha avanzado   pues transcurriendo en su espacio se cambia en él de tiempo no de espacio   y a punto siempre de formar otra forma despierta en su oquedad nuevos rumores

Plap de cristal
Plap de nubes
Plap
Plap

Plap que no ha existido nunca
Plap que está aquí presente
Plap

Plap

Plap de los grandes senos
Plap de los grandes vientos
Plap

Plap

Plap para decir a solas
Plap que se va soñando
Plap

Plap

Plap que se va presente
Plap que se irá mañana
Plap

Plap

EL JUEGO DE LOS 4 TIEMPOS

Four-handed chess, Acedrex de los quatro tiempos. *The four players symbolized the struggle between the following groups of four:*

SEASONS	ELEMENTS	COLOURS	HUMOURS
Spring	*Air*	*Green*	*Blood*
Summer	*Fire*	*Red*	*Choler*
Autumn	*Earth*	*Black*	*Melancholy*
Winter	*Water*	*White*	*Phlegm*

H. J. R. MURRAY, *A History Of Chess, 1913.*

TODO templo donde hay silencio
planta o nube

planta delgada casi cuerda
donde el aire de la noche
saca sombras casi blancas

planta negra
y en medio esta fruta azul

ÉSTE es el ojo que dio a luz su cuerpo
el ojo que se abrió en la sombra
el ojo que miró a su ser
el ojo que da la vida
el ojo que no se cierra

DIFÍCILMENTE de mí salen las líneas las luces
las imágenes de su forma haciéndose
difícilmente de mi cabeza y de mi pecho sale el rostro blanco
que sin facciones brilla un momento en el aire y sonríe entero y
se deshace

ANTES de morir el viejo ve a un joven que se
acerca a su lecho
y antes de que el viejo muera el joven pone su boca en su boca
y le absorbe los gemidos las palabras los suspiros

lo absorbe y lo absorbe mucho tiempo hasta que el viejo queda
exánime y el joven más vivificado que nunca
pues ha cumplido el rito que se llama relevar el aliento

CREACIÓN

abrió los ojos y salió el cuervo salió el bisonte salió la luna salió el viento salió la nube salió el árbol salió la nieve etc. salió el hombre salió la estrella salió la planta salió el venado salió la piedra etc. salió el delfín
y sigue

TRABAJO innumerable contar los rostros y los
cuerpos que se desprenden de sí mismos
trabajo innumerable contar a los otros que en ti mismo mueren y
renacen
trabajo innumerable ser esta luz que cae rápida a la tierra y después
encarnada quiere volver al sol

AL FONDO de la mujer abierta está el ser
esperándonos sin nombre sin género caliente
y un suspiro un sollozo un arañazo lo arrancan de sí mismo lo
despiertan
y lo traen hacia nosotros hacia el aire

ERA tan vasta la mujer de mi sueño que tenía en la
espalda una puerta de la cual yo tenía la llave y hacía entrar a mi amor por ella y sobre su escalón único nos sentábamos y nos amábamos mientras ella dormía

TODAS las noches antes de dormir él sacaba de adentro de sí 2 ó 3 amigos 1 pariente 1 casero 1 policía muchos anuncios un sapo una araña una vieja un cuarto oscuro en el acto que llamaba vaciarse para aligerarse

SUEÑO DE RECOMPOSICIÓN

había pasado ya más de una semana y el cordero que me había comido hacía *be* aun dentro de mí por lo cual debí sacarlo y pegar el corazón con las demás partes de su cuerpo y ponerlo a pacer en el campo verde junto a una hembra de su especie

HAY una mano en mí que cuando me caigo en sueños rápidamente me salva del abismo por el que me precipito y me pone sobre la cama suavemente y otra vez vuelve a ocultarse

LA PALOMA
la cuchara
el díptico que muestra en una escena
la metamorfosis del aire
y en la otra las del amor
el cáliz verde del que se elevan
los pájaros de la mañana y de la noche
el puro aroma de las plantas que sube
el acanto
el chorro de agua que en el aire canta
parecen en lo más alto de su amor jugar

AL VIEJO

lo sacan al sol temblando como a un bebé arrugado sobre la silla   y hablan las sirvientas sobre su cabeza mientras salen a la luz su cara y sus manos flacas del calor en el que están guardadas   y cuando ríe parece que se estuviera quebrando y tienen miedo del esfuerzo que hace   y cuando llora lo protegen de su excitación —a su edad —dicen— nada de emociones   sólo estando ni triste ni contento está seguro   grítenle a la oreja dénle su alimento   pónganlo a dormir que se distraiga de algún modo   tenemos que hacer que llegue vivo a su próximo cumpleaños

ÉL TENÍA un planeta azul en su cuarto del tamaño de una naranja   y suspendido en el aire día y noche giraba en torno de su cabeza hasta que una mañana bañado de luz se hizo invisible

ÉL TENÍA un cuarto de silencio   sin techo ni suelo ni paredes al que sólo su mirada entraba   pues su pensamiento en él hacía demasiado ruido

SIGNOS

las cosas que vemos cada día en su silencio
los seres que vienen cada día a visitarnos
la luz que llega para entrar y salir de lo que amamos
lo que va hacia adentro
y lo que nos atraviesa para seguir al infinito

DESCUBRÍ el ojo en el muro por el cual el cuarto
está alumbrado día y noche
y descubierto sigue alumbrándome como si yo estuviera adentro
de una gran cabeza y sin cesar trajera a mí lo que ve del otro
lado cada pájaro cada piedra cada casa cada nube cada estrella
cada anuncio cada sombra cada rostro cada cambio de luz
cada hoja y todo es digno de verse pero no puedo dormir

DESCOMPOSICIÓN CON RISA

le quitan las orejas
le sacan los ojos
le quitan los brazos
se llevan su pecho
le desaparecen la cabeza
le quitan el tronco

lo desaparecen completo
y se queda riendo
y sigue riendo
e invisible
ríe a lo lejos

La ventaja de tener éxito —me dijo el más viejo de la familia— es que te haces cargar   adquieres hombres que por años y por años te cargan y te cargan hasta que por cansancio y por tu peso se hunden desapareciendo al ras del suelo y entonces consigues otros y te cargan etc.

Aquellos que abrevan uno en otro
de lo que en sus cuerpos fluye
antes de que despojados
yazgan en el cuarto oscuro
gustan de lo que se crea
en sus propios ojos y en sus propias manos

por las piernas suben uniéndose
hacia los vientres ya unidos

por los pechos descienden
con la respiración ya unida

y se absorben como plantas
que guardan lluvia para durar en los días secos

Alerta como pescador frente a un río lleno de peces deja que pasen las palabras en su cabeza   y que pasen una y otra vez sin que las tome   y así horas y así días   hasta que repentinamente sus labios se entreabren y su cuerpo se agita ante la palabra que separa en antes y en después su vida

Él atraviesa con su espada su cuerpo y hace que
de en medio de ella crezca una planta semejante a su forma
él golpea sus mejillas con las manos y de su cara roja hace que
brote de ella un gemido semejante a su nombre
él la arroja al suelo y con el pie la somete y la hace fiel a sus sueños
él ha triunfado sobre sus rivales y de cada uno ha hecho agua
sucia adonde ella ya no puede bañarse   él la deja sola
desnuda en medio de la habitación oscura   y se duerme
satisfecho del orden que ha impuesto a su reino

El ser que yo amo me pega   aunque flacucho y
delicado y pequeño todas las noches antes de tenerme me pega
penosamente veo cómo su cara lánguida se llena de color por el
esfuerzo y su jadeo cambia de ritmo varias veces según la
intensidad de los golpes que me asesta
invocando a Dios y a su padre y madre me pega hasta que la
cabeza se me cae de dolor
lo que él llama sacudir el ser para oírlo mejor vivir me lastima
quisiera que mis padres enviaran sus ángeles por mí y que me
lleven otra vez a casa

Hay silencio en la lluvia que cae estrepitosamente
sobre el techo de lámina
en nuestro pensamiento hay silencio
en medio del ruido externo a veces estamos sumergidos en el
más profundo silencio y cuando de pronto un sonido nos
arranca de nuestra quietud se nos hace insoportable toda
voz y todo lo que nos llama nos rompe
sin embargo a veces rodeados de silencio parecemos estar llenos
de ruido los pensamientos suenan las manos suenan el aire
crepita y el más dulce rostro es altisonante
el espacio se vuelve una enorme caja de resonancia donde
golpea sin cesar el tiempo   pero también ocurre que al
hablar la voz no suena aunque lo pensado parece arañar
los vidrios

Es el caballo blanco que corre todo el día por
la sangre y al atardecer se borra de la cabeza como si
fuera la última claridad de lo fantástico
es la planta a medias azul y a medias transparente de la
que brotan las formas que luego caminan o que vuelan
es el león blanco que nace y muere en el sueño resplandeciendo
sin sombra
es la luna de abril o de la mirada abierta que en la noche al
cerrar los párpados es como un ojo en tus pensamientos
y es este punto moviéndose en la plena negrura que al tocar
ciertas partes del cuerpo te hace ver fugitivamente a Alguien
que se mueve en ti mismo

Soy calmado pero cuando acciono parto a mi
adversario en dos divido sus partes en cuatro las divido en ocho
en dieciséis en treinta y dos y llego a mi cifra y lo arrojo en pedaci-
tos al aire

No se sentía bien   en realidad nunca se sentía bien
y se había acostumbrado a no estarlo como otros se
acostumbran a estarlo
pertenecía a esos seres para los que vivir es un constante
desacomodo un continuo salir de sí hacia la omnipresente
molestia
y no están bien con mujer o sin mujer   con amigos o sin amigos
con familia o sin familia   comiendo o con hambre   en
la ciudad o en el campo   en su país o en otro país   solos
o acompañados   moviéndose o inactivos   etc.

Él tenía una copa en la que guardaba una llave
y diminutos delfines que al contacto de la luz despertaban
y tenía un tubo de vidrio por el que soplaba y hacía en el aire
puntos azules e insectos blancos y tenía un bastón al que
se le daba vueltas con el dedo y se alargaba y se alargaba

hasta que dirigido hacia la noche se veía a través de él
un rostro en gloria en el centro de una estrella   y en el rostro un ojo único que nos dormía siempre a la primera mirada

El viejo antes de dormir cuenta a sus amigos y
a menudo en la noche despierta asustado pensando que le falta otro
y hay mañanas en que realmente le falta otro
y más encogido y más solo se siente
y a persona o cosa que ve le dice adiós con los ojos
Allí en su silla atraviesa los días como el pasajero único de una barca crujiente en un mar tempestuoso

Sus manos salen tras el ser que se va viviendo   su voz parte hacia él pidiendo que no se vaya   sus ojos lo siguen contra memoria y distancia y contra tiempo   sus pensamientos lo inventan lo fijan lo acarician y otorgan a su amor deseos de duración   y él está inmóvil en su cuerpo y sólo dentro de sí sueña y se mueve

En sueños el jugador jugaba desde hacía algunos meses con tres contrincantes iguales a sí mismo a atrapar la pelota que le arrojaban todas las mañanas uno por uno   el primero se la lanzaba tan alto que la pelota se perdía en el aire y nunca podía ver adónde iba a caer a lo lejos   el segundo se la lanzaba rápido y tan fuerte que malignamente le pegaba en la cara echándosela por el golpe de lado o hundiéndole la frente o la nariz según el sitio donde le daba   y el tercero se la lanzaba tan tramposa y débilmente que no alcanzaba a recogerla pues la pelota apenas tocaba la línea que él no debía trasponer   y al final de cada fracaso la prueba se posponía para el día siguiente pasando uno la noche con su mujer mientras los otros dos le daban de palos
hasta que un día cansado de ver la pelota perderse hacia arriba cansado de ser golpeado en la cara y sobre todo cansado de

soportar a contrincantes parecidos a él mismo acostarse con su mujer atrapó la pelota sin saber cómo mientras se la arrojaba al segundo con furia a la cara

y sus contrincantes desde esa mañana no volvieron a molestarlo para jugar dejándole la pelota como tributo de vencidos   la cual tiene la sola particularidad que cada noche que pasa se ablanda más y obsesivamente empieza a parecerse a un seno

No acababa de dormirme cuando ¡plaf! el tipejo se me dejaba caer tan violentamente sobre el estómago que sentía que pesaba una tonelada y por un buen rato infaliblemente me dejaba maltrecho y cuando me reponía y lo buscaba con perplejidad y furia ya se había perdido por las callejuelas sombrías de mí mismo y cada noche bajaba de más alto

así que cansado de sus irrupciones me puse a acecharlo haciéndome el dormido y lo atrapé del cuello desde la primera noche y arrastrándolo con dificultad lo saqué fuera de mí mismo y me puse a observarlo   y lo que más me maravilló fue ver cómo este abusivo ser se redujo en mis manos al tamaño de un hongo con patas que desesperadamente huyó por el desagüe del baño al prender la luz como una sombra

ROMPECABEZAS

(él) (ella) busca las piezas pero no las halla se lleva las manos a los
bolsillos (vacía su bolso) y encuentra sólo indicaciones para
seguir buscando cierra los ojos para recordar pero se da
cuenta que no ha sabido

.busca en los cuartos abandonados de la casa y recoge pedazos
inservibles de sus piezas y fragmentos de las piezas de otros

hurga en sus trajes en sus muebles y sólo descubre que la polilla
ha trabajado y que la noche ha crecido y que su última hora
acaba

entonces traza en el aire la forma de su nerviosismo y dirige un
saludo a nadie

observa que ha puesto en su lugar las figuras de sus padres y 2 ó 3

atmósferas de amigos y que ha colocado casi todos los
retratos de su vida desde el primer instante hasta los 28
años y piensa que ninguno le falta aunque hay muchas
presencias sin sitio
despierta a medianoche y grita sin palabras creyendo haber
encontrado en sí mismo la pieza perdida pero al mirarla bien
ve que no le sirve que es corcho o vidrio o bagatela
corre a mirar las otras piezas puestas y descubre que la central le
ha sido robada mientras tanto
y vuelve a su lecho y sabe que ha pasado un día más y que el
rompecabezas queda sin hacer

EL MARTILLO MENTAL

Sus enemigos no cesaban de aparecer ya estaba lleno el cuarto y todavía a varias calles de distancia había muchos que se dirigían a su casa con gran prisa y los que estaban ya adentro tampoco cesaban de molestarlo lo picoteaban lo mordían hablaban entre ellos sin verlo lo jaloneaban le daban de puntapiés y lo cubrían con el cuerpo de tal modo que en momentos parecía haber desaparecido bajo su peso y su presión hasta que gradualmente se incorporaba y volvía a ser él mismo pero apenas empezaba porque cuando uno de sus enemigos había cerrado la boca y retiraba el puño de su pecho otro ya lo insultaba y le asestaba un puñetazo en la cara pero un día cansado ya de tanto abuso se ocultó lo más que pudo en un rincón del cuarto se recogió en sí mismo reuniendo todas sus fuerzas e inflado por sus propios derechos sacó su martillo mental y a uno por uno les dio en la cabeza tan fuerte y decididamente que los hundió definitivamente en el suelo

y sigue

EL JUGADOR EN GLORIA

cada vez que lanza la pelota sienta al cátcher y si el bateador
acierta rompe el bat y deja maltrechos sus manos y sus brazos

por el frenesí en el envío y por el fuego en la curva y ve desde su base de pitcher la calavera del contrario vibrar por el impacto al toque de la bola tal como el pasajero se la ve a sí mismo en un auto que choca aunque la mayor parte de veces la incrusta en el muro sin ninguna oposición
así cinco así cien veces
sin embargo los jugadores del otro equipo y de su propio equipo conspiran para vencerlo y aunque sin vencerlo el juego acaba y los aplausos acaban él tiene que volver solo a su casa

NÚMEROS

Casi al amanecer me despertó el 4 sonaba muy fuerte y estaba borracho y se contorsionaba y me hacía pruebas de equilibrio luego cuando ya me había acostumbrado a verlo llegó el 3 muy verde y se tomaron del brazo y danzaron y se acariciaron sacando de sus delgadeces música
y cuando ya me preparaba a recibir al siguiente se metieron uno en otro y se volvieron un 1 pálido que se fue borrando al paso del alba

CONOCIMIENTO DEL VIEJO

me mostraron al viejo de la casa y me dijeron —no quiere hablar— bañado y sacudido
me indicaron que estaba muy flaco y muy pequeño y me dijeron —ño quiere comer— y de pálido ya había pasado a color tierra
y señalaron el sitio donde estaba cerca de la ventana y luego lo llevaron al segundo piso y lo pusieron en su silla en frente de un muro rosa y me dijeron —lo hacemos para que no se deprima cuando está nublado pues se pone a llorar porque recuerda que está viudo y dando manotadas al aire confunde a las visitas con la abuela y ésta es seguramente una de sus peores manías de viejo

EL VIEJO

más que arrugarse se ha vuelto a plegar a doblar de tal modo que para estirar el brazo primero debe desplegar los diferentes pliegues que se le han hecho entre la mano y el hombro   si quiere morir bien necesita salir antes del laberinto de pliegues y dobleces en los que está metido y caminar sin ayuda de nadie fuera de sí mismo

EL GRECO

viejo empieza a preverla se acostumbra a sentirla
color a color busca mirarla pero siempre entre existencias
oscuras que quieren ser en un verde en una cara
es la mujer visible la eternidad de la carne en una llama de color
  ascendente
su presencia sólo la ve una vez en sueños la presiente en una
soledad de figuras silenciosas de colores sonoros
su rostro lo deja en un lienzo oculto bajo una ciudad gris
podemos verlo si entramos a su Toledo una vez en la vida
ahí está su aura ahí está la muchacha hebrea

PIEDRA sellada

piedra hendida como una mujer

piedra de abril

piedra redonda de oscuras transparencias

piedra de los cristales separados

piedra en todos sus colores llama

yo no te rechazo

brillando sola en la noche
en ti comienza toda construcción

AJEDREZ

LAS CANCIONES

Sol Deus midons e mo Vel Vezer sal,
tot ai can volh, qu'eu no deman ren al.

BERNART DE VENTADORN

MI SER va al canto cada día
como a una casa de deseo
que va siendo cada día
más su casa

BOCA de luz
donde aparece
blanco el Verbo
di tu canto
lo visible

EL DESEO trae todo a mí
para que cantando lo transfigure

la imagen que brota de mí
es blanca como un árbol soñado

y mi ser hace a mi ser
visible sobre lo claro

TEN señora los cuerpos
los colores
las imágenes abiertas del tiempo
donde la nacida en agosto
se perpetúa en silencio
Ten a aquellos que subiendo
por una misma voz

viven en una palabra
como una cosa en su nombre
Ten el ser
    la hora
    el sitio
adonde convergen
irresistiblemente
a la unidad deseada

INTÉRNAME en tu noche
de azules ríos cruzados

imagen de tu imagen es
el paisaje sereno de tu día

la infinita procesión viviente
que se alza a tu corazón
tiembla y se apaga

árbol de luz seré
otra vez creado por amor

QUE su vida sea amada en su día
en un día próximo a mí
para que mi ser vea hacia su ser
una luz muy antigua

que su cuerpo indique el lugar
por donde su existencia va
y estas palabras de pie
sepan nombrarla de una vez

QUÉ luz te gustaría beber
en esta variedad de azul

en qué sol te gustaría mirar
y soñar todas las cosas que ahora ves

qué Dios te gustaría comer
pues tienes hambre

HACIA los pájaros el ave viene
volando del colibrí al jilguero

desde el verde profundo el fruto va
al naranja y al blanco

sobre el llano suben y bajan
el sol y el ojo por un mismo rayo

mi ser sin fin recibe
la canción de otro ser

y mi voz parte cantando un aire
que no se detendrá ya más

ÉL ESTÁ bebiéndola
con muchos ojos y con muchas manos
allí donde se reúnen
interior y exterior

ella
sentada sobre sus piernas
pensada   copulada
es la bebida

él el bebedor

SOY tu ser
llevo en mis cauces el ritmo
de tus seres amados

la pupila de todos
hacia tu cara mira

tu verde vastedad
está en mí

y tu canción y tu oído
en mí se aman

por un universo igual a tu Palabra

Y FIEL presérvame
llévame a tu tiempo de luz
el día que se va ha de volver mañana
pero yo si me voy no he de volver

soy estos ojos
esta boca
este ser
presérvame

el trigo el árbol los cuerpos
duran para siempre
en ti
en mí
en los hombres
pero yo si me voy no he de volver

ENTRE aves
entre nubes
vieja mujer el alma

ven   señora   ven
descansa de infinito

LAS montañas UUUes abiertas
eMMMes quebradas   OOOes blancas

igual que verdes recipientes
de una en otra van subiendo
hasta que de tan azules
son casi transparentes

VIENE el río
deseoso de oscuridad
hunde sus ondas en la noche

lleva criaturas sobre una misma onda
viene sobre la tierra santo
santo en su instante
pasa para volver
y el que ama sabe

MADRE oscura de vida
con un gesto que es sangre

vaso en brillos oído

donde el ser aparece
en quietud y silencio

tu materia se oye
al aire despertando

y es luz y es palabra
este ojo azulísimo
donde el sol es pupila

HOMBRE

Sin nombre fluye por la noche
con mujer sauce y perro
mirando el cuerpo de los otros
y su cuerpo fluye

en compañía de gritos
y de sombras fluye

y triste y amado
bajo el aire fluye

GRECIA

Otro viento roza   otra agua lava
las mismas ruinas y el mismo polvo
con otra arena se esculpe el cuerpo humano
otros ojos pulen su mirar su forma
dejan en el suelo una nariz un pie

donde volaba un dios un perro orina
un idiota ríe   se abre una mano
dos insectos copulan   un gesto arrugado
recibe monedas que le caen del aire

un rey de la nada dirige la miseria
el verano como Ulises tiende el arco

arroja al corazón sus flechas
las ramas espectrales

QUE su ser permanezca
que su ojos no mueran

lo digo ante su cuerpo
lo digo en mi corazón

yo descanso en ella
yo vivo en su día

enorme frutero de seres es la tierra
donde mi amada es una

que su ser permanezca
que sus ojos no mueran

CA LA VIDA ES JUEGO
(Arcipreste de Hita)

la sombra dice de dónde el sol viene

para el que va cansado todos los caminos son largos

lo que duerme viaja a un día donde el sueño es real

heredamos el dolor y lo transmitimos

el que está afuera de su propia fiesta imagina que adentro de los otros se festeja

en la diversidad está un poema o varios   en el poema una palabra abierta   y en la palabra el tiempo

el único milagro es el de la Creación   lo demás es anécdota

después del amor el silencio empieza a tomar otra vez el cuerpo

sólo se percibe el viento que deja tras de sí el rayo de la iluminación

relámpagos sin trueno atraviesan al hombre

Noche del seductor
tu sugerencia invisible
traspasa la ventana

y herida
la creación reciente
se solaza para ti

muros que te protegen
encierran tu canción
y formulan tu pérdida infinita

Noche del seductor
los que se encauzan están doblados
bajo un cielo
que acumula noches para nadie

y como prendas viejas
los seres deseados
van siendo desatendidos por su amante
en una larga melodía de color que se borra

Muchacha mía
siempre has de volver
a tu primera comunión
a lo que enumera el seductor
y está perdido

AQUÍ entre barcas
y olor a tierra húmeda
y torsos de muchachas
y cuerpos de marineros viejos
flacos por el calor del trópico
y muerte súbita
y olas hacia el infinito
ya nada te piensa ni recobra
las gaviotas que a veces se aproximan
parece que transportan soles y lunas
de una lentitud mortal imperturbable

la vida se hace más difícil
lo natural de ayer se vuelve un fardo extraño
y la multitud ociosa
vagando por los muelles
es un largo luto
y acaso ya herida no morirá nunca

y yo
aún te veo

mientras oigo en mi corazón
como en un viento confuso de muchas lenguas
noticias de amores y de hombres
que se deshacen en la lejanía

SOBRE UNA AUSENCIA

he venido a verte
pero en tu casa ya vivía otra
quien me dijo que no te conocía
fui a buscarte al Gato Rojo
pero no estabas
el mesero me contó que hacía meses no te veía
me senté solo a una mesa
ninguno de los amigos había ido esa noche
contra la tristeza pedí mucho de comer
aunque a veces mirando la lechuga o el queso en el plato sentí el vacío en torno de mí
pues comía sólo para no sentirme irreal
en frente de mí estaba un viejo entreteniéndose con una cerveza que no bebía
miraba fijamente a la pared
sin mirada   como pingüino parado frente a la multitud
no se veía pensando ni aburrido   triste ni enfermo
se veía simplemente desolado   quebrado como sólo un hombre puede estarlo
por dos o tres horas comí y bebí con el viejo delante de mí

había ido a buscarte
después de más de un año tenía urgencia de verte verdadera ansiedad
y estuve esperándote varias horas con el deseo de que llegaras en cada parte de mi cuerpo
y con la pregunta sobre ti puesta en mis ojos observé a cada persona que entró y salió

había regresado esa mañana de Buenos Aires del Cuarto Torneo Internacional de Ajedrez

había conseguido un pobre tercer lugar

había jugado con furia con fatiga con soledad por no estar tú conmigo

después de tanta separación por esa larga gira hecha con el sólo propósito de ganar un poco de dinero

y vivir una vacaciones amorosas en la costa del Pacífico

al llegar al Aeropuerto Internacional Benito Juárez los aduaneros se lanzaron sobre mi equipaje como perros

en busca de drogas por haber hecho una parada en Colombia

y me quitaron la esmeralda que traía para ti

decepcionado fui a dejar las maletas a casa leí unas cuantas cartas y hojeé periódicos con noticias viejas

me di un baño y dormí un poco

al despertar te hablé por teléfono

tu número estaba suspendido

así que fui a tu casa

gozosamente recorrí las calles

con el sol en la espalda vi mi sombra adelante como una fuga oscura indescifrable ajena

en Paseo de la Reforma encontré a Horacio

quien me dijo que en Cuernavaca había visto ranas del tamaño de un kiosco

y ahora hablaba con Dios en la palma de su mano

ya!

en vez de ti una mujer gorda en camiseta de hombre

y pantalones cortos me abrió la puerta

ya!

no le dijiste adónde te cambiaste

así que volví a la calle

como si fuera nadie caminando o no hubiera llegado todavía

sólo mirada sobre los muros y las banquetas calientes

después doblé en una esquina de Melchor Ocampo y atravesé un parque sin árboles que olía a sol y a gasolina

al andar pateé la cabeza carcomida de un títere del que al rodar por el suelo salían hormigas de sus pómulos rotos
en un bote de basura arrojé mis boletos usados de avión mensajes de hoteles y fechas de juego
tuve la vislumbre de una libertad

y volví a Santiago y a Quito a Buenos Aires y a Bogotá
recordé montañas y hombres   miserables e idiotas   carreteras y ríos
pero mi viaje es otro tema

junto a un fresno estaba un perro flaco   lo acaricié me siguió
y por un rato fuimos los dos las dos sombras por la calle sola
hasta que a las puertas del Gato Rojo lo ahuyenté   me ladró

el dueño me había pedido que le comprara en Brasil una mariposa azul   se la traje   la clavó en la pared
mientras lo hacía recordé mi miedo en Ecuador de que hiciera erupción el Chimborazo
sin que me causen temor en la ciudad de México el Ajusco el Popocatépetl ni la mujer dormida

a eso de las once empezó a llegar mucha gente
grupos de hombres ocuparon las mesas vecinas
y una que otra pareja se sentó en la oscuridad
para oír jazz a la luz de una vela
yo me sentí incómodo por mi soledad por la expresión de mi cara

quise justificar con consumo mi demora en irme
pedí un café cuando aún no terminaba el que veía ociosamente y un sandwich de pollo cuando no tenía hambre
miré el segundero de mi reloj completar varios minutos
en la mesa junto a la pared oscura una joven puta fumaba y miraba con expresión de tedio
al poner la mirada hacia mi dirección no me veía
como si esperara a alguien que nunca iba a venir

trracé en la servilleta palabras cortadas a la mitad escritas al revés o de modo continuo

borroneé obsesivas simetrías círculos como balones desinflados

hice un dibujo muy fallido de tu cara

pensé en las ninfas tejedoras de Garcilaso que bordan el entierro de una muerta

vi y reví a la joven puta tanto que quiso quitarse mis miradas de encima con el gesto molesto de aquel que aparta de su rostro una telaraña

sonriendo pagué y me fui

en la esquina llamé a tu hermano por teléfono me dijo que te habías casado pero que si quería saber detalles de tu boda fuera a su casa a jugar una partida de ajedrez

seguido por un gato blanco sucio caminé dos cuadras

más por sentir bajo la luna llena el silencio plateado de la calle que por hacer un poco de camino a pie

pero cuando el ruido y el humo de los autobuses de los camiones de los coches y las motos se volvieron insoportables paré un taxi

estuve en su casa a las doce como le había dicho mas él había clavado en la puerta una nota diciendo que regresaría en media hora

me senté en un escalón y lo esperé hasta la una

ocupado en ver el ir y venir de una araña en la pared

al llegar estaba contento y bromeó sobre mi nuevo modo de vestir

antes de responder a cualquier pregunta se puso frente al tablero de ajedrez

eligió las blancas y me invitó a jugar

casi no levantaba los ojos para verme

como si me hubiera visto ayer o no le interesara lo que había hecho durante un año

entre jugada y jugada lo interrogué

absorto en su juego rehusó hablar

quise ganarle rápido deshacerlo inmisericordemente

pero como a cada movimiento se veía más amenazado y perdido más se puso a pensar y la partida se alargó inútilmente antes de que le diera jaque mate se negó a mover el rey

me miró resentido y me dijo que como tenía dolor de cabeza no tenía humor para tratar asuntos de familia

le pedí que al menos me diera tu dirección

pensativo se quedó un rato decidiendo si hacerlo o no hacerlo

finalmente me dijo que no

me quedé sentado en frente de él en silencio

llegué a ver sin ver las rayas verdirrojas y los seis botones de su camisa

releí sin cesar y sin penetrar su sentido los títulos de dos de los tres libros que estaban sobre la mesa

adiviné mi dedicatoria en la primera página de mis *Breves partidas magistrales*

detesté su nombre en el lomo de su *Gran análisis del juego del ajedrez*

tomé y abrí sin querer el más ajeno un *Manual del cazador*

vi la foto en la que un hombre con una escopeta vuelve plumas en el aire a un pato

recuerdo que sentí dolor por el pato y por el cazador y extrañamente pensé en Góngora con la cabeza abierta y en cómo a veces al aire de la divinidad entra en el cuerpo herido

y di a tu hermano en ese momento la más gentil de mis sonrisas

pero él me pidió que me acercara y casi en la oreja me susurró que tú no te habías casado sino que habías muerto en un accidente

que si quería saber detalles de tu muerte jugara otra partida

y me sirvió una copa de tequila y un vaso de wiski al mismo tiempo

y se sentó frente al tablero y me señaló mi sitio dejándome otra vez las piezas negras

a partir de los doce primeros movimientos empezó a constreñirme tanto que casi sentí opresión en la cabeza

dominado y aturdido jugué más para librarme pronto del juego que para ganar o conseguir el empate

perdí y rió contento y quiso seguir jugando y me ofreció las blancas

pero me levanté y le dije que no quería saber nada de ti ni de él ni de sus juegos y salí dando un portazo

mas con el ruido de la puerta todavía en los oídos volví a tocar el timbre

divertido y moroso me abrió

sirvió a la vez varias copas de tequila y me contó cómo habías muerto

—grotescamente— dijo

—como un sapo— añadió

y guardó silencio

después se levantó

desde la puerta de la cocina me mostró una jaula con un zenzontle dentro

—no lo dejamos dormir— dijo

y abrió la jaula para ver si salía el zenzontle pero el ave no salió

—tal vez sí está dormido— dijo

y lo dejó otra vez en la cocina

al regresar me hizo con las manos una seña obscena y se sentó a mi lado con rostro afligido

—esto fue su desgracia— dijo

—por esto murió grotescamente —recalcó

y movió con pesadumbre la cabeza y deshizo la seña estirando la mano derecha para tomar un cigarro

—iba con un tipo a Cuernavaca y se estrellaron con el coche a unos veinte kilómetros de aquí

—cuando fuimos a recogerlos la trajimos a ella pero lo dejamos a él pues sólo ya era útil para la Cruz Verde que recoge cadáveres

—baste decir además que la benemérita policía me cobró infaltablemente cinco metros de pavimento tres árboles recién plantados daños a terceros y otros desperfectos que la caridad persigue por oficio

y con las piezas ya colocadas empezó a jugar otra partida

con melancolía jugué

con melancolía perdí

jugué más juegos   bebimos casi toda la botella de tequila   en las pausas abusó en pormenores desagradables y en hipos   en risas fuera de sitio y en repetir periódicamente que cuando llegaron a recogerte todavía estabas viva pero que moriste en el hospital por el error de un médico que te dejó las tijeras en el vientre

—porque sabes caer allí si no te mata el anestesista que te pone éter de más te liquida la enfermera que te asesta una inyección equivocada o el practicante que te opera de la cabeza cuando te estás muriendo del riñón

y me mostró dos retratos tuyos   uno en el que estás demasiado niña como para que pudiera hallar en tus facciones un recuerdo íntimo   y el otro una copia más pequeña del que tengo

mientras me los enseñaba me preguntó si en caso de que tuviera que hacer una gira de simultáneas por el país iría con él   le contesté que sí sabiendo que nadie lo invitaría

al despedirme quiso caminar conmigo hasta mi casa

oyéndolo hablar de muchos de sus proyectos para los próximos tres meses extrañé el silencio fresco en las calles de la madrugada

juntos vimos a un borracho dormido sobre el pasto ser orinado por dos perros

a una puta anciana y gorda sentada en el umbral de una puerta en la oscuridad

a otro borracho avanzar pegado a las paredes seguido por un mozalbete descalzo y en harapos con cara de pepenador

a una adolescente acechada por un grupo de policías agazapados en una patrulla llamarnos con acento de Veracruz

pelafustanes en coche pasaron gritándonos maricones gachupines o lo que fuéramos

cansadamente atravesamos la Glorieta del Ángel

seguimos por Paseo de la Reforma hasta Río Elba

pasó un esqueleto en bicicleta con una gran canasta de pan en la cabeza

con cara de ungidos jóvenes homosexuales nos hicieron señas detrás de los árboles o recargados en las salpicaderas de los autos

tu hermano volvió a hablar de ti

sus palabras salían de prisa

sus recuerdos muy lentos

en tono grave describió momentos de nuestra relación con anécdotas falsas

me contó que nos habíamos conocido de un modo distinto a como nos conocimos me reveló que mientras habías andado conmigo habías tenido aventuras con otros hombres

—para ser feliz con ella había que tener temperamento de cornudo— indicó

—pero para ti tan celoso es mejor que haya pasado eso— concluyó

sin embargo me suplicó que no te olvidara

veinte frases después me pidió hacerlo

se excitó se llevó las manos a la cara

y mirándome con comprensión y ternura se quedó callado e inmóvil a tres casas de distancia de mi casa

amanecía

la hora en seis campanadas llegó nítida

un cielo profundamente azul anunciaba un día claro

el sol empezaba a salir a un lado de la cima blanca del Popocatépetl

bruscamente me puso contra la pared   me dijo que todo era una broma   que tú no te habías casado ni habías muerto en un accidente sino que viajabas por Europa desde hacía unos meses   que como no me amabas no me habías escrito   que si te escribía a la lista de correos de Córdoba tal vez me pondría en contacto contigo   me preguntó si lo haría en voz muy alta rehusé hacerlo

se ofreció a dormir en un sillón o en el suelo de mi sala por si tenía miedo o sentía soledad

no respondí

quise irme

me detuvo y me dio un beso en la mejilla

lo vi a punto de llorar

abrí la puerta de mi casa y la cerré sin fijarme si se había ido o si todavía estaba allí

al subir la escalera que lleva a mi cuarto vi con nostalgia los escalones

me quedé parado viéndolos más sombríos que de costumbre

luego ya sentado en la cama por la ventana me quedé mirando a un sauce y a la calle mucho tiempo

como alguien que por sentirse tan solo y ajeno en su propia casa ya encerrado en ella aún no se decide a entrar también como para salir de ella deseé llamar a alguien pero sin saber a quién me dormí con el teléfono en la mano

soñaba que una presencia femenina me hablaba
—muestra en viejas y raras normas la vida sencilla de todos los días —me dijo
cuando me llamó tu hermano
precipitadamente traté de asir el auricular entre mis manos
traté de dejar de soñar pero te seguía viendo
todo yo era pesantez y ausencia

creo que sus primeras frases fueron una sinopsis de nuestras entrevistas
que sus gritos de entusiasmo fueron para recordarme cómo me había ganado
en medio de su discurso para tener una razón en contra de él cogí el reloj para ver la hora
era la una de la tarde
sentí calor en el cuarto y en el cuerpo
oí ruidos de coches en la calle
entreabrí la cortina   de entre sus pliegues cayó una mosca muerta   entró un sol deslumbrante
tu hermano seguía hablando
en mi mano vi por un momento tu mano en la forma de la mía
dirigí mis ojos hacia Río Lerma por donde acostumbrabas venir y descansé mi mirada en sus aceras vacías   hasta que surgió un enano vendiendo los periódicos del mediodía y tuve ganas de despertar de no estar ya cansado de oírte
con voz ronca me dijo que vivías en Guadalajara
silabeó el nombre de la ciudad arrastradamente como si estuviera ebrio   con voz ansiosa me dijo que si jugaba una partida por teléfono al final me diría la verdad
inerme acepté
dispuesto a derrotarlo

fui por mi ajedrez portátil y lo puse sobre mis piernas para llevar la partida
mis seis primeros movimientos fueron rápidos   sus respuestas también

a partir de la séptima jugada se demoró más de quince minutos
en la novena veinticinco

en la duodécima media hora

de tal modo que a menudo tuve que preguntarle si aún estaba allí   a lo que contestaba con enojo alegando que perturbaba la urdimbre de sus combinaciones

pensé en el Popocatépetl flotando sobre el tiempo como un pensamiento cristalizado

vi la madera de la mesa porosa y cálida por la luz   las calles como terrazas de la hora caliente   a una muchacha vendiendo muchísimas naranjas   a una anciana lenta ir al mercado

volver del mercado   a un perro amarillento echarse y dormir a la sombra de un árbol como rodeado por un charco de luz   a dos hombres descargar un camión de mudanzas observados ansiosamente por un niño

pensé en ti viendo las fachadas soleadas de los edificios y sus sombras resbalando simétricamente por sus muros

entre los silencios variables que esparcía el juego fantaseé con la posibilidad de un encuentro

me impacienté sintiendo mis deseos como impedidos por una especie de camisa de fuerza

tuve la tentación de levantarme a acomodar un espejo mal colgado y a ponerle agua a una planta sedienta   tuve el impulso de lavar las ventanas polvorientas

me desesperé por tener que estar ahí sentado jugando y esperando

sentí la herida el hueco la sombra de mi propia existencia

cerré los ojos traté de pensar en tu rostro y nuestras viejas citas

pero sólo vi un caballo agresivo sobre el tablero y oí una voz que me decía mate

y algo en mí fue provocado

una cólera lúcida me dictó seis jugadas precisas

las llevé a cabo con seguridad gozosa

esperé sus respuestas adivinando su sufrimiento del otro lado de la línea

y me divertí imaginándolo abatido

pero para contestar a cada movimiento se tomó más de media hora abusó me aburrió se quejó y colgó a punto de que le diera mate

victorioso sentado sobre la cama bañado de luz en piyama me quedé viendo la pared blanca del cuarto como tratando de leer en ella una antigua familiaridad una vida irrecuperable

sintiéndonos separados por el tiempo

cuando otra vez el teléfono sonó la voz de tu hermano (a quien creía muerto) me dijo atropelladamente que metiera la mano en el bolsillo de mi saco pues allí me había puesto algo esa mañana

hallé una invitación en la que se anunciaba tu boda con un John López en Los Ángeles

y en unos cuantos instantes confusos pareciste vivir en Guadalajara resucitar volver de viaje y perderte definitivamente mientras yo constataba que el foco del techo estaba fundido y me quedaba serio viendo ya las piezas sobre el tablero ya los vidrios sucios de la ventana ya el retrato en la pared de una muchacha desnuda

BINDO ALTOVITI

Basta, Bindo Altoviti, de recuerdos; basta de panoramas, de raciones, de sentencias, de episodios por vivir.

Lo que nos hace efímeros es nuestra inexistencia, si existiéramos no seríamos mortales.

Somos de la materia del tiempo, Bindo Altoviti, y la voz tiembla, blanca en su peso.

Mis ojos miden la maravilla y la intemperie, el silencio y los verdes de la creación haciéndose, y cuando quieren dormir, cansados contemplan mi propio infinito.

Gracias, Bindo Altoviti, por este fuego donde soy muchos hombres; gracias por el agua que se da entera pero es inagotable.

Gracias por el esplendor del esplendor del esplendor.

Agradezco hacia todas las direcciones por el melancólico espectáculo.

Y abro los ojos para imaginar.

Yo tenía una lámpara para ver los ancestros, y al prenderla en la noche veía en la oscuridad como en una cabeza abierta las facciones de lo extinto y el temblor de mi risa.

E iba pasando del 2 al 4, del 4 al 8, del 8 al 16, del 16 al 32, del 32 al 64, etc., como en un juego ruinoso de padres y abuelos.

Y. tenía colores para pintar esas imágenes, soplo para moverlas, y forma y peso para creer en ellas. Pero era una pura ociosidad.

Detrás de cada gesto estaba Dios.

Y tú eres dos, Bindo Altoviti, el silencio y la oscuridad.

Tú eres dos sombras.

Llegas con los soplos que inflan las cortinas, como perfume y como aire.

Llegas con lo gris impreciso.

En las paredes leo un 7, una B, un puño, una oreja, un bastón dibujados.

En el closet hallo un traje de baño para niña, faldas con el cierre roto.

Y tú encuentras más belleza en lo no desarrollado que en la forma madura.

Entremos pues al sueño.

Ya que la noción de un río te hace añorar un ser, y su rumor el valle donde habita.

Ya que sólo los caminos que ha trazado la lluvia sobre el polvo llevan a Dios.

Ven, Bindo Altoviti, resulta el vago idioma para llamarla, ve hacia ella de uno en uno en ondas que envía la intensidad.

Desde aquí veo la luz.

Y el lecho que concentra.

ASCENSO

Las mujeres esperaban de nosotros sentadas en los bancos azules.

Había dejado de llover afuera. Cierta humedad nos penetraba.

Las mujeres sentadas con uniformidad apenas se movían. Sólo un brazo extendido o una cabeza inclinada rompían la densa monotonía carnal.

La luz encendía los muslos blancos, negros, morenos de las mujeres, quienes en silencio observaban con gesto vago hacia nosotros, o simplemente dirigían su mirada ociosa a una pared blanca donde la sombra de alguna mano a veces por jugar formaba fugitivamente un pico o el hocico de un perro.

Eran tres bancos azules, colocados en medio y formando un triángulo, que hacía mirar de frente senos y caras sucesivamente como en un blando paraíso.

Por adentro del triángulo había una especie de muralla triangular de espaldas y nalgas de colores, que descansaban en *plof* o con consistencia como jarras de diverso asiento.

Las mujeres podían ser miradas sin interrupción, pues no había espacio vano entre ellas, y por la seriedad con que estaban sentadas y desnudas parecían más bien atender la revisión de un médico que esperar con paciencia usual ser escogidas.

Todas eran más alumbradas en los cuerpos que en las caras; potentes focos estaban dirigidos hacia ellas para que nosotros pudiéramos verlas sin esfuerzo.

El encargado de la casa leía su periódico a la puerta. Un muchacho gordito, de unos trece años, le servía de ayudante junto a su escritorio. Próximos a ellas tenían sobre una mesa de tres patas flores amarillas sometidas a un régimen de oscuridad durante el día y de luz eléctrica en la noche.

En frente de los bancos, a mi lado, se sentaba Ula, teniéndome del brazo, mientras yo paseaba con displicencia mis ojos sobre la blanca o la negra, sobre su seno o su ombligo, o me quedaba distraídamente observando la prominencia de un vientre o la estrechez de una cintura.

Me paseaba descubriendo en una pantorrilla un lunar o sobre una espalda una herida, o un raspón, y estos hallazgos me llenaban un rato, o aumentaban los atributos de un cuerpo. Sí, me entretenía en hallar entre las carnes mezcladas a L por su cicatriz o a C por su tristeza. O comparaba pacientemente los labios, la nariz, las orejas y el mentón de las gemelas.

Junto a nosotros habían puesto una jarra china como cenicero, y en ella arrojaba mi ceniza, y a ella venían las mujeres a tirar sus colillas, mientras yo, acostado sobre el regazo de Ula, las veía desde abajo con sus pesados senos separándose hacia mí, y a veces, como quien alcanza un fruto, la dueña me lo abandonaba unos momentos, hasta que Ula la echaba como se arroja a un gato acariciado.

Sin embargo, con la cabeza sobre las piernas de Ula, mirando las manchas redondas del techo, tal vez contándolas entre los nudos de las vigas, sentía el cuerpo de la otra, quien, entre sus compañeras me miraba fija, tiernamente, mientras una perra, ahíta de mimos, arrastrando casi la panza por el piso, mordisqueaba el cordón pendiente de su bata, y yo, jugueteaba con un huevo rojo.

De un momento a otro, las viejas de la casa iban a rifar entre los clientes a una morena traída de Chihuahua. En la penumbra la mostraban, con el pelo recogido, los grandes pechos desnudos y en pantaletas blancas. Era virgen y el número costaba cincuenta pesos, pero extrañamente nadie había comprado billete.

La morena, espléndida, parada entre las mesas, como exhibida a un público numeroso inexistente, miraba hacia la puerta. En la semioscuridad, sus redondos senos morenos parecían más nocturnos, más lunares.

Pero habían dado las once y nadie había comprado billete, y ya desde las nueve las mujeres esperaban de nosotros sentadas en los bancos azules, interrumpiendo sólo su estar con breves idas al baño o con rápidas compras de cigarros. Bebían algunas ron, otras leche y dos agua.

Muchas se movían inquietas en los bancos, como esa gente que a base de acomodarse ya no sabe estar cómoda. El frío o el aburrimiento las hacía buscar con frecuencia nuevos modos de sentarse y de mostrarse. Unas piernas cruzadas, un doblarse y estirarse de brazos, un diálogo entre Ula y otra, comiendo una mandarina, arrojaba un fluido sonar de roces y de voces.

Se oía también a veces el tañido solitario de una cuerda de guitarra rasgada, viniendo de otro cuarto, de otra casa, o de la simple noche.

La luz se había vuelto dudosa sobre los muslos negros y blancos de las mujeres, quienes, con un gesto cada vez más cansado nos observaban, abriendo mucho las piernas hacia nosotros como si así quisieran insultarnos, recordándonos, por su expresión segura, algo.

Eran sólo dos bancos despintados, pegados a la pared afollada, que nos hacían mirar de frente, como en un viejo, magnífico cuarto colegial, las caras entusiastas de muchachitas con los senos en flor.

La mayor sonreía divertida, y las caras de todas eran una ininterrumpida aceptación, y aun calladas o hablando de otras cosas parecían estar diciendo que sí, principalmente a nosotros que sentíamos su aliento cálido y las mirábamos con apretado deseo.

Las podíamos mirar sin fin, pues no había espacio vano entre ellas, y el fulgor de sus caras trasmitía una especie de pubertad ofrecida que atrapaba por sólo captarla nuestro ser entero.

Sin embargo, dar un paso hacia una equivalía a faltar, y el transgresor era echado del sueño. Pues la vieja cuidadora estaba junto a ellas, más atenta a nosotros que a sus jóvenes; y una anciana flaca la aconsejaba diciéndole al oído cosas sobre nuestra excitación con ruidosa malicia.

La perra ya mordisqueaba el cordón de aquella que me veía, o se lamía una pata, o se rascaba quejándose al modo de la gente. Pero con ojos afligidos y anaranjados me miró cuando la llamé por su nombre, igual que si desde hacía mucho tiempo nadie profiriera las dos sílabas a las que respondía. Y quiso venir hacia mí moviendo el rabo breve, mas L la recogió entre paso y paso y la puso entre sus pechos fláccidos.

Un hombre, traje gris, camisa azul marino y calvo, se acercó a las cuidadoras, y les dijo con seriedad:

—Me repugnan ustedes, pero si tuviera dinero las invitaría a beber.

Las viejas le mostraron sus vasos de leche, mirándolo con aspereza, como si así ya le respondieran.

Las muchachas lo vieron. Una de ellas descruzó las piernas; y la que estaba sentada al final del banco derecho pareció llena de soledad allí riéndose.

Luego, como trigal que deja de ondular el viento, una a una se pusieron muy erguidas y dos o tres apagaron sus cigarros, volviéndose muy atentas frente a la cuidadora principal, quien, con los números de la rifa no vendidos en la mano, estaba pálida y temblorosa y como dislocada por el disgusto.

Ula, que se apartó de mí, echándose el pelo rubio sobre el hombro, con voz áspera le dijo al hombre:

—Es inútil que venga aquí para decirnos eso. El mejor favor que nos puede hacer ahora es el de irse.

El hombre hizo como si se peinara con la mano el pelo ausente, en un ademán que intentaba parodiar el de Ula, y silabeó cada palabra:

—Dis-cul-pe us-ted.

Una de las jovencitas reía escondiendo su risa. Otra mostró unos huevos de colores. Y otra un calcetín.

La perra era mecida por la muchacha morena de vientre suave. Sus senos iban ora a la derecha ora a la izquierda, según movía a la perra. Se le podía ver de frente desde donde yo estaba. Los antebrazos, los muslos y las corvas sólo por el espejo.

De pronto, estornudó una adolescente tímida, muy iluminada.

Se oyeron pasos abajo, subiendo por la escalera hueca.

Yo pensé: Hace demasiado frío para que estén allí desnudas.

Una polilla daba vueltas en torno del foco, chocando deslumbrada contra la pared y el techo.

La que estornudó y la morena que mecía a la perra, como advertidas por los pasos, acomodaron sus senos y miraron a la puerta.

Ula, sentándose otra vez a mi lado, sacó de su bolso un espejo de mano y, redondeando la boca, se puso bilé en los labios.

Seguía lloviendo un poco. Rápidas gotas se oían y se veían en la calle como semillas blancas. Árboles y muros parecían brotar relucientes de la tierra mojada.

Las mujeres en vano se preparaban. La virgen se vestía. La rifa no se iba a llevar a cabo por falta de clientes. El ayudante del encargado atravesó el cuarto moviendo las caderas, y con manotazo brusco capturó la polilla y la echó por la ventana. Luego, ya en su sitio, en el aire se olía su perfume.

La perra se paró junto a nosotros, y agitando la cola me lamió un zapato.

Un joven de suéter negro entró, un poco deslumbrado por la luz de los focos.

—Buenas noches —dijo.

Ninguna contestó. Aunque algunas parecieron responder con la mirada y el ayudante quedársele viendo con melancolía.

Ula salió a su encuentro con el espejo en la mano.

—Si nos entendemos, tú sabes.

Las viejas conversaban en un rincón, lentamente borrachas de tequila. Con ojos casi secretos seguían de soslayo la escena, apeñuscaban los billetes no vendidos.

El joven no aceptó a Ula y empezó a observar a las demás como si tratara de sorprender en ellas algo íntimo.

Las viejas lo miraron, con expresión gozosa, dar la vuelta y regresar adonde estaba parado.

—Bebe tequila —le dijo una de ellas—, te da sexo y violencia sin razón.

Una quinceañera pecosa se acercó a tirar una colilla en la jarra china; le faltaba un diente frontal y le había dado por meter y sacar la lengua por el hueco. Arrastraba por el suelo un zapato.

La luz disminuía. Una opacidad gradual se instalaba sobre los muslos de las mujeres y volvía insegura la claridad del cuarto.

Una especie de lentitud soñolienta se apoderaba de ademanes y gestos, pues aparte de algún estornudo o una tos, y diálogos de rápido comercio, no se escuchaba ruido.

Bajo el dintel de la ventana abierta se veía una luna silenciosa. La oscuridad recién bañada parecía brillar. Se oían voces de mujeres y pasos amortiguados en la calle; y también sombras y un chapoteo sobre los charcos.

Una adolescente de ojos grandes y castaños bostezó con fruición, y como si el joven no estuviera frente a ella, se levantó y salió del cuarto con movimientos fatigados.

Ula volvió a mi lado, metió la mano entre mi cabello, tomó su bolso y salió siguiendo a la otra.

El joven se quedó taciturno junto a la jarra china, con una colilla apagada que no arrojó.

La muchacha se reía de él, próxima a él, como si su ser allí fuera una broma.

—Algo chistoso —me dijo.

Otra mujer se levantó.

Otra mujer se fue.

El ayudante del encargado miraba fijamente a la perra dormida en un rincón.

Las viejas seguían bebiendo tequila. Se decían cosas a la oreja, apoyándose una sobre otra, tranquilamente borrachas. Luego, resbalando por la pared, se sentaron con cuidado en el suelo.

La muchacha morena me dijo:

—Si tuvieras dinero nos iríamos juntos esta noche.

Y agitó con impaciencia su abrigo, indicando con la mirada a la calle.

Los bancos azules quedaban insoportablemente vacíos.
Casi instintivamente la seguí.
Ya no llovía.

CONTINUIDAD

El sol en los montes allá lejos.
El hombre miró hacia adelante y hacia atrás.
La mujer caminaba con la cabeza baja.
El ruido de un tren por el suburbio. El silencio por el suburbio.
Las casuchas blancas, oscuras, aplastadas.
El hombre dejó de caminar, y encendió un cigarro. Ahí, detenido sobre la hierba seca.
Era junio. Iba a llover. Y la hierba parecía brumosa, y esos perros que miraban también.
Cerca había huesos roídos.
El esqueleto de un gato.
La calavera de un gato en la basura.
Un jilguero en un árbol.
Las casuchas de colores en otra parte eran puntos tristes, verticalidades borrosas.
El hombre se sentó sobre la hierba; se levantó, sacudiéndose.
El sol tenue, nublado.
Junto a sus pies, entre las matas, un martillo sin mango.
No muy lejos de él, los perros en la basura.
El hombre hizo un ademán de fastidio, de soledad.
—Qué —dijo la mujer.
El hombre miró una gallina, un perro blanco, flaco de hambre.
Las plantas de maíz en verdes paralelos.
Una muñeca con los trapos de fuera sobre el polvo.
La mujer lo tomó del brazo.
El hombre la miró.
La mujer respondió a sus ojos con un breve, mudo sí.
El aire era un olor desatado, la luz un gris abriéndose a lo oscuro.
El sol entre los montes se hundía cada vez más rápido.
El hombre estaba pálido, impaciente.
La mujer tomó una piedra; la apretó; la soltó.
Un perro los miraba.
—Podríamos seguir, si tú deseas —dijo la mujer.

—Pronto lloverá —dijo el hombre.

Fumaba.

—Qué —dijo la mujer

El hombre se acercó a un perro, pero el perro huyó.

Ladró a unos metros de él, y sobre un montón de piedras se quedó parado mirándolos.

El hombre le arrojó una piedra.

El perro no se movió.

—Es curioso —dijo el hombre—, de niño estaba tan pasmado que...

—Ya me lo has dicho —dijo la mujer.

El hombre fumaba.

—Lloverá —dijo después.

En las manos tenía un cordón sobado.

Un muchacho en bicicleta pasó cerca de ahí, hacia la ciudad.

Mejor nos vamos, pensó la mujer.

—Mejor nos vamos —dijo al hombre.

Las nubes a punto de llover. El hombre inmóvil. El aire caliente.

—Lloverá, ¿dijiste? —dijo la mujer.

Dos, tres perros merodeando.

Podría tocarme, pensó la mujer, *podría hacerlo.*

Y miró al hombre.

—Vámonos —le dijo.

—Esos perros me molestan ahí —dijo el hombre. Y tomó otra piedra y se las arrojó.

—Ven conmigo —dijo la mujer.

El silencio, la ausencia del sol sobre los montes.

Humedad.

La lluvia.

—Pero —dijo el hombre.

—Te amo —dijo la mujer con voz casi hueca.

—No —dijo el hombre—. Esta tarde no.

Uno, dos, tres graznidos pasaron volando hacia el caserío, hacia el humo.

—Ahí vivimos —dijo la mujer.

Y señaló con el dedo, como apuntando a un fantasma entre fantasmas iguales.

—No me importa —dijo el hombre.

La mujer lo miró junto a ella, inerme; y le dijo palabras que le gustaban al hombre para que sonriera, y el hombre sonrió.

Rápidas, escurridizas, afiladas gotas haciendo surcos en el polvo los rodearon, sonaron sobre las matas.

Los perros desaparecieron.

—¡Parramplum! —dijo el hombre—. Y eso y algo se desinflan.

—Vámonos —dijo la mujer.

—¿Hago lo que debo? —preguntó el hombre.

—Ya me lo has preguntado —dijo la mujer.

—Además, podríamos irnos —añadió.

—Camina —dijo.

Las plantas de maíz, la muñeca rota, el árbol y el jilguero habían desaparecido.

—Camino —dijo el hombre sin moverse.

El humo sobre el caserío, y el caserío mismo, habían sido borrados por la lluvia.

—Vámonos —repitió la mujer.

—Camino —dijo el hombre.

—No más palabras. Vámonos.

El hombre sonrió.

Idiotizado, pensó la mujer.

La luz fue envuelta, llevada por la lluvia.

Las manos, los cabellos, la frente, la boca, eso que no está, empapados.

—La lluvia —dijo el hombre.

—Camina —dijo la mujer.

—Voy andando —dijo el hombre—. Ahora voy.

EL AMOR QUE YO HABITO ES UNA CASA ANGUSTIADA

La radio dijo: *Claribel esta noche no duerme.*

La mujer tomó algunas monedas en sus manos; las llevó de una mesa al buró.

La radio dijo: *Por qué.*

La mujer sacudió con un plumero el retrato de un hombre del siglo XIX que miraba fijamente.

Vitaminas, vitaminas, dijo la radio.

La mujer bostezó.

Pero bien, dijo la radio, *ahora música.*

La mujer habló en voz baja, para ella misma.

Dolores, Dolores, cantó la radio.

La mujer fue de la sala a la cocina; ahí lavó unos vasos y unos platos.

La radio cantó más lejos.

Mira, mira, pensó la mujer, y cerró la puerta.

La radio sólo murmuró, pero de pronto hubo un grito.

Atención!

Luego risas.

Pausa.

Otra vez risas.

Qué estarán diciendo, pensó la mujer.

Nuevamente música. Una canción.

Eso me gusta. Pero me he quedado de pie. Qué es lo que me falta, pensó la mujer.

Quién es, cantó la radio.

Sí, ya sé, la mujer se llevó la mano al mentón: *ya sé.*

Se asomó por la ventana; vio hacia el único árbol en el patio: arriba, entre las ramas, un niño miraba para otra parte.

No sabe que lo estoy mirando, pensó la mujer.

Fue nuevamente a la cocina. Antes de entrar oyó, cerrándola, si la puerta se movía sin rechinar.

Mis pasos apenas se oyen, pensó la mujer: *eso está bien.*

Fíjese usted, dijo la radio, y lo que dijo después se ahogó en el ruido de un tren que pasaba.

Todo el día lo mismo, pensó la mujer, y apagó la radio.

Hubo silencio en los oídos y en las cosas.

Siempre me visto de negro, pensó.

Fue al comedor. Abrió un cajón. Los cuchillos que buscaba estaban en su sitio. Sólo una cuchara de plástico no era de ahí: la sacó. Fue nuevamente a la cocina.

Se dirigió otra vez a la ventana, con la cuchara de plástico en la mano. Se asomó. El niño del árbol y ella cambiaron una mirada.

Después caminó a la cocina. Puso la cuchara de plástico sobre la mesa. Y salió.

Se encontró sentada en su habitación con un tejido entre las manos.

Dio tres o cuatro puntadas.

Se quitó los zapatos.

Siguió tejiendo.

Combinaré en otro tejido otros colores, pensó.

Se levantó.

Fue a su recámara.

Tomó un trapo y limpió el cristal de la mesita donde estaban unas flores. Las vio. Las olió.

Volvió a sentarse, a tomar la aguja, el tejido, los hilos que colgaban.

Siguió tejiendo.

Hace mucho silencio, y estoy pensando, pensó.

Se levantó. Encendió la radio. Se quedó parada. Sólo un momento.

Luego volvió al tejido.

SEXO

En la iglesia cercana las manecillas indicaron las 6:45.

El hombre de los helados se había ido dejando el eco de sus campanillas por la calle.

Un hombre y una mujer estaban de pie a alguna distancia de ahí, sin sombras, en un terreno baldío, a punto de darse la mano para que la mujer subiera hasta donde el hombre estaba. Pero casi eran lo inmóvil.

El niño, subido en el árbol, cortó una manzana. Las ramas temblaron bajo sus ojos.

Había habido un sol brillante todo el día.

La madre del niño se podía ver por la ventana, moviéndose adentro de la casa. Se le oía caminar sobre las duelas del piso.

El humo se elevaba sobre los techos, empujado por el viento.

Algunas paredes habían perdido su pintura mostrando sólo los adobes o los ladrillos desnudos. Otras parecían reventar afolladas.

Un gato blanco sucio estaba debajo del árbol. Echado, dormía.

La ropa se secaba en los patios. Pantalones, camisas, blusas, faldas, medias. Todo desnudo.

Una niña pasó de la mano de un viejo. El viejo movía una sonaja para que la niña riera. Iban muy lejos.

El niño los miró. El niño dio una mordida a su manzana. Agria y jugosa.

Lo azul oscurecía.

Cerca de la coladera en el centro del patio de su casa estaban un trompo y una cuerda partida en dos pedazos. Desde aquí sabía eso.

Después los lavaderos.

A ahí llegaron un muchacho y una muchacha, y se escondieron detrás de unos cajones.

Por donde estaba su camión de redilas.

Y un trompetista de latón.

Sobre su cabeza, sobre las ramas, sobre la ciudad se empezaba a hacer la noche.

Las calles se volvían oscuras. Doña S con el pan también se volvía oscura acercándose.

Se oyó el ruido de un cajón tirado sobre el cemento. Y el soplo de una prenda.

Eso pensó el niño.

Su madre se asomó por la ventana. Lo vio en el árbol. Luego se ocultó.

El tren al pasar quebraba siempre algo.

Doña S alejándose crujía a ese ritmo.

Eso pensó el niño.

Mirando hacia los cajones.

Mirando los cabellos negros de la muchacha. La mano negra del muchacho en su espalda.

El trompo no se veía, ni el camión de redilas.

El niño dejó caer atinadamente la manzana sobre el gato. El cual saltando al ser tocado se perdió rápidamente por las partes bajas de la calle, ya oscuras.

Bajo una nube había otra más blanca.

La iglesia parecía tener el movimiento de muchos tonos de sombras. La hora no se distinguía.

Se oía una radio.

El niño miró la espalda desnuda de la muchacha. Su cabeza inclinada hacia adelante, por un momento le pareció una jarra de la cual el otro iba a beber.

Entonces adivinó el brasier caído sobre su vientre o sobre el suelo. Pero vio que él lo arrojaba a un lugar sucio, cerca de la ventana con el vidrio flojo.

Vio a la muchacha meciéndose de pie como agitada por el viento.

Y las manos de él recorriéndole la espalda.

Nada se movía cerca de ellos. Nada se veía además de ellos.

El humo gris, o claro bajo la noche, se torcía sobre el techo de la casa de enfrente.

Un grito en una esquina de una calle pareció insoportable.

Veía a la muchacha sin él.

Veía a la muchacha con él.

Tenía la cara de su madre. Y la de su profesora. Y la de dos o más muchachas que conocía.

Veía en ella sus gestos sucesivamente.

Sus ojos castaños, abiertos, verdes, cerrados.

Oía su risa. Y un sollozo esporádico y feliz que venía de ella, viva y sola en lo oscuro.

Y veía la luna, como revelada, en la inmensidad de la noche gozosa.

ENCUENTRO

Había en el camión pasajeros sentados y pasajeros de pie.

El camión atravesaba la ciudad: de sur a norte, de suburbio a suburbio.

Un joven de grandes ojos iba casi al fondo, deteniéndose del pasamanos, de pie.

En una esquina subió una muchacha de suéter azul y falda corta.

El camión prosiguió su marcha.

La muchacha pudo haberse mezclado con los otros, pero caminó, con dificultad, hasta pararse a un lado de él —que escasamente miraba por la ventanilla.

La muchacha se quedó allí, pareció aflojar su cuerpo y miró hacia la calle que pasaba.

Hacía calor, era por la tarde, iba a llover.

Gentes y casas se sucedían, entre ruidos y voces.

El joven sintió el roce del hombro desnudo de ella con su hombro vestido. Hubo un bienestar en eso, un fin.

Pero con esfuerzo se atrevió a mirarla, porque era muy difícil mirarla de frente, y ahí estaba ella; porque tenía los cabellos pegados por el sudor, y ahí estaban los otros.

La muchacha era más pequeña que él.

Tenía la espalda estrecha, los ojos brillantes y las caderas levemente anchas.

El camión se detuvo una vez más.

La muchacha miró a los nuevos pasajeros, uno a uno; hasta abandonarlos uno a uno.

Los nuevos pasajeros pasaron detrás de ellos, hacia el fondo. Y otras palpitaciones cubrieron el espacio mezquino de los pasamanos.

La muchacha se había hecho a un lado para darles paso.

El joven, sin moverse, supo la dureza de sus muslos, miró desde atrás, sobre su hombro, la floración ardorosa de sus senos.

Un claxon sonó. Un perro estaba sentado sobre la acera, con el collar roto junto a sus patas.

El joven miraba por la ventanilla, porque deseaba mirarla, y porque sabía que ella lo miraba sin mirarlo.

El camión se detuvo una vez más.

Los pasajeros se quedaron a la entrada.

El joven, al mover la pierna izquierda sintió que la pierna de ella lo seguía, carnal y suave bajo la falda corta.

Nubes de lluvia sombreaban las calles. Era un jueves de junio. Una tarde oscurecida a punto de liberarse se sentía al colmo de la tristeza.

El joven sabía el suéter azul de la muchacha, sentía el sitio de sus caderas, oía las voces, el movimiento de los pasajeros.

La muchacha volteó a verlo, rápidamente le sonrió.

A veces algunas ramas de árboles rozaban el techo del camión.

Había gentes que pasaban detrás de ellos. Había automóviles, niños, puertas, muros, olores, mujeres esperando cruzar la calle, adelante de ellos.

El joven sintió el muslo de la muchacha oprimiendo con insistencia su muslo. Se alzaba un poco para alcanzar el pasamanos.

Mirándose, no pudieron sonreír.

Temblaban de las rodillas.

Alguien descendió.

Hubo una risa de mujer al fondo.

El camión prosiguió su marcha.

Los dos miraban por las ventanilla. Cercanos el uno para el otro.

Se oprimieron con brusquedad, con placer.

Estaban solos rodeados de gentes.

Una mujer gorda, vestida de azul, descansaba de pie junto a ellos. Miraba también hacia la calle.

Pasaban ahora por un largo muro despintado.

La muchacha se oprimía contra el joven más continuamente.

El joven veía sus cabellos, sentía su espalda. La sabía en él.

El camión iba lento por una escuela de la que salían niños y niñas dispersándose.

El joven la sabía.

De pronto, se retiró de él.

Rápidamente pasaban árboles y casas.

El joven, sin mirarla, quiso llenar esa distancia, pero con un movimiento ciego.

Pasaban dos viejos detrás de él. Vio a un hombre que corría en la calle tras de un niño.

Vio refrigeradores de colores en el aparador de una tienda.

Sabía que la muchacha ya no estaba.

El camión se detuvo.

El camión prosiguió su marcha.

El joven miró en la calle a la muchacha, mirándolo, con su suéter azul, sus ojos brillantes, su falda corta quedando atrás.

El camión volvió a detenerse.

Bajaron, subieron pasajeros.

El rostro de la muchacha se había quedado tres calles atrás.

El camión dio vuelta en una esquina.

El joven supo que la había perdido.

El camión volvió a detenerse.

Siguió.

Dio vuelta en una esquina.

Hacía calor, era por la tarde, iba a llover.

Ahí estaban los iguales, distintos pasajeros.

Para lo que no se recobra, pensó el joven, *lo mismo es un segundo que un siglo.*

Tocó el timbre, y el camión se detuvo.

EL ABUELO

...el abuelo es sólo arrugas, un ir y venir de carne floja, y encontrar en esa cara los ojos no es fácil, y menos todavía saber si ven o están ciegos. De todos modos debo de esperar sorprender en él una mirada

Pienso que es inútil tratar de conocer su edad, mejor es calcularla, ya que seguramente pertenece a esa clase de viejos que han perdido la memoria, o que han dejado de contar los años.

Las preguntas que debo hacerle me las repito mentalmente tanto que le digo la que más me importa en voz alta..., pero esperar una respuesta ahí es tonto, pues primero debo de saber si sabe quién soy, después si ve, habla u oye. Aunque por la ausencia de huella de sonido en él, y por el silencio que sigue, debo de entender que mi voz no fue bastante alta para un sordo.

Así que me aproximo a su oreja y le grito un nombre, tres veces claramente un nombre, y un recuerdo, le preciso cinco veces un recuerdo..., y apenas entreabre la boca, la redondea abierta, forma cóncavamente la palabra..., y después de unos momentos de suspenso, la vuelve a cerrar sin decir nada, como si hubiera atrapado o masticara algo.

Por lo que le sacudo un brazo, para ver si habla, para ver si abre un ojo, sintiendo mientras se lo sacudo que casi se lo arranco, pues el modo con que lo hago es más violento de lo que puede soportar un viejo; y después de soltárselo, parece que todavía tengo en mi mano su brazo flaquísimo e insignificante.

Ya que es más viejo de lo que había pensado, y al recibirme en la puerta tuve que sujetarlo por un hombro para que no se cayera, pues había perdido el equilibrio. Pero sin darme cuenta cómo lo sujetaba y cómo se deshacía de mi ayuda, instantes después lo vi en el sillón, como si formara con él una sola pieza desde hace tiempo.

Y a decir verdad, tiene un fuerte olor a viejo, a ropa y a muebles viejos, a papel que se desprende de los muros, a perro de peluche sobre la alfombra; y a pesar de su camisa blanca limpia y de sus zapatos nuevos, parece inertemente sucio como el paraguas en el rincón sobre el suelo.

Pues sí, aun las cosas nuevas tienen aquí un aire de vejez que sólo en esta casa yo estoy fuera de sitio. ¡Qué amargura se siente en esa manzana fresca y qué semanas en el vaso de agua con una cuchara adentro! ¡Qué silencio en la cara toda gesto del viejo! ¡Qué mal humor transmite el estar de su cuerpo!

Acomodado como un objeto en su sitio, en armonía con las otras cosas del cuarto, uno puede no verlo, o mirarlo como si fuera una silla en la que reposa por concentración la mirada, casi empezando a creer que el abuelo que vine a ver es otro y que vive en otra parte.

Sobre el muro tiene una fotografía de la luna, a sus pies, que no tocan el suelo, cáscaras de huevo, sobre la mesa un tablero de ajedrez con las piezas dispuestas como en una partida; y supongo que las piezas las ha de mover con la mirada, si es que abre los ojos, pues por lo que se ve ya no tendrá fuerzas ni para levantar un alfil. Y puedo imaginarlo, haciendo por hambre que el caballo blanco coma al caballo negro, y abandonando entre cuadro y cuadro ese peón negro inmóvil por melancolía..., ya cansado de la solitaria partida entre su alma y su alma.

Pero la oscuridad que llena primero los rincones distantes, y después la mesa, y después la cama y al abuelo mismo, me hace sentir que ya han pasado algunas horas y que el estar ahí con él no sirve de nada.

Por lo que me levanto, y sin despedirme salgo a la calle, dejando, sin que me importe, la puerta abierta.

EN LA TARDE

Metieron un viejo pederasta a mi oficina para interrogarlo. Como esperaba, a todas mis preguntas contestó evasivamente. Así que con paciencia, y conociendo el final de la entrevista, le di tiempo.

Después, lo puse contra la pared y a puñetazos lo hice llorar.

No sabía nada. Pedí que lo sacaran.

Trajeron al próximo. A un joven rubio. A E. V. Era amigo del desaparecido. Había estado con él ese día.

Lo interrogué.

Desenvuelto y sonriente, me contó lo que ya sabía.

Aburrido, traté de orientarlo para que fuera más preciso, pero ignorando mis preguntas me repitió lo mismo.

Al cabo de diez minutos me levanté, indicando que la entrevista había acabado.

Un policía lo sacó.

Entonces lo llevaron a confrontar datos recientes con su propio testimonio, a la oficina contigua, con L.

A la mía metieron una prostituta de unos cuarenta años, quien, fláccida y maquillada, parecía temblar con todo el cuerpo.

Y antes de que le hiciera la primera pregunta, observándola duramente, oímos los dos lo que sucedía del otro lado del muro, a mi derecha.

Gritos y voces y ruidos.

Alguien ferozmente golpeaba a E. V.

El muchacho gemía.

Y sintiendo en mí mismo sangre en la nariz, dolor, inflamación, me volví a mi visitante, y le dije casi con violencia:

—Usted recogía muchachos a las puertas de la escuela. Dígame, ¿la semana pasada se llevó usted al hijo de U.?

La prostituta, mirándome, trataba de hallar un rostro en sus recuerdos. Pero, demasiado estúpida, creo que pensaba en nada.

Tocaron a la puerta. L. me llamó con un gesto, indicando con la mano a la prostituta que se fuera.

Entré a su despacho, y en el suelo vi a E. V., con la cara llena de sangre y con cabellos pegados a la frente.

Con ojos enormes, dolientes, me miró.

—Por favor, trate de levantarse, y siéntese —le dije.

E. V. se levantó, mirándome.

Le di un cigarro.

Lo fumó con avidez.

L. me miraba más a mí que a él.

—Ha confesado —me dijo.

L. y yo lo llevamos al lugar donde según él había escondido el cadáver.

Por el camino, como si fuéramos de día de campo, pero seguidos y precedidos por coches de policía, me distraje con los árboles ya casi sin hojas, como esqueletos fervientes aquí y allá.

E. V. me miraba.

Complacido de atraer su atención, una suave tranquilidad se iba apoderando de mí, cuando alguien me tocó en la ventana.

Habíamos llegado.

L. bajó ágilmente a mi izquierda.

Del otro lado, abrí la portezuela para que E. V. bajara, sujetándosela.

E. V., con voz apagada, me dio las gracias.

En el lugar señalado, sacaron un cuerpo cubierto de lodo. Con hierbas podridas en el pantalón y en la camisa. Maloliente y sin zapatos.

Pedazos de lodo negro se le habían pegado a los cabellos.

La boca estaba deforme por un balazo.

Tímida, cortésmente, le pedí a E. V. que volviera a subir al coche.

Y en medio de L. y yo, mirando en nuestro detenido su propia cara y la del otro, condujimos a este ser doble, para siempre partido, a su nueva morada.

BREVE VIAJE POR UN PEQUEÑO ROSTRO

La buena muchacha creía que la vida era una calle abierta, un semáforo en siga, un salón de baile y una cuerda floja…

La buena muchacha se llamaba Paloma.
tenía ojos verdes y venía de Río.

A los quince años conoció el amor, mirándolo pasmada desde abajo, como si aleteara con ojos nerviosos en el cielo nublado de septiembre y en el silencio verde de los montes.

Pensaba que el amor era la cópula al desgaire, en férreos brazos de suburbio y en sofocantes músculos de atleta.

El amor la ocultó bajo los puentes, la tomó de la mano y la escondió en las alcobas.
Era diferente, y lo sentía infinito.

La buena muchacha vivía sola, y pisaba sola en las tardes el crepúsculo en las calles.
Llevaba pantalones negros, y en lugar de blusa un pañuelo rojo.

Creía que la noche era un caballo loco de negras decisiones.

Habitaba las prendas de sus hombres y los obligaba a ponerse sus vestidos.
Y hacían el amor de otra manera.

Rememoraba, dulce y relajada, el curso reciente del abrazo.
Sentía que el mundo y los cuerpos eran superficies agotables, y sólo la imaginación para vivirlos podía disfrutarlos y saberlos.
Creía que los instantes eran monedas en el aire, y sólo el convivirse construía un pasado meritorio, y sólo la irrupción en otro ser nos afirmaba.
Había encontrado un modo de coexistir con sus deseos, acorde con un pretérito presente y con una cadena impenetrable de sueños por usarse.

La buena muchacha tenía minutos redondos como senos, colores tan blancos como muslos, y furias tan reales como furias.
Sus ojos eran tan sólo resplandor telúrico.

La buena muchacha sabía amar, sobria, borracha, y ya sobre cenizas.
Era un corpóreo leño de fuego inextinguible.
Sabía amar.

Ahora se va del mundo
con la imagen quemada entre colillas y el sueño despierto entre las sábanas.
con la mejilla izquierda arañada por un filo de arma
y las manos buscando la luz bajo la puerta.

Y no fue superfluo el titubeo,
fue un tiempo curvado en su sentido,
en la emoción de alguien.

Porque la buena muchacha sabía amar
en lentos paisajes como tumbas, eslabonadamente y sobre higos,
en segundos tan largos como un fruto cayendo y en ojos que hielan la poesía.

La buena muchacha sabia amar
en un doble estallido de bestias que sollozan.

GAMBITO DE CABALLO EN TROYA

A José María Sbert

Ad aeternam un hombre y un perro semejante a un animal de oro; dos guerreros como esculpidos por el polvo; un rey y un yelmo donde el sol reverbera; una reina blonda cautiva tras un muro que rodea afiladas fortalezas.

Ad aeternam una imagen vagarosa, que no toma forma definida en la imaginación del hombre; un ave de rapiña; un montón de cuerpos hacinados desencarnándose, resplandeciendo al sol; brotes de sangre negra en el vasto coágulo de musgo oscuro, seco en la piedra.

Ad aeternam el rey inútil, con la derrota como una corona entre las manos; los guerreros inútiles con las lanzas y los pies clavados en el suelo; el brillo de unas cuantas espadas homicidas; el fluido rojo que responde a la súbita escisión, abriéndose sobre la tierra como un tapete.

Ad aeternam el horizonte azul, en el que vuela el color como un ave encendida; las naves meciéndose en el agua; el nombre de algún desconocido dicho gradualmente con sílabas rotundas, pero igual que un soplo; la muerte que acampa como un huésped de rigor bajo las tiendas, bajo arrugadas campanas de paño desteñido; la imagen en la imaginación del hombre como una nube, como un abalorio, como un ojo a veces fijo, a veces policromo mirando entre la bruma.

Ad aeternam los ágiles pies sobre la arena, la piel curtida, el sonido opaco del escudo, la adivinada risa, el paso adivinado de la reina cautiva allá en la fortaleza; la vívida mirada de los ojos lejanos que imprecisos son más agudos y están más próximos; la desolación, la visión funeral de todo aquello que en un minuto se deshace.

Ad aeternam el perro lentamente gris, casi una nube, casi una mancha árida, blanco por el roce de la luz sobre sus orejas y su lomo; el ave de rapiña, casi un lobo del aire, una amenaza demasiado rápida, demasiado alada; el ave de rapiña que vuela sobre la afilada torre y traza en el aire duramente una L; la imagen en la imaginación del hombre; la nube como abalorio, como ojo, como L que el sueño de alguien ha soñado en el aire.

Ad aeternam el caballo que irrumpe en el instante como sonidos de campana sorda, con las patas rotas y el vientre abierto y los nervios sosteniendo los intestinos como blandas rejas; el caballo, en difícil huida sobre la arena de oro, con la fuerza de la agonía contra los filos de la piedad de dos guerreros que asisten a su muerte con un tajo.

Ad aeternam el tiempo por venir, el horror, la matanza y la ruina; la noche y el miedo en la pupila ajena; el vientre del caballo habitado por la cólera de un dios; el perro sin olfato ladrando a fantasmas incesantes que pasan a su lado, el dolor vidente y femenino aullando como un perro.

Ad aeternam el regreso, las naves que esperan meciéndose en el agua como agresivos cisnes, castigados por un hado adverso que los ata a la orilla, y por la noche inmortal que mira y confunde desde lejos el cielo con el mar y sus caminos.

Ad aeternam el volcado carro con las ruedas girando y la astilla de sangre en la cara del auriga; el rey entre nosotros y la blonda reina cautiva allá en la torre; los guerreros vestidos de oscuro que emergen a la furia y al nunca más de este tiempo homicida.

Ad aeternam el brío blanco del anciano que arenga a dos guerreros arañados por el último frío, lo mismo que a un joven que resiste a un viento de desnudos brazos.

Ad aeternam la imagen en la imaginación del hombre; la nube como abalorio, como ojo, como L que alguien trazó en el aire; el caballo que murió con las patas rotas y el vientre abierto como reja o ventana; los guerreros que introdujeron los filos en su desesperación como a una funda, como a una aljaba.

Ad aeternam los guerreros recortados en el paisaje por el aire, musitando en su interior deseos de irse, de ocultar lo humano de sus pasos, de sus ojos, y de todo aquello que la adversidad descubre como sitio mortal; los guerreros que ensartan pechos y rostros casi femeninos en su manera de aceptar la muerte.

Ad aeternam el rapsoda que canta al dios de polvo que levantan los muertos al caer, el pesado sonido de un guerrero que cae, el tinte violeta de la boca hendida, el fino cuello con un hueco imprevisto, la espalda del que escapa herido por la cólera de un dios, los ojos del que se queda habitado por un dios, la noche que desciende como un gran escudo anunciando reposo.

Ad aeternam la imagen en la imaginación del hombre, casi ya vivo como una presencia, como un recuerdo; las torres afiladas, las naves, el regreso, la L que vuelve a trazar el ave de rapiña; el vientre del caballo, los hombres que quisieran irse, ocultar sus rostros; la noche que reemplaza la luz con tinieblas; la imagen definida en la imaginación del hombre.

Ad aeternam el perro como un dios canino, con las orejas doradas inclinadas como puntas de consternación, ágil hasta en su sombra, hasta en su inmovilidad; el perro, con ojos casi humanos, y sin olfato ya para los muertos.

EL ÁNGEL DE LA GUARDA

El ángel de la guarda duerme desnudo. No tiene vello en las axilas y su monte de Venus es un monte talado. El rosa de su piel desciende de los flancos de su vientre y se clava hondo en su triángulo oscuro. Con el cabello corto y un mechón sobre la frente parece un muchacho descansando.

Junto a la cama ha tirado antes de dormir su piyama blanco, sus tobilleras blancas y el pañuelo con bolitas que usa a modo de brasier cuando se pone pantalones.

En el clóset ha puesto, porque él o ella (no sé qué género asignarle) no recoge su ropa, dos vestidos muy cortos, aun para su corta edad, dos pañuelos y tres pares de medias deshiladas.

No usa negligés ni pantaletas, improvisa sobre mis camisas, sobre sus suéteres o sobre cualquier tipo de prendas adecuadas.

Le gusta andar desnuda o semivestida por la casa, tomar baños de sol y asomarse mucho tiempo a la ventana. Muchas veces observa, con unos pequeños binoculares, a un recién casado que a su vez la observa.

Yo no se lo impido, pues es mi ángel de la guarda, y sé que los ángeles, aun vistos desnudos, no pueden tener malos pensamientos; y si el otro le sonríe y le hace señas, y mi ángel contesta, estoy contento, pues así mi ángel se divierte.

Sólo es un diálogo desde el quinceavo piso y a prudente distancia. Durante horas los veo, mudos y gesticulando en desatada dicha, hasta que la esposa del de enfrente llega y se lo lleva, amagándolo. Mi ángel se entristece, regresa a mí, sin saber que observaba, y hace que bese sus mejillas húmedas, y con la cabeza inclinada sobre mi hombro queda inmóvil hasta que se entretiene en otra cosa.

A veces se niega a salir de casa en todo el día. Me obliga a ir solo a lugares para que aprenda a cuidarme y a bastarme a mí mismo. Y voy solo y me basto a mí mismo, pensando en él, dichoso en su ociosidad, acostado en la cama leyendo, comiendo chocolates, satisfecho de probarme y demostrarse. Y quiero estar a su lado, leyendo y comiendo y observándolo.

Peleo siempre por esto, le digo que debemos ir juntos, que es necesario su consejo, que se queda en casa para flirtear con el vecino, para no hacer nada, pero no tengo éxito. Y en lo más intenso de la discusión, cuando le aburre lo que explico, deja de escucharme. Entonces me enojo y lo amenazo, le grito que lo voy a echar porque es un ángel indeseable. Pero conoce lo inconstante de mis furias y no se atemoriza, come, se prepara un café, lee atentamente su periódico. Y vencido salgo, para regresar feliz de todavía encontrarlo, de saber que me espera.

Le gusta jugar a las cartas apasionadamente. El solitario doble es su dominio. Raras veces le gano, por su rapidez de movimiento de ojos y de manos.

Es perezoso al levantarse y aficionado a trasnochar. Si puede pasar la noche en vela está contento. Cada día se resiste a despertar y a acostarse. Va y viene por las horas nocturnas como en su propio reino. Hace el amor, come, pelea, juega, llama a Dios, y goza de lo que en nosotros palpita y de lo que en nosotros pasa.

Por esto nuestras noches son más largas que los días. A la uniformidad de lo oscuro opone una tonalidad variada, íntima y rica.

Pero a veces se fatiga de ser mi ángel de la guarda, y se deprime, y me explica que es demasiado inteligente y está demasiado vivo para ser sólo mi ángel de la guarda. Y comprendo, y me pongo a pensar a su lado sobre qué otra cosa podría hacer, pero cada sugerencia es rechazada por incongruente, por inimaginativa. Y, monótonamente, ambos reconocemos que no puede ser otra cosa más que mi ángel de la guarda.

Y le hago chistes, que juzga tontos, para que se olvide, y le cuento cosas, pero me las refuta y le aburro, para que se olvide.

Luego, naturalmente, vuelve a ser mi ángel de la guarda, y me cuida. Me arroja a la cara una lista de deberes no cumplidos, de poemas no hechos. Y me señala la hora que es, el día que acaba, y le entra un deseo inaplazable de salir, de ser libre bajo la tarde abierta.

Guiándome, advirtiéndome del edificio en construcción, de la fuente que empapará mi ropa, de los mil y un peligros que acechan al ser mortal.

Interroga, a lo que contesto encuentra sombras, huecos de vaguedad y de inconsistencia. Reprocha mi porvenir de cenizas, los gestos con que asumo el presente, mi cuerpo vulnerable.

Aunque a veces se vuelve un niño triste, se abandona quieta a mi solicitud; su cara hermosa adquiere una frescura ajada, y sus ojos, al mirarme, parece que buscaran en mí una paternidad perdida.

La llevo de la mano, y la conduzco por calles apretadas de donjuanes y golfas que flirteando pasan, efímeros como los días y mis palabras. Y la acaricio enfrente de ellas, como prometiéndole, como demostrando que amo más su existencia que esas miradas.

Pero mi ángel hace molestos comentarios sobre ellas. Me dice que las dos que pasan tienen el pelo teñido, que sus zapatos no van bien con sus faldas, que.

E insensiblemente vuelve a imponerme sus cuidados. Y acepto con esfuerzo y sin esfuerzo, pues estoy destinado a que venga siempre conmigo, a que permanezca en mí y yo en ella. A que sea lo que no soy, y diga lo que no pienso. Ya no sé dónde comienza uno y dónde comienza el otro, mirados por el mismo día y dormidos en la misma noche, a veces un ser de dos camina en medio.

A base de convivir juntos va adquiriendo mis rasgos. Me gusta ver mis gestos en su cara, oír mis expresiones corregidas. Me veo sonreír, mover las manos en su cuerpo. Titubeo, reacciono, insulto. Soy en ella.

Silencioso está a mi lado, femenina. Transformándose para que al hacer el amor no piense en otra. Si imagino tal cuerpo, tal cara, tal mujer es ese cuerpo, esa cara, esa mujer. Rubia, morena, oscura ha sido, será todas juntas en mis brazos.

Con voz inaudible extiende su cuerpo sobre el lecho, con un seno blanco caído y otro encuencado en mi mano, y el mentón apuntando equilibradamente hacia su centro. Impaciente me atrae hacia su carnalidad dispersa, me da besos y me hace caricias. Su rostro húmedo tiembla y enrojece cuando hago círculos con la mano sobre su vientre azul.

Resbala sus uñas, dejando hilillos de luz sobre mi espalda, y me hace cosquillas y le hago lo mismo. Y después nos tocamos y nos vamos al lecho como un cuerpo retorcido y solo. Y quedamos ella en mí y yo en ella fluyendo.

Pues para que mi ángel me acepte en sus entrañas no necesita pastillas ni diafragmas, su condición no concibe la simiente humana. Por otra parte, no quiero pensar cuando la abrazo que su carne no es carne, tal vez agua, aire, tierra, fuego, en fin, para el amor no importa, pues se cumple solamente amando en los espacios ardientes de este mundo.

SUEÑO

En la pantalla, mi madre besa a un hombre viejo, el mismo que hace unos minutos sacaba su boleto a la entrada del cine, y mientras lo hace, su cuerpo se abre como un río doble hacia mis manos, y su cara tiene los rasgos de X, de Z, de U y de O, a cual de todas más procaz y más provocativa. Así que reemplazando al viejo me quedo excitado por el beso de O en mis mismos labios.

Sin embargo, a mi lado, en la butaca, el seno de X se pega a mi boca, colmándome de carnosidad, y acunado en sus brazos, siento la soledad oscura de la sala vacía y la caída al otro lado de la pantalla de la pequeña Z.

Sufro mucho por esta pérdida, sufro por el viejo que como una prenda arrojada al suelo sopla desinflándose; y también por L, por C, por B, quienes sentadas en la sala, van desapareciendo muy de prisa, al ir yo pasando con el film.

Y abandonado en una calle al atardecer por O y O, la segunda O con las facciones de C y las manos de B, y la primera alguien que perturbadoramente identifico, muy antigua y muy tierna como una mujer-madre, me levanto del lecho diciéndome que el deseo del hombre de volver a la madre y de soñar en ella es irrealizable, pues el paraíso en un huevo en que vivíamos ha sido reemplazado por el infinito oval universo.

EL CORDERO

Mi padre tenía un cordero que daba de topes. Se le tenía encerrado porque daba de topes. Yo lo veía desde una barda de un metro y medio de alto a la que daba de topes. No se le podía dejar salir porque a persona o animal daba de topes. Un día un peón lo ató a un burro y se fue a trabajar al campo con los dos. Pero en el camino el cordero dio de topes al burro, y como éste estaba atado a él, no pudo librarse por más que corrió. Cuando el peón pudo desatarlos, el cordero había matado al burro. Trajeron el cordero al lugar de su encierro, y nunca más volvieron a sacarlo a pacer ni a reunirlo con animal alguno. Tampoco lo mataron, porque alguien dijo que ya era demasiado viejo para que fuera comestible.

Años después, tuve un sueño donde lo volví a ver, descomunal e indetenible, con la cara del Dios que amo, detrás de una gran puerta que se iba curvando hacia adentro, donde yo estaba y resistía, por la fuerza de su cabeza.

LA LOCA

Se la llevan a México.

Viene por el camino como un Judas femenino de Semana Santa; plácida, y según la gente, loca.

De la cabeza casi rapada le cuelgan listones verdes, rosas y amarillos sobre los hombros.

Dos campesinos la traen del brazo, maternal, gorda y ruda, y muy gozosa, porque unos veinte curiosos la rodean, la miran y le dicen cosas para locos.

La encierran en una de las dos celdas de la cárcel: sucia, húmeda y oscura, con rejas pintadas de negro; la otra celda está vacía.

Luego la sacan, la suben muy ligera a una camioneta que irá a esperar el tren a la estación vecina.

La loca viaja.

VISIONES QUE NO FUERON VISTAS

Hay visiones que no fueron vistas, sino trabajadas. El poeta ha escrito mucho para ver algo extraordinario. Lo ha transmitido convincentemente con sonido, color y temperatura, pero lo visto no ha sido encontrado más que en las palabras escritas, en las cuales, las figuras de la visión aparecen y desaparecen en la llama verde alucinando una página.

SOBRE LO IRRESISTIBLE DE ALGUNAS FRASES FALSAS

Hay frases que llegan con fácil belleza y casi se escriben solas, no dejan de parecernos ajenas o voces impostadas de nosotros mismos, y hay algo en ellas que nos parece falso y su sentido dice cosas diferentes a las que creemos o queremos creer, o también, subrepticiamente nos refutan. Luego, porque nos gustan, se nos pone la cuestión de elegir entre lo que aparentemente es bello y mentiroso y nuestra ruda verdad.

Pero también oralmente nos visitan, nos hablan cuando nos expresamos sobre personas, libros, cosas, situaciones, y cargadas de brillo elogian, detractan, mesuran sin que concuerde su significado con la imagen interna que nosotros tenemos o queremos tener de la persona, libro, cosa o situación a los que las aplicamos, salvo que la frase que nos parece falsa sea como una caja de doble fondo que guarda bajo su apariencia un reconocimiento, una deshonestidad, una imprecisión de juicio más nuestros que los que manifestamos en nuestras frases construidas racionalmente como verdaderas.

PELEA

Entre los autobuses de la terminal, dos morenitos fuertes, mutilados de las piernas se pegan. Como enanos o como dos mitades se pegan. Rápidos y musculosos se dan al blanco en sus golpes. Uno tras otro se los asestan sin descanso ni pena. Jadean un poco, es verdad, pero con los troncos sobre los carros con ruedas, sin nadie que los contemple se pegan. Instantáneamente sus caras van a la derecha, a la izquierda empujadas. Vuelven al mismo sitio y suenan como escudos de carne y hueso a los golpes. Sus pechos son tambores, sus puñetazos piedras.

FANTASMAS

esos hermanos nuestros que de pronto no tienen más tiempo en nuestro ser que soñaba

y como bestias fatigadas se borran en la línea de luz

que la vida traza al sueño para que no vierta sobre el día sus muertos

LOS ESPACIOS AZULES

1969

A Betty

L'imago al cerchio
Paradiso, XXXIII

Ved, esta claridad secreta en la que se contempla todo lo que se desea.
Ruysbroeck, *Las bodas espirituales*

Los pájaros son las obras hechas con discernimiento.
Ruysbroeck, *El reino de los amantes*

El día hace su poema blanco
mueve un ocre en la hoja
inclina el rojo de la flor sobre el agua
añade un verde al vasto largo verde
del bosque que crea su propia sombra

el río cruza sonando
una muchacha mira cómo junta
un sol una casa y un camino

Ángeles se sienten en la luz

entre la mirada y lo mirado
iluminan sin ser vistos

dejan en lo azul
una huella muy clara

y en los árboles
un fruto abierto

engendran en los ojos
un ser parecido al sueño

y en el corazón una dicha
parecida a ellos mismos

PÁJAROS

tienen el color de la sangre
el color de la sombra

se desprenden hacia arriba
como frutos maduros de la rama

si uno extiende el brazo
son atravesados sin ruido

pero azules y blancos
se mueven en la mano

EL CANTO BAJO LA BRUMA
alumbra en su vuelo
un camino

el alba
abre en el nido de un ave
la luz

el sol
mira el poema
ya vivo

mirado
el fruto
tiene peso

mueve su sombra
en el árbol

LO VERDE se hace azul a lo lejos

la montaña aparece como fruta quebrada

los barrancos se cubren por azules rizados
y por blancura que ha llovido del cielo

su bosque no se oye   su sexo no se abre
en piedras rojas y animales furtivos

el agua y la mañana que rodean la montaña
van por el valle azules y como un ave sin tiempo

El verano en lo cálido es un nido
un reino que arde soñoliento
una animalia verde y viva

bestias sagradas por el rigor del sol
montañas móviles con sueños y organismos
plantas del aire con las hojas
meciendo en sus cimas un insecto

ramas que suben y bajan temblando
soleadas sobre la sombra sobre el río
espesuras que el azul penetra
abren aquí un ojo allá una flor

en la raíz más honda y en la oreja más alta
un alboroto intenso
un crecimiento ávido
se derraman como una acción de gracias

cada criatura cada sombra cada eco
levantan hacia el día que comienza
un canto trémulo de delgados himnos

El día separado por sus sombras
por las cosas quietas en un orden extraño
por el ruido que arranca la mirada
del verde en que vivía
avanza ligero en el misterio
de un vuelo que se propaga entre más sube

erigido por el ademán diverso
como una torre de luz y de ceniza
profundo hacia dentro de su propia blancura

absorbe toda huella   todo oro colérico
del seco mediodía que a él se inclina
atravesado por trozos de azul y puntas de aves

perfecto en la curva en que se dobla
brotando de su propio cáliz
ardiendo largamente en su pureza
como un vitral altísimo
a contra luz mirado
pone en la tierra una inmensa rosa de colores
borra la claridad para instaurar el reino
de aquello que irradia si se toca

LA NOCHE llena todos los arroyos
las ramas inclinadas y la arboleda misma
la bestia cintilante   la piel que la luz hace oír
el amarillo múltiple que brota en línea organizada
el quieto ruido verde sembrado de rápida existencia

el rayo fijo sobre cada lomo
la huella de la garra   que en el barro reposa como gesto
el animal ciego que tropieza
como si anduviera perdido en jaulas invisibles

el buey sin alas que se mueve
según el mecerse de las hierbas

el búho que vive clavado entre las horas
hasta que la muerte lo arranca como a una rama seca

el prodigioso saco como pera marchita
el vasto lienzo de la animalia húmeda
en el que verdes rojos y naranjas
y plumas y pieles luminosas
lentamente se secan

HAY frutos que suben intensamente por la luz que los toca
y en el aire se encienden cayendo hacia el arriba

hay que maduros se derraman a izquierda y derecha
en un borbotear ardiente de brillos en el árbol

hay que se cierran para que la luz no los abra
y se entregan al aire ligeros de sentidos

hay como vasos rotos   en su ruina espejean
y en sus pedazos se puede ver el fruto entero

hay los que la luz penetra y hace lucir en las alturas
los que no poseen ni una luz pero la luz de todo

hay esta lluvia que se convierte
en la cáscara y el jugo del fruto que humedece

MÁS rápido que el pensamiento va la imagen
subiendo en espiral en torno   adentro de tu cuerpo
como savia o túnica o hiedra de sonidos

Más rápido que el día va tu mirada
arrinconando horas y dejando ecos
nidos y palabras de la creación meciéndose

Más rápido que la imagen va la imagen
que te busca en el abismo de la luz que es sombra
y te halla visible en lo invisible
como alguien que viviendo brilla

Atrás y adelante del tiempo va la imagen
Adentro de la imagen va otra imagen
Más rápido que la velocidad va el pensamiento

POR fuera estás dormida y por adentro sueñas
los ojos que se abren para mirar lo oscuro

Como una hiedra blanca por tu sueño subes
tocas un cielo de hojas y soles otoñales
un azul cristalino donde un dios se sumerge

Te cubre un sueño helado   una humedad
te eleva desde abajo como un ángel de dicha

Por dentro estás soñando y por adentro miras
las telas de oro fino que son ramas que se abren
para guardar en un nicho tu sueño para siempre

AL FONDO de tu imagen no hay imagen
adentro de tu voz el sentido es delgado
el sol sale como una fruta de tu cuerpo

estás como una base quieta ceñida por manos agitadas
como alguien que ha reducido su egoísmo a aire
como un ser que por existir oscureció sus sombras

eres como un color
que para llegar a ser intenso disminuye en tamaño
como el que mira un río y recorre la tierra

el mundo en ti
es un vaso que el espíritu atraviesa

POR adentro subo
entre sombras avanzo

doncellas de tus ojos
brillan sobre los cuerpos

las puntas de tus pies
danzan bajo tu muslo

mil soles en tu alma
se propagan se aojan

para mirar un universo
que desde adentro alumbra

sobre tu piel hay voces
hundimientos   mujeres

tu tierra es una rosa
mecida por las aguas

TODO habla en lo oscuro
todo es bóveda y cuna
invisibilidad apretada

todo pierde su forma
todo pasa sonando

otra piel hace suya
la espiral que la lleva
con los ojos cerrados

su cuerpo es sólo aliento
es cólera gimiente
en enredados miembros
que mezclados no suben

su ser adentra sombras

el corazón la busca
sólo el deseo la tiene

RÁPIDA maravilla es la luz
que sube baja de los montes
y por tu cuerpo cae
llena de ojos

Trémula bendición es
la que invisible llueve sobre tu corazón

la que deja en tus senos
brillantes puntos de oro de azul

la que te ha convertido en un largo rayo puro
en el alba

AMO esta forma moviente este universo
este cuerpo del cuerpo

por su corazón rojo santuario la intensidad no cesa
el infinito quema en llama blanca

el amor cierra sus ojos y los astros se encienden
como ciervos que saben la dirección del viento

amo esta corporeidad
esta abertura a mil soles y sombras

en sus manos sus árboles su espalda
siento la luz temblar sobre mis hombros

VERDES ondulaciones
soplan las sombras de su ser
cierran sus manos y sus párpados
para que reciba la alegría
que abre en la oscuridad
todos sus ojos

en su manto visible
el día la alza
para que mire bajo el sol
la tierra coronada

A LAS fuentes que llega
despeinadas curvadas

en líquidos rosales
que manando no cesan
deja el gusto y el gesto
que sus pasos esparcen
azulmente

movida en sus silencios
como el labio que tiembla
cuando la mirada siente
la luz que la rodea
su cuerpo es un pétalo
de la rosa del alba
en el aire que mece
cada hora nombrada
por el amor disuelto

tan delgada de aire
que cual humo se eleva
la iluminan dos lámparas
corazones prendidos
derramando su aceite

El caballo que viene como fuego
el caballo   música de chispas
bebedor de distancia   relámpago murado

el caballo
fantasma o sol del instante que acaba

el caballo que vuela sobre el suelo

el caballo que arde
en la velocidad ritual de la animalia

el sol lo encuentra corriendo por el alba
ágil como un poema

Hay azules sobre el agua que se irisan
y se alejan mirando entre las ondas
ramas que contracorriente bajan
sonando en cada luz un rumor claro
esplendores que se van tan alto
que ya no vuelven al golpe de la ola
y como mariposas de vida y muerte fulgurantes
se disuelven en el fondo del aire

hay el frío sagrado de lo gris oceánico
el lomo impenetrable de la bestia pura
ríos coloreados que en un mecer perpetuo
se revuelven   avanzando siempre
entre la luz el viento el sonido y la forma

La palabra que nombra no revela ni oculta
bola de cristal en movimiento
arroja por doquiera sus sonidos

Cada onda es el agua

uno es el hombre

unidas van las hojas y el verde
las alas y el aire

los ríos son este Río

y sola va el arca por la noche

Todo quiere volar cuando Celina
en el templo de Basa abre los brazos
movida por la misma luz que a cada cosa
le aligera su peso

sustancia bondadosa el cielo
nos da la realidad y también el lago
es azul en su centro y poblado de astros

La punta de la llama se dora
en los signos que se abren en los cuerpos
el sentido empieza a vislumbrarse
en la flor que guarda con fidelidad su centro

y las imágenes se dibujan en el cielo
para que el hombre lea en ellas la vida

En su despertar el hombre
lleva en los ojos
la novedad de su nacimiento

bajo la estrella que mira
al centro de su cuerpo
huele a recién creado

silenciosas columnas de luz
edifican la tierra

abren a su mirada
la materia divina

La carne con olor a tierra
conoce la plegaria
contra los mensajeros de lo irreal

sombras sobre lo vivo la despiertan
para que no adore la bestia
ni a los espectros coronados por el odio

cuando habla
abre un tiempo más infinito que ese que la quema

amo su temblor su escalofrío
ahora y en la hora de mi muerte

APENAS coloreado
salta de la roca un pájaro
mujeres a la orilla del mar esperan
que el amanecer baje del aire
pero ya la luz
ha madurado en todos los caminos
como un fruto que no ha nacido de árbol

EL TIEMPO de la poesía
da un fruto de luz
que cae solo en la tierra
y tiembla sobre su sombra

EN LA mano el aire
en los ojos un sol
que se apoya en el fuego
para durar más allá de sus rayos

en torno un ser
que lleva en la vida su prisión

arriba
el ángel del agua que desciende
y aplasta pájaros contra la roca

a mi imagen
este cuerpo del deseo
mirando a la pared

la hora llueve

un arco iris nace
entre el cielo y la tierra

LA ALTURA arde
opresión y desnudez inmensas suben del bajo aire

la carne tiembla
el instante abre en las sienes el mundo revelado

como una llama
el alma de lo vivo en luces se propaga

desnudamente
todo el amor en los ojos de lo puro quema

VIENE el río bajo la lluvia

pasa entre árboles
cada gota lo abre

relámpagos hermosos
señalan el curso de sus aguas

su inmensidad es íntima

pesadamente se mueve
hacia la ciudad
que deja atrás sin irse

solo es divino

LO VERDE reina
en la hora que se curva por tu torso
como una tela de aire

el tiempo tiembla
según el paso de la mano
por la blancura efímera

un ser de dos golpea en tu adentro
toma de dos el soplo
el corazón que no lo vibra

por la apretada luz
cada miembro resuena
todo rostro es de nadie

el viento toca algo tuyo que sale
del interior viviente hacia el afuera
donde el ser creado nos mira

COMO cuando el cazador dispara a la bandada
unas cuantas aves quedan fijas en el aire
mientras las demás siguen volando
ella entre sus amigas se detiene

nubes grises bajo nubes claras visten el cielo
y como ríos que confluyen y entran y salen uno de otro
nuestros cuerpos se revuelven en el lecho común

y sobre ella o yo   no sé qué espuma soy qué onda
el sol sobre la espalda es leve

VIRGEN hincada empieza a ser visible
atisba desde sus miembros
como alguien escondido al fondo de su cuerpo

la punta de su pie bajo su muslo asoma
como un haz vivo
que atraviesa la sombra

en su oscuridad cuerpos vírgenes miran
y a sus costados caen sin gemido soplando
igual que prendas que se tiran al suelo

brazos de dos en dos pasando
abren en su pecho la blanda claridad
como ventanas

desde una sola carne asida y entregada
llego a ella como a uno de mis miembros
sobre su piel oigo su oír   lo que oyó decir   toda blancura

En abrazo mecido la muchacha recorre
la blanda aventura de su cuerpo
la esfera en la que su ser da vueltas
en torno de la fuerza que asomada a su alma se fatiga

en abierta espiral encierra adentra y desata
el deseado rostro que los dos van formando
y el rasgo casi humano que arrancado de los cuerpos brilla
en rojo funeral consume su existencia

el vértigo meciéndose en su carne
el cuerpo inerme que la semejanza le entrega
y la boca que los hala y succiona
apenas la conmueven

su superficie acoge lo mismo el ademán intruso
que el gesto de su abdomen   más abismado y húmedo
en el flujo y reflujo que el instante va creándole

en ese vuelo a tientas por la altura
más de un alma ha caído y más de un alma se asfixia

por esa oscuridad apretada
el cuerpo fugitivo es real muriendo

MIEMBRO a miembro el amor
desde adentro la toca oscureciéndola
la vuelve hacia un afuera de manos y cabellos
donde dos cuerpos peleándola la oprimen

vertida hacia la sombra y apagada
su ser descansa en otro
el deseo de llegar hasta lo vivo

pero columna vertebral llena de voces
responde a cada ojo y oreja que la oyen
sufrir por su existencia en el abrazo

y raíz y árbol como un fruto solo
por los ojos asoma   ya fijando
en el corazón de lo oscuro
el cuerpo iluminado

LA QUE nos mira a la cara
busca su semejanza

los ojos que la dibujan
persiguen su forma blanca

ahí donde estaba su cuerpo
se eleva temblando el alba

SUS ojos beben del azul
arroyo que sube
hacia la inmensidad

el río y la piedra húmeda
vuelven libres
bajo la luz

sus ojos dejan
manchas azules
en el agua

toda desnudez vestida
de asombro asciende
hacia el color visible

ENTRAS al cuarto oscuro
como a un lecho de sueños

rincones de claridad perturban
el ritmo rígido
del quieto espanto

el brillo de la tiniebla bruta
resuena
en negro sobre negro

sobre la sombra hay sombra
hay una Babel de lengúas
confusas y de sombra

todo dice el nombre
de lo impalpable
todo mira y pesa

EL MEDIODÍA parte el arroyo
en delgadas mitades de sonido
saca del lomo de la bestia
crepitación y humo

todo lo que es húmedo
la hora lo ha bebido
todo lo que respira
en mi interior descansa

las casas y el árbol
tienen la oscuridad abajo
ojos de tierra roja
beben en el azul abierto

la luz y tu mirada
se hablan
sobre este río elevado
de palabras sin sombra

El color y el silencio helados
rodean el río de cuerpos y palabras
de una memoria que se retira en blanco

el rocío   rey de la hora
llena de ocres y naranjas
la lejanía de casas y de tierra

el árbol mece ojos y brumas
si mecerse puede en esta alba
donde el ritmo en el aire se congela

y tu vestido cuelga adelgazado
como si la joven que eres
se hubiera sumergido entre sus pliegues
lentamente secándose

En su oscuridad la que ama no es oscura
tiene delante de sus ojos la palabra
para nombrar lo santo
la alegría mueve sus miembros
abreva en su corazón y su corazón bebe de ella

adentro de su carne la carne es una sola
la raíz y el fruto son un botón radiante
que el alba enciende en su mano

luz de otro mar sobre lo oscuro la recuerda
graba adentro de ella la forma de mi cuerpo
con su oreja y su ojo ve la luz del día que viene
sobre sus hombros y a través de su pelo

OIGO
el paso de la luz sobre su piel
como en un reino apacible
sobre el que amado duermo

oigo
esta ascensión abrirla
interrogar en su desnudez
toda criatura y toda voz

ella
hace
caminos en el agua

EL ARCA

Hay pájaros que llevan en sus alas
el verde de la hoja y el ocre de la piedra
bestias azules que visten en sus franjas
jirones de halo o nube donde aún reina el día

leones que a su paso dejan
huellas de garra y espigas amarillas
caballos que ya inmóviles tiemblan
en un silencio que parece saltar

una fauna de furia que ha brotado
del trigo del sol y del otoño
una alegría de formas de sonidos de colores
meciéndose y sonando entre claros de luz

una creación en movimiento
que juega en el esplendor de la animalia pura
y navega armoniosamente por el alma
de esta arca de lo vivo

CUANDO la lluvia pasa y la ciudad se eleva
y el pájaro vuela por un amarillo iluminado
donde un ocre y un rayo dorado se desprenden
como de hojas otoñales lavadas por el agua
gotas que abandonó la lluvia sobre un vidrio
alentadas por una luz interna
son pequeñas esferas o universos del agua
donde el color es incoloro pero tiene
dos o tres azules y un naranja
que parecen temblar

Estas rápidas gotas de la dicha
bajo el hálito de una breve existencia luminosa
se quedan asombradas en el puro corazón de la alegría
o trazan resbalando diminutos y delgados ríos
como siguiendo la estela despeinada de otras gotas
que encontradas son un pequeño mundo
una transparente cúpula
donde brilla la luz

SOBRE este puente donde el tiempo avanza inmóvil
como la podredumbre o la alegría de ser
adentro de las cuerdas
que lo atraviesan de un extremo a otro
he visto al pájaro de la inocencia detenerse
un momento en su vuelo para decirme adiós
he visto en sus ojos el incendio de luz
que arde sobre las aguas como un tapete
o una lengua siempre más larga y estriada
he visto en su pico el canto y la maravilla
que nunca se levantan un punto más alto

de la tristeza que los encierra como un nicho
he visto la oscura y húmeda cabellera del canto
siempre más radiante y más muda
más color de viento que de amor o vocal
curvarse en sus umbrales como una ola

Sobre este puente que ha mirado con mirada fría
(así como mira el rostro amado y muerto
siempre más distante a la palabra y más imposeíble)
pasar miles de espectros y de autos
miles de seres y cosas que van al infinito
como etapa final
he visto al pájaro de la inocencia
descansar un momento de su eternidad
para decirme adiós
en un hasta nunca apenas perceptible dicho casi
con un rumor de alas sonando en el silencio

Las voces que soplaron en el aire
formaron en el aire una ciudad
las lluvias que subieron y bajaron
formaron en los lagos nubes de cristal

los sonidos que siguieron caminos cardinales
llevaron ruiseñores y sueños y olas hasta Dios
y los que no yacieron en hogares del viento
cantando se apagaron en sus nidos veloces

los colores que cayeron rojos y amarillos
salieron de adentro y de afuera de las cosas
pintaron el puente la pradera y el páramo
con su tiempo su alma y su temperatura

los pájaros que volaron de las voces
hicieron un techo de alas y azul

los nueve frutos en los que los colores se metieron
fueron vírgenes musas y virtudes

y los sonidos los colores las virtudes
formaron en el aire una ciudad

LA MUJER va desnuda bajo cada mirada
y el hombre la adivina

como una sola carne bajo la luz se sientan
en su viviente dicha

su comunión es consagrada
y ofrecen su sangre para beber de ella

el amor está en sus caras
y el hombre sobre la tierra es desdichado

EL SILENCIO ES CALOR EN LA CÚSPIDE HELADA

Las gentes que viven en la altura
no tienen otra bondad que la mirada
desde los nidos de águila en que viven
ven otras montañas como piñas o uvas
tocadas sólo por los ojos o el viento

con sílabas rojas y azules
hacen bajar el día
como a un ave sigilosa hacia sus casas
y luego con sus plumas de colores muy suaves
arrojan desde arriba las horas a tus manos

AZULES entre frutos oscurecen de noche
pero a azules y a frutos la semejanza guarda

sin edad son las cosas que de oscuro reunidas
cansadas por sus sombras no se mueven

los cuerpos y los valles que separados duermen
sobre la tierra en gloria la imagen los concilia

caballeros errantes las palabras
son fieles al amor con que han nacido

El pájaro retratado a punto de volar
queda para siempre inmóvil
con las patas sobre el verde trémulo
y la cabeza en el azul del aire

atrás de él
un puente está volando
nidos y colibríes reposan
como gotas de luz
en la punta de un árbol

Voy entre la multitud invisible
entre fantasmas blancos
que quieren toda la sangre para ellos
las nubes pasan bajas
los ángeles se han ido del mozalbete pálido
y la luz no toca
al perro solitario que bebe del invierno
la humedad de los vidrios

el tiempo es hueco en sus sombras
las calles que dan a la mañana
son para el hombre que cae fuera de sí vacíos
sin rostro recorro los viejos tatuajes de la golfa
y mi deseo no quiere
más que aquel día contigo en mi tierra perdida

El día se rompe
y en los umbrales   levantando los pies
su aparición se borra

y el hombre que entra al lago
es una pieza solitaria
en un tablero de ajedrez oscuro

Recuerdo por los que olvidan
el saber me hace secreto
la luz fija sus reinos

los nombres son conjuraciones
la inmensidad me colma
como un río a un vaso

de aquí sigo los caminos arteriales del agua
en la cascada hay tantos rumores
como torrentes cayendo a diferentes ritmos

de allá donde soy ahora está oscuro
los seres que amo
están encerrados por la noche

el día va del rojo al blanco
aquí veo la luz nítida
de la divinidad que entra al templo

Tiempo de mil colores llueve
bestias violetas
dejan en el agua un amarillo vivo

el infinito encima abajo
nos separa nos vive
nos hace semejantes
a la pura y visible lejanía

un movimiento oscuro un trino nos descubren

LA LUZ llega
los cuerpos son hermosos bajo sus rayos

pájaros color de alba vuelan sobre los sueños
por entre las plantas vulnerados se doran

en la plena humedad el fuego abre
cada cuerpo difunde su silencio

el sol sobre las aguas es una yema intacta
el árbol del paraíso está en su centro blanco

ÁRBOLES y flores nacían
soñaban en su nacimiento

pensamientos se asomaban vertiéndose
para ver la rosa del cielo entre las ramas

bestias estaban con nosotros
como en los primeros días en que la luz
nos hizo visibles los unos a los otros

sobre una nube vimos al dragón
y al jinete polaco   y tu cuerpo blanco
como un meteoro atravesó la noche

EL PÁJARO en el aire es fuego

plumas que se le caen son vida
de un verde infinito de colores

cuando salga visible entre sus llamas
todos los pájaros de la tierra mueren

EL CIELO está lleno de bondad
ángeles de forma luminosa

que sólo se ven en la noche
lo recorren

el santo y el poeta
pueden mirarlos en la vida
si llevan en los ojos
la imagen de su luz

ENTRE las hojas de la lluvia
la hoja que ha tirado el viento
reina en el suelo
rodeada de otras menos verdes
que juntan su color deshojándose
en su frescura   algo de su temblor
se mece todavía en la rama

EL VIENTO se envuelve de hojas
y de música arrancadas al árbol
de pájaros y polvo recogidos
a la orilla del lago bajo el sol

a soplos voltea el agua
en agitada y blanca desnudez
y en las ondas huidizas bebe
el reflejo donde va tu sombra

AZUL cae entre los cuerpos
que en el instante son fruto
de la rama que los mece
y brasa del fuego que los quema

azul es el ala que los une y desune
para que el amor volando no vuele
más allá del deseo

que como un fénix quemado
madura para su segunda muerte

azul es el cuerpo
que apaga la llama sin sombra de la noche

azul cae a tu boca
y rojos y verdes lleva el viento

ABRIL antes de irse deja una herencia de flores
sobre el campo amarillo
llena el camino de la muchacha que va al río
con una gavilla de pájaros blanqueados por la luz

en el aire arden alas y la hora llena de voces
canta en las ramas al mediodía que entra al árbol
de la soleada cueva baja un sendero de olores
un bullicio de insectos que penetra la sombra

el verano ya envuelve con esparcido polen
todo aquello que vive   un ciervo se detiene
en la imagen suspensa de la velocidad de lo eterno

sólo la luz no cesa sobre el agua azul

WHITE CASTLE

Vuelves a tu castillo después de siglos
la soledad que allí reina es tu mujer
la arena hace dunas
y las ventanas son anchas largas puertas

los conductos por donde el agua iba
traen la sombra la humedad
cuervos y gaviotas se oyen en las torres

el tiempo ha hecho espacios en los muros
el bronce ha perdido sus cráneos y el dios sus brazos

Éstas que aquí se ven ruinas sonoras
ligeras fueron en su tiempo y oídas
la luz bajaba por sus muros verdes
llegando al agua y al cuerpo de los vivos

huella de ciervo luminoso ha sido
el corazón que amó la llama y la sangre
de lo efímero   que como hiedra rota
en su ascensión sobre la piedra queda

Donde pasó lo oscuro vuelve a salir la hierba
la raíz afloja por debajo el suelo
el sol es un halcón sobre las ruinas
y las ramas del árbol empujan el muro
e inclinan el techo hacia las rocas

en las ventanas hay nidos
y en los huecos ojos imperceptibles
nos siguen entre la cal y el polvo
y de donde el amor dormía
sale volando un pájaro

NO ERA el tren que venía   era el viento
que zumbaba en el aire como una lámina
era una larga procesión de pobres
con las manos entrelazadas caminando

el tronco torcido   la madera hecha nudo
el color hecho llama   la llama curtida
vuelta piel   vuelta ojos
eran esas sombras vestidas de más sombras
esos seres de los que colgaba el hombre
como un ocre en una tela deslavada

BUEN sitio es el alma para la poesía
de ella ha salido y es justo que a ella vuelva
con el mismo temblor que era pulsada
y los mismos ojos que la vieron erguirse

el dolor en ella restañó las palabras
la alegría en ella se repitió tantas veces
como un río se recorre   se ocultó tantas veces
como la verdad suele hacerlo

con la breve premura de su canto
instauró en el aire un reino
donde las llamas pudieron ser criaturas
y las criaturas sombra doliente de la santidad

voló toda la vida sin despegar las alas
llegó todo el tiempo sin aparecer del todo
estableció aquí la raíz allá el amor
sobre la hierba lo visible lo invisible de un ángel

abrió todos los ojos   habló en todas las bocas
colgó como una hoja en la verde maravilla del árbol
su vestido fue un templo   su sueño fue este mundo

LA PALABRA

lleva el sol
lleva la virgen

lleva el pan
la comunión
y lo que invoca

es la dominadora
la que junta

vive en muchas moradas
entra en muchas formas

sopla desde el fondo del agua
silenciosa

sube de todas partes
quema y nombra

ESTA ciudad se concibió en la noche
rasgo a rasgo el esplendor la hizo
en sus ojos ardió lo que moría
y a sus torres subió lo que se alzaba
ala por ala se fue haciendo única
miembro por miembro se fue haciendo sola
sus raíces crecieron hasta el aire
sus puentes fueron ríos su salto piedra roja
a sus hombros ascendió la carne
se dispersó en los seres y en las sombras
que se le iban cayendo cuando andaba
y el tiempo le arrancaba y le ponía
fábula fue su nombre
silencio por donde sale el sol
de las palabras que la mañana borra

DE MENTE en mente vas tú sola
hacia el silencio indica tu dedo
muchas respiraciones se oyen en tu aliento
y llevan tu fantasía a la luz

por la irrepetible variedad de lo creado
latiendo vas
y detrás de tus ojos espléndidos
todo quiere ser hombre

ver es nacer
y al mirar has nacido a la tierra
y tu mirada la ha hecho su reino

oh grito   oh fábula infinita
de astro en astro vas
mirando libremente la noche que madura

hacia el Ser haciéndose

Mi ser es ala hacia tu ser

es aire hacia tu luz

soy tú envuelto de ti
como semilla en fruta blanca

oh mía

mi ser es femenino adentro de tu ser

es silencio en tu luz

es fuga hacia lo blanco

El aliento es el dios que la penetra
e insuflada da a luz
habla un instante

y su voz queda en el aire
aun cuando ha partido

Agua cae sobre agua

sauce suena de lluvia   tierra suena

el río avanza sonando   piedra cae hueca

nube
como sobre un tambor arriba
el sol toca

POR EL día que se mueve
la sabiduría erige templos
quien ama el sol
siente en su corazón el fuego
las palabras tocan el aire y arden
el ser viaja hacia la luz

SALID pájaros color de lluvia
llevan en sus ojos el sol

lenguas de doble punta tensan la sombra
para soltar la luz

repentinas creaciones del día claro
son casas o ríos para el que mora o viaja

el ser disperso ha reunido sus rostros

nos ha invitado el milagro
a compartir la creación

EL DIOS doliente del hombre es puro en su cielo
por los ríos del aire desciende su sol gota de sangre
sangre color de luz penetra al ser que en torno de sí sueña
y su luz como una hora inmensa abierta para todos
está tocada de rojo
oh tierra como una fruta

El río por el valle tiene fondo
y por el monte es aire

rayo de sol
serpenteando
deja tras de sí sombras transparentes
y el hombre
aunque pobre en el mundo
vestido va en su desnudez de luz

Voy a las barcas de la soledad
donde el hombre se refugia de noche

en ese refugio puro
nada se mueve más rápido que el sueño

montañas ríos y árboles sagrados
protegen el camino de los hombres perdidos
y un sólo aliento ritmado da calor a las sombras

y entre los seres que el deseo hace venir soy libre
y acaricio las tinieblas como una rama al agua

Viajo por la enorme variedad de la mujer creada
por baños y templos como solemnes ruinas

por el silencio de tu cuerpo después del amor
por seres que despiertos en el sueño hablan de la creación

caminos de luz llevan al ser al borde de sus propios ojos

en siglos como pozos el ser amado cae

la carne abierta bajo el sol sufre de azul que pasa

ÉRAMOS 8 seres

cada ser como fruto

y a veces este fruto
era todos los frutos
y era el árbol mismo

y como un ojo solo
ardía azul en el aire
y ardía toda la noche

SALIR de la mujer es separarse

el cuerpo dueño de sí
lleva su novedad y es una llama

mira tu corazón ser devorado
en una bola de fuego en una nube

mira la cara lisa de la madre de piedra

mientras que bajo el sol   por la montaña
la tierra es una intemperie luminosa

LA LUZ queda en el aire
aun cuando el sol se ha ido
como los ecos del canto en el cuerpo
cuando la música ha cesado
rayos silenciosos toman el aire
y en sus ramas delgadas
el árbol transparente se oye
lo que duerme empieza a viajar a un día
donde el sueño de la palabra es real
y entre los soles blancos que la noche entrega
alguno de ellos será azul o verde

el cielo parece inmóvil junto a lo que se va sufriendo
y por un momento es sólo aire y sombra
y Celina Betty el sauce y el fresno
todos están reunidos
todos están aquí
en la luz temblorosa
que atraviesa a la rama

EL AZUL se hunde en la montaña
como en una mujer abierta

y ella   de tan azul
es casi transparente

y ella   en transparencia
parece invisible al ser amada

EL POETA NIÑO

1971

EL POEMA DE LAS SOMBRAS

Sobre las sombras de la mañana sagrada se ejercitaban mis ojos, y
aprendía a distinguirlas según su oscuridad y su luz

parecían hechas de penumbra y tiempo y ser corruptibles o
perfectibles según la claridad del sol y la posición de los seres
y las cosas
llevando una existencia azarosa donde lo fortuito haciéndolas
resplandecer las destruía

aunque algunas duraban más allá del día pues cuando el anochecer
llegaba otra luz se encendía junto al objeto que las proyectaba,
moviéndolas un poco

algunas eran muy límpidas y el silencio las abarcaba en su nitidez
de superficie de agua que parecía bañarlas

mis ojos las recorrían, de pie, acostadas o inclinándose para beber
de la hierba soleada gotas de luz
y entre ellas mi ser componía su canción

las sombras, pensaba, dan realidad a los objetos a base de ser ellas
sus negativos o sus fantasmas y se arrastran por el suelo o
resbalan por el muro como dobles inconsistentes; hay en ellas
algo de servil o de impenetrablemente humilde, son el
trasmundo, el contrapeso y el otro paisaje del día claro

de algunas podía saber su edad y si eran recién nacidas o viejas
según su estado sobre el polvo
y otras estaban tan acribilladas que eran sombras pálidamente o
ruinas de sombras

sobre ellas el día narraba su diversidad, plasmaba su temperatura y
revelaba su hora

y de pronto en la tarde había un sin fin de sombras cantando sobre
el suelo al mismo tiempo
derramadas junto a un sin fin de seres y de cosas en el paisaje quieto
cantando al pie de un monte o al lado de un perro negro o de una
silla blanca o de una muchacha

aquí y allá puntiagudas y redondas en música silenciosa se
entrecruzaban, se entretejían, se amontonaban o
terriblemente solitarias
eran arrojadas por la raíz de un árbol sobre la colina

o andaban a los pies de un hombre como un contrahombre para
que no vuele y se separe de la tierra y para que recuerde
a cada momento su fantasma

sombras había de montañas y de nubes sobre montañas sombras
fugitivas de insectos
y sombras a la carrera entre las patas de los caballos

sombras verdes de sauces mecidas por el agua
y sombras de gorrión que se recogen cuando éste se alza y ya en el
aire abren las alas volando sobre el suelo

árboles y seres tenían su voz sobre la tierra y su duración sobre
el muro

y yo
hacía mi poema
y lo decía temblando

ZOOLÓGICA

Cuando el sol ha calentado las tejas del zoológico, el guardia alimenta a las fieras, y los niños de una escuela, con cuadernos y mapas, miran al león desgarrar su comida, un viejo de manos ávidas, mezclado entre los niños, oprime tanto los brazos y las piernas de una muchachita, que casi la hace llorar. Sus ojos, como un pájaro, picotean su carne; o soñadores, miran sobre su cabeza, parecen reposar.

En cada niña un misterio y en cada niño un descifrador, transcurren allí de pie. Tembloroso el vejete, se mueve en su interior, como alguien que tiene adentro a otro distinto de él. Y no mira al león, sus ojos que ven al guardia se clavan en su corazón.

Cuando uno de los niños dice: "Vámonos", los otros lo siguen, se pierden por la calzada con gentes asoleándose; y ya fuera de vista, dejan oír un ruido o una voz. El viejo, de pie frente a la jaula, se alisa el saco arrugado y se mete al baño. Y sale con la cara de un abuelo que pasea por el parque.

Imprevistas quimeras forma el día con rápidas nubes blancas. Y la hora parece quedarse al borde del estanque taciturna. Mientras dos pelafustanes, que se arrojan piedras y se hacen gestos, gritan al aire libre, creyendo que la mañana es suya.

ESTANQUE

Allí donde mis ojos dudan mirando la arboleda reflejada, la blancura de una gaviota se acompasa en el presente, las puntas de los árboles apuntan hacia las direcciones de lo profundo y flotando en la ilusión nunca se hunden; las hojas se alargan y se encogen, siguiendo el movimiento de las otras en las ramas del árbol. El perro junto a mí parece cristalizado en su sombra, y las ondas, como guiones o crecientes de luna, vienen hacia nosotros, pero nunca llegan, impedidas por la orilla. Y qué ligereza de los árboles sobre la tierra frente a los de su inconsistencia, parece que oscureciéndose en el fondo del agua, volvieran a la realidad más verdes. Y nuestros cuerpos, entre los verdes olivos y los verdes limones de las ondas, flotan mezclados.

LOS HUÉRFANOS DE SETENTA AÑOS

Con sus pertenencias en una bolsa apañuscada, los viejos están sentados en un banco del Bosque, frente al lago donde nadan los patos. Sus ropas hablan de su condición y su silencio tiene lenguas. Descosidos y rotos, con ojos largos ven a los que pasan, mientras el aire enfría a su alrededor y la oscuridad empieza a envolverlos. Quemadas las caras por el sol, con la mirada dicen que no han comido y con los vestidos terrosos que duermen a la intemperie. El viejo, con labios resecos y con un cuchillo de cocina en la mano, le cuenta algo a su mujer, con palabras que de ahogadas no se oyen y la vieja atentamente se va quedando dormida. Un pichón pica en la basura y los patos nadan en las ondas del presente. Luego llega la noche.

LA HIJA DEL TENDERO CAMINA POR UNA CALLE DE RUFIANES

Cuando la noche cierra las puertas de la luz y en cada ventana un sol se pone, y el hampón, recargado en el muro, mira desocupadamente a los que pasan; y el homicida, con su cara famélica de hombres, detrás de una ventana, mide al carnicero que limpia sus cuchillos, e ignora con la vista al borracho, que en la acera de enfrente, dando traspiés, abre las manos tras del suelo que se le retira. Cuando el pianista pobre, junto a las paredes ciegas, arrastra sus ochenta años como una pierna rota; y el perro flaco de hambre, ahíto de calles, se para en una esquina: el hampón, con una daga en la mano, se despega del muro y pega su sombra a la sombra de la hija del tendero, y jalándola del brazo, la mete en una casa que, como un higo negro, se abre sin un chirrido.

MAÑANA DE LLUVIA EN CONTEPEC BAJO UN PORTAL

Junto a su padre, que recargado en la pared duerme de pie, el hijo del cartero, silenciosamente se deja ser, como quien mira. En las ventanas de la casa de al lado las gotas abren caminos sucios y un Dios pluvial chorrea en los vidrios. Entre dos bancas pétreas, la puerta de la cantina se abre con su mal aliento. Bajo el portal, la mujer del cartero mece a su niño, y su madre vieja parece haberse muerto en una de las bancas, con una mosca quieta en la cabeza. Es poco el ruido de las nubes para tanta lluvia, y mucha oscuridad para las once de la mañana. El aire ha enfriado la tierra, y el perro del cartero, echado sobre las piedras húmedas, a veces gime. Un pichón entra al portal con las alas mojadas, y la niebla ha borrado los cerros. En la puerta de la cantina, como un diente, el cantinero mira a la mujer del cartero, impedido por el espacio de aire que separa a los que se desean. Ella entresaca la teta para amamantar al bebé, y él se rasca el estómago por debajo de la camisa, entrecerrando sus ojos letárgicos de buey. En torno, la luz disminuida se entristece, y con sombras a su alrededor, las mesas de la cantina crujen, y colmados de noche los rincones lloran. Rebuzna el asno gris del cantinero y la lluvia cesa. El sol atravesando las nubes como si fuesen hojas, pone sobre el instante el infinito.

UNA MUERTE DE RUY LÓPEZ

Jugaba Ruy López con Alfonso Cerón una partida de ajedrez, frente a Felipe Segundo.

Uno tras otro, los jugadores de la corte habían pasado ante Ruy, quien tenía una torre en una cadena de oro colgándole del cuello. Y uno tras otro los derrotados eran sometidos a la frialdad del cuchillo.

El invencible Ruy López parecía inmóvil en su asiento, custodiado por dos obispos gordos, también inmóviles; mientras Felipe Segundo se entretenía con sus jugadas y con los acordes de su vihuelista Miguel de Fuenllana, quien cantaba:

> De Antequera salió el moro,
> tres horas antes el día...

Y a quien hizo silenciar con un gesto, para que no perturbara a los que pensaban.

—La tiniebla futura de los hombres está ya en tu presente —decía Ruy a Cerón, indicando al músico ciego, como si éste fuera una materialización humana de su frase o de su fantasma.

—Tengo tantas preguntas que hacerte —le replicaba Cerón, acomodándose la corona de oropel que le había puesto un bufón en la cabeza—, que no te hago ninguna.

—Ama tus últimos momentos —le aconsejaba el sacerdote ajedrecista, balanceando como un péndulo su torre, preparado para darle mate—. Pues es lo único que tienes.

Al decirlo, la corona de oropel de Cerón se ladeaba y su mano temblaba sobre la reina que iba a perder.

—Consejo para la próxima vez que juegues —le decía Ruy, como si considerara la partida acabada—. Coloca a tu contrincante de tal modo, que tenga la luz del sol en los ojos.

En ese instante, Alfonso Cerón perdió y fue acuchillado. Los obispos aplaudieron, de Fuenllana empezó a cantar:

> De los álamos vengo, madre,
> de ver cómo los menea el aire...

Después, Felipe Segundo se sentó frente a Ruy a jugar. Pero la partida fue breve, a causa de que el ajedrecista de Segura descubrió que el Rey jugaba sin rey y reponía las piezas perdidas, teniendo una gran cantidad de reinas, de caballos, de alfiles y de torres en las manos.

—Imposible ganar —le dijo Ruy—, y sí posible perder por cansancio y aburrimiento

Por lo cual, Ruy López fue acuchillado. Mientras de Fuenllana, silencioso como un mueble, avisado en su oscuridad de que el rey había ganado, empezó a tocar.

SOBRE LA SEMEJANZA

Amaba tanto existir, que su alma habitó para seguir viviendo existencias más humildes que la humana. Así, por mucho tiempo la presentía en todas partes y la veía venir hacia mí, para estar un momento juntos, en un pollo, en una ardilla, en un gato, en una abeja. Sucedía también, que a la sombra del árbol bajo el que me sentaba, un extraño saber me hacía oír en el rumor de las hojas el ruido de sus pasos. Y aun en los utensilios deshechos por el tiempo encontraba algo de ella, un sentimiento de la corrupción y del olvido que ella sufría. En los canastos destejidos, en las mesas apolilladas y en las pantallas rotas de las lámparas había algo de su presencia que me hablaba, un estar mudo saltándome a los ojos. No era raro sentirla, detrás o como un aura, en el martillo abandonado sobre la arena, o en el perro, que a la orilla del mar bebía reflejando en el agua su sombra amarilla, como helada por el frío. Aun en el aire entendía rasgos de su carácter yéndose entre las ramas de los fresnos. Los seres fortuitos que hallaba en la calle estaban llenos de ella, entre la confusión de voces apresuradas sonaba su voz única, o se distinguía llamándome con pena. Todo me era sagrado, desde el árbol más despojado hasta el mozalbete más hostil, y el insecto más desapercibido atravesando el tiempo. Una especie de humildad por ser hombre me colmaba de asombro por lo vivo y lo muerto a cada instante. Todo se sacralizaba por su ausencia, pues ya sin fin, ella podía estar en cada ser y en cada cosa del mundo visible e invisible.

ACEPTACIÓN DEL OMBLIGO

Desperté de un sueño, en el que participaban mi madre y el ombligo. Mientras preparaba la comida, mi madre me dijo, ofreciéndome un pedazo de ombligo: "Pruébalo, para ver si te gusta. Porque si no te gusta, no tienes que comerlo." Asentí que me gustaba. Y abrí los ojos, contento porque el ombligo me había gustado. Y todo el día, por la atmósfera que me dejó el sueño, sentí placidez, como si en la aceptación del ombligo hubiera aceptado a mi madre y a la vida, recobrando a la vez una edad mía perdida, y el rostro olvidado de un ser que ahora tiene otras facciones.

LENGUAJE DE LA ABUELA

Como en la relación de los pelafustanes, que para manifestar su afecto optan por los empujones, y con un golpe en la espalda o un jalón de ropa se saludan, en un manoseo íntimo que excluye a los no amigos. Así mi abuela, en una conversación sin palabras *habla-*

ba con su comida. Pero en lugar de los forcejeos y los puñetazos de aquéllos, ella se comunicaba con fideos, carnes y frijoles.

PENETRACIÓN A DISTANCIA

Para atravesar más pronto la distancia que me separa de ella, grito su nombre, sabiendo que mi voz puede ir más rápido que mi cuerpo y que apenas viéndola desde aquí, la penetro a distancia.

LA ESCALERA

Subir la escalera, pensando que se ha de descender, y que mañana habrá que subirla nuevamente. Subirla y bajarla día tras día, no sabiendo en qué peldaño hemos de sentarnos para siempre, y si desde ahora no valdría más quedarse abajo. Miedo a que falten las fuerzas al comienzo, o que ya a la mitad perdamos el aliento, o a perder lo poco que somos en subirla, o por no hacerlo, perder todo. Tristeza de dar un paso más, que aunque pequeño nos aleja de nosotros, y por cansados, es un esfuerzo grande.

PREGUNTAS

¿He de acabar dormido oyendo a Bach
como el señor que duerme en los conciertos
fatigado su día por cuentas y horarios
y cansada su noche por un espectáculo?

¿He de ser como aquel comerciante
que por la clausura de su negocio
desempleado de sí
se siente morir?

¿O he de ser como el enfermo
que absorto en sus molestias

no oye las señales
que el infinito manda?

¿O como el portero
que abre y cierra las puertas de los otros
y sin fijarse en su propia casa
ha dejado su alma descuidada?

¿O seré siempre esto que soy
un hombre de palabras?

DOMINGO COMO MUERTE

No llueve   es el domingo
que a veces llega como lluvia
con arrastradas nubes
y pequeños vientos
(¿a quién quiere asustar?)

es esta soledad
que segregan las cosas
y sale como un polvillo
de las horas del hombre

es este instante borracho
que tropieza en las sombras
y saluda a fantasmas
y a acciones perdidas

es este domingo inmenso
en el que los hombres
tendrán que estar consigo mismos

PUENTE

un salto
de las piedras gastadas

en sus extremos
el comienzo y el fin
van hacia el centro
y se alejan del centro
como en una cuerda

¿cuándo
su materia geométrica
de aburrida largura
y de gris duración
se deshará en el agua
como templo en el polvo?

acaso
el hombre
sobre su punto arqueado
es la flecha
hacia el infinito

puente
aire petrificado en curva
sobre el río tinto en sueños

FRASES

1

El olvido más intolerable es el que nos infligimos a nosotros mismos cuando nuestro ser olvida lo que hemos sido, y parece preparado para olvidar lo que ahora somos.

2

La agudeza más incómoda es la de distinguir entre lo que los otros creen que somos, lo que creemos ser y lo que realmente somos, conociendo aquello a lo que aspiramos y lo que apenas logramos.

3

Hay gentes que piden de nosotros cierta cara, su cara, y cierto modo de pensar, sus pensamientos, para que nos acepten o para que nos crean inteligentes, y queriendo estar bien con ellos, fingimos tener su cara y sus pensamientos, manifestando sólo a veces, como por casualidad, nuestro descontento y nuestra voz diferente, en una palabra o en un acto que los rechaza o se les resiste.

4

La verdad más terrible es la que aparece en nuestro rostro con las facciones de la enfermedad, del fracaso, de la desesperación o del odio, y que sorprendemos en un espejo en un momento de lucidez, o se nos revela en un sueño, o nuestros labios la profieren como si nuestra vida actual se pusiera en un gesto, en un ademán o en una frase que nos muestra enteros en el instante.

5

En el mismo racimo diurno: Florencia, Delos, la carita sonriente. Stonehenge, Piero della Francesca, Homero, el delfín, la miel, el maíz, el Popocatépetl, Bach, el crisantemo, el león, el hombre, el tilo, el río, el plátano, el ojo, el huevo.

6

Goya. Fijó con precisión de sueño las caras reales de los lobos y putas que ensucian cada día la vida.

SENSACIONES

1

Tenía la sensación de que oyendo las voces y viendo los cuerpos de las muchachas no podía —oyéndolas y viéndolas— entrar en su presente, quedándome sólo en sus formas y sonidos externos. Sintiendo, al tenerlas, que no las tenía: al irse ellas instantáneamente por mis ojos, mis oídos y mi tacto; y solitaria, irrecuperablemente escapándose por mi excitación y por la vaguedad del acto.

2

A veces me encontraba en un lugar con tanta brusquedad, después de haber deseado mucho estar en él, y con tanta brusquedad emprendía el regreso, que a pesar de haber vivido en su cotidianeidad unas semanas, no sentía pausa entre deseo y recuerdo. Y los actos de empacar y desempacar, parecían estar separados sólo por unas cuantas vistas de mí en un museo o en una calle, y por unos cuantos objetos adquiridos apresuradamente. Me daban esas presencias y esos recuerdos vértigo ante el tiempo y fatiga de ser.

3

Como quien gusta de una voz y de un paisaje, en los que nuestro presente es oído y visto, en una audición o visualización de lo que interiormente nos sucede, emitidos o plasmados por un sistema de acordes y silencios, de claridades y sombras, como si externaran nuestro ser en su humor momentáneo y en su condición aérea, me dejaba oír en la voz de T, siguiendo en su modulación mi ritmo y en su sonido mi estado de ánimo; o al ver el llano, sobre el cual el viento levantaba remolinos de polvo, había en mí una quietud o un movimiento, un deseo de detener el instante en su presente, que dejaba las imágenes dar vueltas en mi cabeza, hasta que la noche me apagaba.

HAY VIEJOS

que llevan en sus caras una especie de tristeza terrestre, parecida a la que a veces flota como un aura sobre una colina o un valle por cierto efecto de la luz, por una nublazón de la tarde o por una melancolía de la materia. Sus ojos revelan un humor misterioso, y si se les pregunta qué les pasa o qué sienten, contestan que están un poco nostálgicos por los achaques de su edad o por su condición de viejos, pero se asustarían si se les mostrara en un espejo el tamaño de su desolación.

Otros ancianos mantienen en sus rostros una expresión de limbo, y las palabras y los actos parecen no perturbarlos, habiendo olvidado ya los nombres de sus padres, sus propios nombres y sus edades, como si por una relajada languidez dejaran su ser borrarse en una entrega gradual de su vida a la muerte.

HAY GENTES Y HAY CIUDADES

Hay gentes junto a las cuales se siente tal incomunicación, que aunque se esté frente a ellas, casi tocándolas, la distancia que nos separa es casi geográfica, y todos los intentos de acercamiento terminan en un muro infranqueable, que es sólo un gesto que no tiene convicción por lo que somos; y nuestros encuentros, sean lo frecuente que se quiera, son tan inútiles como los esfuerzos del viajero que desea cruzar un río anchísimo, a la orilla del cual se anuncia siempre: "Hoy no hay botes para cruzar el río, mañana sí", pudiendo ser leído el letrero día tras día, indefinidamente. Expresada esta infranqueabilidad por una cara amable y por una charla amistosa, en un trato anquilosado por el paso de los días y de los años, y tan hecho, que no existe ya esperanza de que sea alterado.

Y hay ciudades donde el ruido, el mal aire y la congestión nos molestan tanto, que viajando a un pueblo, a unos cuantos kilómetros de ellas, nuestro espíritu fatigado pone una lejanía tan grande entre ellas y nosotros, que la distancia que nos separa es más mental que física, como si nuestros deseos nos hubieran alejado millares de kilómetros; aparte de que el silencio, la calidad de la luz y la monotonía de las horas nos hacen entrar a un espacio y a un ritmo tan diferentes, que la existencia misma de la ciudad se hace irreal, y con el ejercicio de la voluntad la borramos.

RITOS

Abrir una misma puerta todos los días, rever su forma, reescuchar su sonido, empujar su peso; dar cuerda al mismo reloj, con un ángel mal pintado en la carátula y el 8 borroso; notar la inutilidad de las cortinas para rechazar la luz y la oscuridad y para atenuar los ruidos; comprobar que era azul gris el tapete que era azul marino; mirar el frasco de tinta, encerrando un olor y un líquido, y muchas letras probables; ver en el rostro de la amada la obra de los días, la suavización de su gesto; dormir sobre palabras que a cada momento te despiertan para decir alguna cosa, oyendo en cada instante muchas lenguas; tocar en el vidrio de la ventana la temperatura de la hora, su fiebre o su frío; ver la ventana y su vista aburrida durar sobre el cambio de los días y los humores como un ritmo o una materialización de nuestros hábitos; pensar, sentir, teniendo el porvenir por infinito.

EL AMOR Y LOS ASTROS

Si me voy con R perderé a T, pues la dirección por la que va R es opuesta a la que sigue T, y al paso de los días y de los meses no sueño, ni por asomo, hallar en el camino a T; ya que los lugares que frecuentaremos y las gentes que veremos no conocerán a T.

Por lo que, cruzándonos ahora R y yo, la distancia que alcanzaremos, al no converger en estos días, será inmensa, dirigiéndonos a puntos bien distintos uno de otro, como esos astros que se cruzan una vez en el espacio y quedan unas semanas frente a frente, atrayéndose, pero sin lograr retenerse prosiguen su camino hasta perderse en la noche, en una separación, que a través de los años será verdaderamente de años-luz.

Ah, pero si hubiera un lugar donde nos conciliáramos R, T y yo, sin que la preferencia por una excluyera a la otra, coincidiendo en un cuerpo único, donde todos los seres están reunidos en un solo infinito amor.

LO INDETERMINADO

Como quien vuelve los ojos hacia las direcciones del espacio y el
tiempo para descubrir lo que ama
sabiendo que en cualquier parte y en cualquier momento la
aparición puede ocurrir,
aunque lo que busca está en otro lugar y su deseo interroga
sitios donde no puede estar,
pero sabiéndolo no puede apartar de sí la idea de amar, de hallar,
y cabizbajo, quieto, ensimismado, se da cuenta que lo que
busca está en él mismo y que su ser se une a Ello sin cesar.

COMO A UN DIOS COMPLETO

La amo de la cabeza a los pies del sexo a las puntas de los dedos de los hombros a las rodillas en su corazón y en sus ojos por delante y por atrás de abajo hacia arriba de noche y de día en donde está y en donde no está como a un dios completo.

MELANCOLÍA

En el escalón más bajo
y en el escalón más alto
de la escalera pública
de la vida y la muerte

QUEMAR LAS NAVES

1975

A mi hija CLOE

EXALTACIÓN DE LA LUZ

Si una vez al año la casa de los muertos se abriera, y se les mostraran a los difuntos las grandes maravillas del mundo, todos admirarían al Sol, sobre las demás cosas.

MARSILIO FICINO, *De Sole*

ARROJA luz
tus ojos sobre nuestros cuerpos
que nuestras manos no pesen al moverse
ni nuestra muerte importe
sobre tu tierra de semillas azules
Cúbrenos luz con tus miradas

A NOSOTROS hombres de los llanos
que venimos de los tiempos remotos
zarpando siempre
caminando siempre
y aún viejos y enfermos
salimos a cada instante de viaje
danos oh Dios un lugar donde vivir
a nosotros hombres cansados

RUYSBROECK

En el Valle Verde
en la oscuridad
toca apenas
su rostro sagrado

como una luz
su mano

elevándose en signo
ilumina a los otros

su cuerpo es transparente
y en su interioridad
los pensamientos se mueven
como llamas blancas
en torno
el día comienza o acaba

y la alegría
como un paraíso
que el instante difunde
se dirige a todos

Es un tocón el tilo
por el que cuando niños
hablábamos con Dios

despintadas están las paredes
del cuarto en que nuestros padres
parecían sin edad

la carcoma trabajó la madera
de la ventana perpetuamente azul

y el pan de lo eterno
fue consumido por el moho

la siempre luz presente
abre hoy nuestros ojos

y como entonces Dios
está en el día siguiente

ESTAS piedras
como huevos en nidos
metidas en la tierra

estos árboles
junto a nosotros
floreciendo

esta llanura donde soy libre
y sobre la cual el sol
parece haberse acostado para siempre

estos rayos o soplos
que no siguen
más que su propio ritmo

este converger de seres y de cosas

este presente de todos
esta ruina

HERIDO de tiempo
el poeta muere

en un sueño de espacio
su corazón despierta

libre de los esplendores
del cuerpo y de sus ruinas

tiritando en la luz
como tiniebla al alba

EL QUE teme morir siente que su tiempo acaba
y viendo el amanecer no sabe si su sol se pone
pues entre la fiesta de la luz hay signos

para él sólo sangrientos
y detrás de las voces y el ruido
él sólo oye el silencio individual y torpe
una doncella indescifrable lo enamora
con un rostro que entre tanta claridad es oscuro

BUENOS días a los seres
que son como un país
y ya verlos
es viajar a otra parte

buenos días a los ojos
que al abrirse han leído
el poema visible

buenos días a los labios
que desde el comienzo han dicho
los nombres infinitos

buenos días a las manos
que han tocado las cosas
de la tierra bellísima

HAY seres que son más imagen que materia
más mirada que cuerpo

tan inmateriales los amamos
que apenas queremos tocarlos con palabras

desde la infancia los buscamos
más en el sueño que en la carne

y siempre en el umbral de los labios
la luz de la mañana parece decirlos

A UN TILO

Esta hora
extenúa lo mismo
al aire y a los hombres

bajo tu sombra
pienso en seres
y en un país

y siento
que si fuera árbol
me gustaría ser como tú

recuerdo indeciblemente
la vieja lengua que habla
con bestias y con árboles

y nos siento juntos
en la misma mañana consagrada

PÁJAROS BAJO LA LLUVIA
son breves relámpagos oscuros
que a la caída de la tarde vuelven
al árbol de la vida

y sauce higuera o pino
cada árbol que la luz descubre
en la humedad de las sombras
es árbol de la vida

EL DÍA que acaba
extiende sobre el suelo
historias milenarias
para que el que lee las sombras
vea por un momento
el cuento de los tiempos

pájaros muertos en la tarde
son como raíces
que atravesaron siglos
para ser ahora
un poco de polvo

y el niño de los hombres
es como una estrella
que habla con los ojos
de seres infinitos

porque hay poemas
en cabezas y pechos
como sangre misteriosa
en el cuerpo de los hombres

y para aparecer
Dios toma a veces
los rayos de luz de la mañana

HAY UN río
que corre al mismo tiempo que este río
la mirada lo atraviesa
como ave que se hunde
en un espacio blanco

moviéndose en sus luces
parece no moverse
siempre volando
en una claridad presente
que será y que fue

a cada instante se va al olvido
con seres y flores del jardín terrestre
y palabras que suben a lo alto
dichas aquí

Y SIENDO de la sustancia del misterio
nuestro ser abre los ojos
para ver la inmensidad sagrada

y el espacio
entra en nuestra alma
en el instante mismo en que lo vemos

mientras el sol
pone sus rayos
sobre las nubes tercas de lo efímero

y mi mano
hace en el aire un signo
movida por el ser entero

OH MI cuerpo
horas funestas te llevan hacia el fin

y sobre lo inevitable que te lleva
quisieras pararte unos segundos
a rescatar algunos seres
y demorar algunos actos de amor

pero tu deseo es irrealizable
oh mi cuerpo

y tu sombra
en este valle de muertes
no tiene porvenir

ENTRE los seres rotos
las golfas de la calle 8
y los muros con ceros infinitos
Cirabel fue la mujer

junto a la joven vieja
que parada en una esquina
parece más sola que la luna
Cirabel fue la mujer

sobre los rostros que morirán por siempre
por las facciones sin futuro del odio
y los heridos en la noche
Cirabel fue la mujer

entre los niños que se desprenden vivos
del más hermoso Ser
y juegan con este juguete prodigioso
la vida
Cirabel fue la mujer

CUELGAN las nubes como pechos
gorriones sobre una rama seca
parecen más pequeños en la tarde

hojas de muchos árboles
rodando por el suelo
llevan en su nervadura al árbol

todo se dice *va a llover*

el canto del día terminará mojado
en Contepec azul

ESTOY bien aquí
en el tiempo de mi espíritu

frente a esta alta montaña
que es un pensamiento muy alto
y como seno de luz
se ha cristalizado

viendo avanzar el poema en sus palabras
y nacer el amor
como un fruto espiritual del día de todos

girando sobre mi propio centro

mientras la leona hace sus leones
y la higuera sus higos

VEN POETA ancestral siéntate
sacude las sombras de tu boca
y quita de tu traje las tinieblas

ven a esta mañana
que parece durar por siempre
y apareciendo
parece ya antigua
y como eterna

ven a esta montaña
que yergue sus picos blancos
como pensamientos puros

a este río
que sale de la oscuridad
y va a la noche
atravesando el día
como un dios blanco
ven a este momento
y da a las cosas que se van un verso ahora

VOY viajando
sentado, caminando, inmóvil voy viajando

por la casa, por la hora, por el río
por el cuerpo que viaja voy viajando

por montañas y lechos y miradas

hacia el sol   hacia el aire

por barro misterioso al infinito

no dejo de viajar

ESTA llama que asciende
ni caliente ni fría
desde su copa vuelve a la tierra
su bendición de rayos

tal vez es un canto
o una letra visible
este árbol presente
con sus muchas vertientes hacia el cielo

espíritu del bosque
señor entre las flores
este hijo de la tierra y el agua
es el aire visible

y aun con sus ramas apuntando al suelo
asciende a lo sagrado

esta luz
este árbol

ENTRE palabras camino del silencio
hasta acabar la tinta escribir versos
ahora que sé
que mi canto acabará en la noche
con mi cuerpo

LAGO DELL'AVERNO

La onda avanza a soplos de aire
las ranas conversan en el fango
peces rojos son en el aire un arco que se tensa
la luz perfora los nidos de la sombra
los atraviesa como a una cabellera enmarañada
un remanso es una flor abierta
hacia el fondo del agua

detrás de cada ojo el ojo humano mira
el color de los seres es carne de lo vivo
y el lago es una mirada quieta
adonde sólo la noche entra

SUEÑO con ver el rostro de la tierra
madre de los seres y madre de mi madre
y el del cielo
padre del aire y padre de mi padre
ahora
que en mi boca aparece su sombra
y en mis ojos su fuego
y llevado por el tiempo
mi cuerpo sagrado tiembla

POR pura claridad el agua habla

sobre la quieta luz el tiempo corre

blanca en sus torres la ciudad es ligera

y lejana en sus picos la montaña
toca la eternidad y toca el tiempo

TRASUMANAR

Trasumanar significar per verba non si poria...

DANTE ALIGHIERI, *Paradiso,* I.

TU AMOR es el caballo de tu espíritu
móntalo con energía
y pasarás galopando el sendero de la locura

ALIMENTA tu gallo

Al gallo de tu corazón
que no más quiere auroras
pero vive de los granos de la tierra

A tu gallo
que se levanta al alba
junto a la estrella de la mañana
y el resto del día
sufre las tristezas del gallinero

A UNA SOMBRA

Al caer la tarde
te has alargado
sobre las piedras
como una inconsistencia
que se arrastra
única sombra humana
entre sombras de tilos
de rocas y de casas

El entusiasmo mueve los días
y yo me muevo

ando en mi cuerpo
como en la ruina de casas
de padres y de pueblos

voy por mi ser
como por un país que se retira

fijo deseos
consumo distancias y minutos

soy viejo como un río
que pasando no pasa

vuelo en tu ser

HOMERO

En una Quíos mental
que su deseo ha vuelto un astro

y el suelo le devuelve
con casas y valles de su infancia

bajo la luz de un sol
que no sale ni se pone

detrás de su rostro atormentado
crea contra abismo

Éste es el puente
por el que yo pasaba

a lo lejos se veía la montaña
alta de amor

y el río que alejándose
todavía no se ha ido

tal vez en mi ser
se hallaba el paraíso

o detrás de los árboles
era verdad la vida

En el día abierto

altísima

brillando sobre el agua

libre

con los ojos de todos
la luz es un ser

AMANTES

1

Despiertos sus cuerpos en la noche dormida
en la cama oscura sus ojos brillan
y entre las cosas perdidas y la sombra confusa
se llaman por sus nombres y se conocen

2

Unidos fluyen hacia dentro
desde fuera de sí por la mirada
pero entrañados se desensimisman
y salen al aire y se separan

AMANTES

A oscuras baja por angosta calle
amante en amada
la multitud
el multi-tú
el tuyo yo
el mutuo uno

Como la tierra
atormentada por los rayos
pero azul sobre las nubes
ella
detrás de su rostro atormentado
mira el espacio sin muerte

Soy extranjero aquí
donde mis abuelos fueron dioses
en esta tierra de soles sangrientos
y lunas ancestrales
junto a este río que viene de la noche
haciéndose más claro
entre montes y llanos de luz cristalizada

IMÁGENES DEL LIBRO DE JOB

El fuerte se levantó
y quitó a la viuda su casa
comió manzanas de los otros huertos
y cosechó trigo de las tierras ajenas
a los infelices contó como animales
y publicó espanto en sus orejas
a su oscuridad mandó cuchillos

y puso a su pan sospechas
desnudó al pobre en el frío
y de huesos lo dejó vestido
oyó tras de sí llanto
y sus jueces no lo oyeron
sobre vacío tendió su cama
y apesadumbró los días del huérfano
tocado de muerte irá como borracho
y no será nunca despertado

La nube que se disipa
el día que declina
la carne que se descompone
la casa que se derrumba
el hielo que se derrite
el hombre que se desahucia
los jirones los vapores las briznas
los añicos las cáscaras
del río que desciende

La nieve azulea de fría
el paisaje está helado
y las gentes
a punto de ser
no son
sólo nos quedan
a nosotros los hombres
actos gélidos de dioses
en los que no creemos
y el presente dudoso
pero con el espíritu
asomado a los ojos
vivos entre las estrellas
qué

LOCO EN LA NOCHE

Asomado a la ventana
cree que es mediodía
y con el cordón de la persiana en la mano
juega con un rayo de luz

cada cosa que toca se enciende
y de sus ojos brotan corrientes doradas
pues caminando por el cuarto oscuro
cree que su cara es el sol

SOL
Ojo viviente Corazón del cielo
Vas
por este cielo antiguo con proporción musical

SILENCIO
en el esplendor plateado
de las sardinas muertas
sobre la barca azul

HAY AVES EN ESTA TIERRA
(FRAY BERNARDINO DE SAHAGÚN)

Hay aves en esta tierra
hay el canto de lo verde a lo seco
hay el árbol de muchos nombres
hay el barro y la paja mezclados
hay la piedra en la noche
como luciérnaga que no se mueve
hay el gorjeo del polvo en el llano
hay el río que sube al monte

con rumor ya delgado
hay el hombre   hay la luz
hay aves en esta tierra

LLENOS de loros los árboles
al ponerse el sol regresan a la selva

sobre la cara del dios pétreo
crece la arquitectura verde de las plantas

sobre una piedra en el templo
la urraca más destemplada profetiza más fuerte

en silencio   a nado sobre el ahora
el hombre se mide contra la muerte

QUEMAR las naves
para que no nos sigan
las sombras viejas
por la tierra nueva

para que los que van conmigo
no piensen que es posible
volver a ser lo que eran
en el país perdido

para que a la espalda
sólo hallemos el mar
y enfrente lo desconocido

para que sobre lo quemado
caminemos sin miedo
en el aquí y ahora

CARTA DE MÉXICO

Por estas callejuelas
ancestros invisibles
caminan con nosotros

Ruidos de coches
miradas de niños
y cuerpos de muchachas
los traspasan

Impalpables y vagos
frente a puertas que ya no son
y puentes que son vacíos
los atravesamos

Mientras con el sol en la cara
nosotros vamos también
hacia la transparencia

LA MATANZA EN EL TEMPLO MAYOR

El capitán buscaba oro en el templo del dios
Soldados ávidos cerraron las salidas
El que tañía el atabal fue decapitado
y el dios fue despojado de su ropa de papel
Las espadas tumbaron ídolos y derribaron hombres
Los indios para escapar subían por las paredes
o a punto de morir se hacían los muertos
Sombras recién nacidas en el más allá
partieron degolladas hacia el sol
El capitán buscaba oro en el templo del dios

PROFECÍA DEL HOMBRE

Las nubes colgaron como hollejos
los ríos se estancaron muertos

se extinguieron las aves y los peces
en las montañas se secaron los árboles
la última ballena se hundió
en las aguas como una catedral
el elefante sucumbió
en el zoológico de una ciudad sin aire
el sol pareció una yema arrojada en el lodo
los hombres se enmascararon
sin noche y sin día
caminaron solitarios por el jardín negro

JEU DE COURSE

No veo los caballos de plomo dar vueltas sobre el tablero girante del juego de carreras sino sus sombras correr en la pared en una competencia fantástica donde no hay ganador ni vencido ni punto de partida ni meta sino la misma distancia insuperable entre los caballos en negativo siguiéndose en esa carrera de sombras veloces indivisas de jinete y cabalgadura hasta que puesto el sol las sombras una por una se precipitan en la nada

EL CAMINO

Como un hueso roído
arrojado en el suelo
sin árboles sin hombres
verdiblanco de ortigas
hiere el aire y el polvo

o como un falo terroso
sube por la montaña
caluroso y difícil
y al llegar a la punta
azul y despeñado
desaparece en la cima

PRESENCIAS

El día más claro más arriba
el día encima de la noche

la oscuridad en el tintero
la navaja el hilo

la mujer en traje de baño
junto a la piscina

dos hombres sentados silenciosos

un perro un charco
y la rana que croa a la noche

El loro de la vieja parlotea
aleteando contra la jaula
se despluma hambriento

La vieja sobre la cama
descalza y magullada
parece un leño que se embarca

Cerrado el cuarto
como una caja fuerte
no entra la luz del día

Payasos en la oscuridad

La sombra dueña de las sombras

la sombra que solivia y que solmena

la sombra polvorienta y sombrerada

la sombra sin nariz y sin ojos

entre la noche y ella
(sin pared y sin cuerpo)
horizonte impalpable

LAS gotas de la lluvia
resbalan por el vidrio

cálidas brillantes
se separan se expanden

convergen hacia el centro
van a la periferia

impulsadas por su peso
sobre la pendiente lisa

arrastran a las ligeras
aceleran su caída

bajan por la pared

caen al charco

VENTANA

Ser entre las cosas pequeñas
una gota de agua

o en la noche de la cocina
un chícharo sobre la mesa

o ir por el suelo
suelto y oscuro
como un hilo desenredado del carrete

pero no morir de fatiga y deseo
frente a la luz de la ventana
como una abeja estorbada por el vidrio

A UN REFUGIADO ESPAÑOL QUE TODAS LAS NOCHES DUERME CON LA BANDERA DE LA REPÚBLICA

Por qué calle ir
que no lleve a la plaza del tirano

adónde voltear
que no esté su retrato

en qué banco sentarse
que no miren sus ojos

el pueblo está lleno de él
las horas comen su cara

separados por un muro de fusiles
él morirá y yo moriré

pero ahora
fiel a un fantasma

cada noche me acuesto
con la bandera de la República

como un hombre que se acuesta
con el vestido de su mujer muerta

KID AZTECA

Sé tú mismo ahora rostro abofeteado
Tu último rival ha muerto
el deseo de triunfar
Para ti sólo se levanta
la hierba pobre sobre la piedra dura
La noche donde serás ninguno se avecina
Ya has sido golpeado
has sido lanzado contra las cuerdas
y soñado sobre un saco de arena muchas veces
Puñetazo y dolor es la vida —y el resto nada
Aquiétate desesperación
Piérdete miedo de ser noqueado para siempre
Acepta ya el puñetazo loco
que tenderá tu cuerpo sobre la lona

MARDIS LONGTEMPS VACANTS

S. Mallarmé

Se fue Edouard Manet
—el ojo, la mano—
para ordenar quizás
el misterio del negro.

Se fue Paul Verlaine
ofendido de todo:
la soledad, el frío, la penuria, la esposa.

Se fue Arthur Rimbaud
con su cara oval de ángel en exilio
y sus manos rosas llenas de sabañones.

Me fui también yo.
Atravesando el más allá del verso
encontré la muerte, la nada.

LA LLUVIA deja charcos azules en la calle

Ellos toda la noche han viajado en una cama

CANTAR el cuerpo
camino de las sombras

Sacar de la piedra la canción

De pie en la oscuridad
ser poeta

aun sin palabras

YA EN ti ya visitada

en soledad contigo
entre dos muertes

ya
rayo y vida por un grito abierto

fuego solo para tanto aire

llama doble cantando

DIARIO SIN FECHAS, I

1

Ve casi en silencio poesía
los días que vendrán serán ligeros
y no llevarán mucho ruido

2. *Noche en la cocina*

De su vaina salen los chícharos
rápidas sombras verdes
junto a una cuchara sola

3. *Invierno*

Sobre la piedra congelada
los ríos blancos
del agua que se deslizaba

4. *Goya*

Sin pareja
como su gigante
sentado sobre la inmortalidad tristísima

5

La tortuga
¿ve la sombra sobre la que camina?

6

Al alba
Abrumadora presencia de lo celeste en el cuarto

Mañana
el sol pone sobre el instante el infinito

Mediodía
Centro acompasado en sus rayos

Tarde
en el diapasón de la luz el gris de un gorrión herido

Noche
ella es el misterio de mi serenidad

7. *Momento*

Sobre la mesa
la luz recorre el pan
como si lo comiera

y recorrido
el pan queda entero

la sal la azucarera
dejan caer sus sombras
y no hay otra cosa

8

El frío heló la piedra en el charco
un rayo de sol atraviesa su turbia transparencia
y por un momento su hielo
refleja la mañana

9

Éste es el lugar de la ascensión
en el alba por luz el ser asciende
pero para subir no hay que pensar en subir
porque de otro modo el ser no vuela

10. *Sábado por la tarde*

En la cafetería
sillas de plástico amarillo

En la ventana
azucareras en fila
arrojan sus destellos

Frente a una mesa solo
un hombre con cara cadavérica
bebe un café aguado

11

La migaja el chícharo el botón
el grano de arroz la mosca la pestaña
los restos del día vivido
que nuestro ser dejó sobre la mesa
y perdió en el suelo

12. *Fresco*

La mariposa pintada sobre el muro
vuela por un cielo borrándose
y los pájaros verdes en el aire
se van haciendo espacio
al borde siempre del agua que no alcanza
el sauce pierde su figura de árbol
y entre la cal y el polvo se deshace

13. *Fray Luis de León*

Su frío su corazón
su esqueleto su nombre
bajaron a la tierra
él subió al centro
a su muerte

14

La llama
con ocres irreparables
ataca a la hoja

y ella
mordida amada ennegrecida
es en la noche la llama

15. *Amor*

En el techo
las vigas carcomidas
se cruzan en el centro

como dos caminos elevados
que se vienen abajo

16

El día es tu tumba
como un pez te traga
Comes y duermes
miras y hablas
pero morirás
te borrarás
hasta que una voz sea oída entre los muertos
(la Voz que puede ser oída por los muertos)
y despertarás
porque la tierra habrá dado vida a las sombras

17. *Prehispánica*

Por el hocico
el muerto entra al perro
como un carbón helado
que lo sacude entero

y el perro
con el muerto en las entrañas
al trote al infinito
camina sin parar
y nunca llega

18. *Cerro de la Estrella*

He llegado tarde
para ver a los dioses
volar sobre estos cerros
pero entre los picos grises
de este cerro quemado
encuentro piedras
de un dios visible
que se rompió en pedazos

19. *A la orilla del agua*

Gaviotas hambrientas
bajo la llovizna

blancas nadas
entre yerbas y grises

blanco vuelo
con las alas cerradas

gaviotas hambrientas
sobre el pasto lejanas

20. *El cacto*

Crece sobre sí mismo
como una llama
solitario en el llano
recoge el rayo de sol
la noche el trueno

casi arrancado por el viento
quemado y seco
da su flor

21

Como si la luz
borrando las sombras de las piedras
impulsara su ascenso
ellas se oprimen en su peso
para que no entre a ellas
porque todo es ascensión sobre la tierra
en esta hora

22

La mañana parece bajar entera
a un charco tembloroso

SEÑALES

Una mesa carcomida
y una ventana sin vidrios

hojas de fresno enlodadas
y abejas en la basura

un viejo desdentado
y una botella rota

para el que no sabe leer
indican por donde va el camino

ÚLTIMO DÍA

Todos los seres de la tierra
se concentran en un ser

todos los lugares de la tierra
convergen a un lugar

y el ser es en el lugar
en todos los momentos del tiempo

LA MUJER en el abrazo
exhausta como si hubiera corrido

después de haber pasado
todavía viene lejos

y todo el tiempo amada
todavía está perdida

CUENTO DE AMOR

Una mujer y un hombre
se alojan uno en otro
como ojal y botón

MI PADRE

Cerrado el día

Viejo ya

Casi ya
muertos los fantasmas
de sí mismo

dormirá
no en su noche
sino en mi propia sombra

RECUENTO A LOS 31 AÑOS
Al modo chino

He visto delfines en el Mar Mediterráneo
y golondrinas en un templo de Uxmal

he escrito poemas en un cuarto en New York
y caminado sin casa por las calles de México

visité la tumba de Dante en Ravenna
y vi la cara sagrada de una vieja en Andrytsena

he amado a los seres y me he amado a mí mismo
pero en mi treintaiún cumpleaños soy nadie

y todo es como un sueño que vivo
desde mi cama de niño en Contepec

SILENCIAMIENTO

I

Ni una nube turba
los sonidos blancos de la tarde
sobre la colina

Soleada
la piedra se hace noche

Lo oscuro sale de los ojos humanos
y por instantes la tiniebla brilla

El día cumplido
que dejó ecos luminosos en las cosas
canta sus sombras

II

Comiendo luces
la noche envuelve los cuerpos
en una oscuridad amorosa

Los rayos del sol puesto
brillan un instante
que es día y noche a la vez

Gota a gota
la noche forma su charco de tristeza

A solas por el paisaje
el hombre es un ser
que se roe a sí mismo

Suave para todos los ojos
la luz solar se ha convertido en sueño

III

Puesto el sol
por la ventana veo
lo gris entregarse a la noche
y cantar las sombras
en el diapasón de lo negro

Una fuente sombría
me oscurece y me baña
con largos rayos húmedos
y diciendo palabras
resplandezco en lo negro

IV

El día que dejó
ecos en las cosas

el día que cantó
luz por sus bocas

pobre de oros
y oscuro ya

como león herido
que sangra por el horizonte

se arrodilla sobre los fresnos
y el polvo

EL POEMA

A Octavio Paz

El poema gira sobre la cabeza de un hombre
en círculos ya próximos ya alejados

El hombre al descubrirlo trata de poseerlo
pero el poema desaparece

Con lo que el hombre puede asir
hace el poema

Lo que se le escapa
pertenece a los hombres futuros

VIVIR PARA VER

1977

A mi hija Eva Sofía

En su cuarto el hombre mira
la luz brillar sobre las frutas

a las manzanas juntar sus sombras
a las de las peras reposadas

a la sandía cortada
dar su pulpa aguada

a los higos antiguos
entre las nueces graves

en la noche en su cuarto
el hombre mira las frutas

El gran padre cayó

de su cabeza salieron
los azules del frío

y de sus manos
los ríos blancos del día

sus ojos lanzaron
contra tierras y aguas
águilas tigres y noche

y en el aire quedó
su corazón de todos

el gran padre cayó

HEREDAMOS EL DOLOR Y LO TRANSMITIMOS

Sangre y palabras
nos dejaron los viejos

sangre y palabras
dejamos a nuestros hijos

junto al fuego
cantamos a nuestros huesos

afilamos nuestros puños
los hacemos puñales

ya casi muertos
nos asesinamos

ya casi nada
nos sacamos los ojos

sangre y palabras
nos dejaron los viejos

sangre y palabras
dejamos a nuestros hijos

UNA manzana reposa
sobre el verde suave
de su propia madurez

un vaso refleja
los brillos cansados
de la tarde otoñal

una mujer se asoma
por la puerta entreabierta
de un comedor

desde un sofá amarillo
una niña la mira
todo está en su lugar

la luz de los cristales
pone música blanca
sobre caras y cosas

y por un momento
para siempre están juntas
mandarinas y manos

GENTE

Pienso en aquel señor Ober
que guiado por un volcanero
ascendió el Popocatépetl
allá por los mil ochocientos ochentas
y al hallarse en el cráter silencioso
disparó su pistola seis veces
haciendo caer grandes rocas
en el templo de fuego invertido
hasta que la reverberación lo ensordeció

Pienso en aquel señor Brocklehurst
que una semana después
como si bajara por sí mismo
descendió el Popocatépetl
sujetándose de los pilares de hielo
que como obsidianas blancas
cortaban las manos de sus compañeros
y el aire delgado

Pienso en estos dos hombres
ahora impalpables
casi un siglo después
frente a la misma montaña humeante

J.K.

A la búsqueda siempre
de un lugar barato donde vivir
lo comieron los años
haciendo economías;
cambió de país
según el costo de la vida
y lo mismo llegó a una isla griega
que a un pueblo mexicano;
desembarcó de noche en un puerto español
y caminó al alba por las calles mojadas
de una ciudad toscana;
se sentó solitario en el café de la plaza
de una aldea ya sin nombre
y bebió vino aguado en un burdel de Tijuana;
encaneció su pelo, se arrugaron sus manos,
satisfecho siempre de su sola victoria:
la de no ser pájaro de pecho blanco
encerrado en una oficina.

G.M.

Hojas muertas en los árboles verdes
y basura en la nieve
vio ella en las fotos
de la cámara barata,
y tocándose la cabeza
con las manos, preguntaba:
"¿Qué quieren de mí los que me curan?"

Cosas raras sucedían en todas partes:
un pétalo rojo cayó de una flor blanca;
una muchacha en un comedor,
rodeada de familiares que comían
con los ojos fijos en los platos,
miró (salió) bruscamente por la ventana de la calle;
una gota de agua sobre un vidrio

quiso decirle la causa por la que la habían encerrado,
pero en el momento decisivo
no pudo abrir los labios;
una nube blanca sobre la palma de la mano
oscureció de pronto en pleno día;
y un nombre escrito con tinta roja
en un diccionario griego-español
era la clave de lo que pasaba.
"Mas, si tú puedes leer correctamente el nombre
en ese libro, yo estaré curada."

"Mas, ¿ves tú lo que yo veo?
Lo que sola yo veo me ha traído a esta casa.
Ve conmigo lo que mis ojos miran
y para siempre yo estaré curada."

MELCHOR

A mi hija Cloe

Era hijo de un fotógrafo
y tenía siete hermanos

vivía al fondo de un patio
en un cuarto sin ventanas

la calle era su casa
y el pueblo su océano

con los zapatos rotos
surcaba los charcos

y empapado bajo el aguacero
en el arroyo lodoso

echaba barcos de papel
pensando que eran

las carabelas de Colón
que iban a descubrir América

pero en el estudio de su padre
nadie se retrataba

las fotos de los rancheros endomingados
salían quemadas o muy negras

y un día su familia
desapareció del pueblo

dejando sólo en el cuarto
una cámara descompuesta

LOS MUERTOS DE LA REVOLUCIÓN

Llegaron de Chihuahua
de Saltillo de Sonora
descalzos mal encarados furibundos

cayeron en Gómez Palacio
en Torreón en La Cadena
con las manos rotas
las rodillas quebradas
el caballo partido en dos

los halló la noche
los encontró el alba
con un ojo abierto
con el pecho vacío
acribillados en un arroyo
despedazados al pie de un cerro
dinamitados en un tren

lampiños sucios harapientos
los compañeros los despojaron
los buitres los comieron
los amarilleó el polvo
los secó el sol

en el lodo quedaron
famélicos anónimos deshechos
con la calma sobrenatural de los muertos

ZAPATA

No murió acribillado
a la puerta de la hacienda
ese día de abril
cuando los soldados
a la última nota
del toque del clarín
le vaciaron dos veces
la carga de los fusiles
dicen los que lo vieron
que en su caballo blanco
resistente a las balas
a los hombres y al tiempo
a galope tendido
entró a la muerte entero

MANCIO SIERRA
COMENTARIOS REALES, 111, XX

Noche para el hombre
que una noche de juego
perdió el sol de Cuzco

Noche para él
que apostó el rostro de oro
antes del alba
y lo perdió en los naipes

Ha de vagar
por la ciudad en ruinas

hasta que lo recobre
con todos sus rayos

o en el espacio ciego
ha de esperar
que un nuevo sol
brote en su pecho

CHAPULTEPEC

Todavía a oscuras
aunque ya de mañana
dos ebrios por el bosque
con pedazos de noche
pegados a sus caras
con sacos descosidos
y botas deslenguadas
van a la misma casa
donde una mujer dormida
soportará su asalto

ya cerca del lago
con la primera luz
alumbrando sus caras
pasan junto a un hombre muerto
sin mirarlo siquiera

los cuerpos de los ebrios
en su paso inseguro
dan sombras movedizas
a las torres del pasto
y parecen marcharse
(aunque van a la casa)
a la aurora fantástica

DOS CAMPESINOS VIEJOS

A mi padre

Arreando burros flacos
cargados de cebada
dos campesinos viejos
suben a pasos lentos
el cerro que oscurece

Con ropa de mezclilla
más rota que parchada
rodeados del sueño inmenso
del polvo y de los verdes
van entre las encinas y las rocas

y como sin sentirlo
ya siluetas pequeñas
ya puntos que se mueven
más viejos que los cerros
se pierden en la noche

DIARIO SIN FECHAS, II

1. *Restaurante Saur*

Allá está Goya
frente a una mesa vacía
en el restaurante de pescados

Junto a la ventana
su cuerpo transparente
es atravesado por los rayos finales
del sol que se pone

como si para traspasar su cabeza
la luz se filtrara
por la escala de grises
de la tarde nublada

Está solo
con cara clara
de recién bañado
con luz de otra parte

Allá está Goya

2. *Isabel Freire muerta*

Mejor decir ninfa degollada
que ella murió de parto

decir la yerba verde
que la cama sangrienta

decir el río lleva su nombre
que ella casó con otro

y concibió entre sábanas
el hijo que la mata

Mejor decir el sauce
que este año moriré

y ésta es mi última égloga

3. *Cara que se derrite*

Al mediodía en Santo Domingo
el maquillaje de Trujillo
se derrite bajo el sol
gotas de sudor y crema
bañan sus mejillas
y el rimel de los ojos
le llega hasta la boca

Con la cara deshecha
no hay nadie más triste en el desfile
que este general condecorado

4. *El san Miguel en el corral*

Sus ojos de madera se agrandaron
y sus mejillas se llenaron de agujeros

La polilla comió sus pies
y la humedad pudrió sus hombros

Las arañas tejieron puentes en su pecho
y la espada en su mano se rompió

Las lluvias lo despintaron
y la vieja que lo vestía ha muerto

5

Por las ramas de un fresno un día
cayó sobre la tierra un rayo de sol

que encendió las torres verdes del pasto
y levantó del suelo sus sombras
con amorosa exactitud

Por esa luz sin nombre
por el anhelo de hacerla mía
he caminado desde entonces
he trabajado

6

Oye el fresno viejo
sonar bajo la tormenta
el agua que a chorros le entra
le sale por las raíces huecas

blanqueado por los relámpagos
es el único fantasma
parado bajo los truenos

Míralo chispear ahora
con todas sus ramas muertas

7

En la cumbre de la montaña
veo la cara del dios

al borde del precipicio
veo el verde oscuro
de su perfil secreto

las pupilas blancas
de sus ojos negros

desde mi lecho de piedras
veo los picos grises
de su frente pétrea

y arriba de su cabeza
el azul hombre
de todos sus sueños

8. *Un espontáneo de la muerte*

Como alguien que por hambre,
sin deberla ni temerla,
resbala en plena calle
y a mediodía cae en la noche,
vacíos los bolsillos,
sin público ni toro,
entra en el ruedo oscuro
un espontáneo de la muerte.

9. *Paisaje*

Caballos negros en el llano.
Robles sólo tronco, casi muertos.
Luz blanca sobre las piedras tibias.
Luz blanca en los ojos de la liebre alerta.
Cerros bañados de luz roja.
Ojos oscuros de luz verde.
Yo una sombra entre las piedras cálidas.
Yo una respiración en el silencio enorme.

10. *Montaña*

El agua ha cavado en la roca su salida
ha bajado del aire con su soplo
el pájaro ha hecho su nido en una quiebra
ha navegado en una rama
la nieve se ha perpetuado entre los picos
ha resistido al sol al viento
la hora ha ascendido hasta la nieve
ha entrado en la nube se ha sentado en la roca
el hombre ha volado de esas cimas
el hombre ha caído de ese suelo

11

Anda la nada con pies de hombre
va solitaria como una muchedumbre
va como vago sin techo y sin familia
va bañada de sol llena de verdes
entre esquina y esquina pasan las muchachas
entre árbol y árbol cantan los jilgueros

12. *Xipe Totec*

Anda vestido de la piel humana
el traje dorado que la luz exalta
y que la luz marchita
dios desollado lleno de pellejos
le gusta el hombre en carne viva
caliente estremecido
como un árbol sangriento

13. *Marktgasse*

Catorce conejos colgados de garfios
desollados y desorejados
parece que corrieran sin patas

todos a la misma altura
de cabeza en la muerte

rápidos o retrasados
últimos o primeros
ninguno ha de perder su quieta nada

14. *Caídas*

a) no sólo caen los hombres en el lodo
también caen las aves
las peras y el trébol

b) entre los objetos presentes
de pronto cae la lejanía

c) caída en el barranco
aún piedra de montaña

15. *Circo de viaje*

El caballo la garza el elefante
el cocodrilo como leño seco
el rinoceronte remoto con su pájaro
el oso colmenero y la cebra arisca
el dios tigre y el dios mono
miran desde sus jaulas estrechas
mientras el circo sube
por la falda del cerro
esta tarde de lluvia

16

El venado azul
sale en el alba

sobre la cima
del cerro de Contepec

queda en suspenso
en la música de la luz

y lleno de sol
se hace invisible

17. *La forma de tu ausencia*

Ni un momento he dejado de ver en este cuarto la forma de tu ausencia, como una esfera que ya no te contiene. Pero dos cosas constantes te revelan, te tienen de cuerpo entero en el instante, y son la cama y la mesa de madera, hechas a la medida del amor y del hambre.

18. *Sobre el rompecabezas humano*

el transparente del aire, el fluido del agua y el estelar de la luz.

19

Ser mejor este hombre desdichado
que ve el sol una vez y muere
que un gran espacio ciego

20. *Huitzilopochtli*

Dios de los corazones ensartados
y de las luces palpitantes
sus ojos fueron soles de la muerte
y sus dientes cuchillos de obsidiana

con la cara rayada
y los muslos azules
lo adoraron día y noche
en la torre más alta
y en el centro del cielo

ahora dios de museo
es alumbrado por un foco

21. *Pelafustán*

Lo hallaron en la calle.
Lo llevaron a comer.
Lo pasearon por el parque.
Lo trajeron al gimnasio.
Le ofrecieron diez pesos.
Le pusieron los guantes.
Lo subieron al ring.
Lo echaron a Kid Azteca para que entrenara.
Kid, borracho, lo noqueó de un golpe.
Lo despertaron con agua.
Todo fue breve.

22. *Victoria Station*

La joven sombra dio a luz sombras quemadas
y es la recién llegada en la mañana la nieve

TURISTA DE 1934

En una cama del Hotel Genève
ella me preguntó por las montañas
que rodean la ciudad de México
        yo contemplé los senos solitarios de su vida
        que como picos blandos
        se alzan a la caída de la noche

ella me contó que en el Mercado del Volador
compró joyas de hace cien años
a precios razonables
        yo miré sus ojos
        sin valor alguno
        de aquí a cien años

ella me preguntó por el Salón México
donde los hombres bailan con overol y sombrero
y por el restaurante El Retiro
donde los aficionados al toreo

los domingos en la tarde
después de la corrida
corren a comer las entrañas de los toros muertos
    yo la abracé en la noche íntima del cuarto
    y dancé en su oscuridad
    y comí en su vida

ella me habló de paseos por los suburbios
y me platicó de hombres a caballo
que silbaron a su paso en Coyoacan y Churubusco
    yo sentí celos de lo que sus ojos vieron
    y de lo que no vieron

finalmente al alba dormimos
como un cuerpo solo
sin plazas y sin calles
sin caras y sin nombres
rodeados por las sombras del país inmenso

PUTAS EN EL TEMPLO

A André P. de Mandiargues

Llegaron una mañana de septiembre
cuando ya se habían ido los turistas
En los cuartos arruinados abrieron las maletas
se cambiaron los vestidos
y por un momento desnudas frente al templo
fueron aire carnalizado
Las golondrinas huyeron de sus cuerpos
al entrar ellas en el recinto oscuro
y sus voces gárrulas sonaron en los muros
como el ave más trémula en la tarde
Al ponerse el sol los hombres de los pueblos
vinieron a buscarlas
e hicieron el amor con ellas en camas plegadizas
que parecía iban a caer sobre las piedras
y después en la noche

A lo lejos se oyeron los perros los árboles
los hombres la pirámide y el llano
cantar el mismo murmullo de la vida
Y por semanas bebieron y amaron en la ciudad antigua
atravesando al moverse fantasmas y perros de la muerte
hasta que una mañana la policía vino a arrestarlas
en un coche viejo
y se fueron de Uxmal bajo la lluvia

TEZCATLIPOCA, I

Esa sombra
esa discordia
ese ojo que traspasa piedras
esa rama seca en el árbol
esa llaga en el pecho de la niña
esa desilusión (disolución) en las cosas del hombre
esa rabia de perro del hombre
esa soledad en la cuchara en los muros
ese aire
esa aflicción
ese espejo
en el que han de desvanecerse las cosas

TEZCATLIPOCA, II

Ese puño apretado
esa araña aplastada
esos ojos viejos del perro
ese colmillo que desgarra las cosas
esa invisibilidad hacia la que se dirigen
(sin moverse) las cosas
esa sarna en el lomo del burro
y en la boca del hombre
esa guerra sin fin
ese dolor

esa furia
sabe todo
puede todo
está en todas partes
como la oscuridad
como la mente

VIEJO COMO SAHAGÚN

Viejo como Sahagún
por una calle blanca de Tenochtitlan
iba hacia la noche
sin más prisa que la de un hombre
que sabe que ha sabido y muere

Por doquiera la luz hacía ruido
entibiando el agua en los canales
y una que otra gota clara
cantaba antes de irse para siempre

Mi mirada buscaba al dios sangriento
en el centro del cielo
y el sol enceguecía mis ojos
y tocaba mi carne

Ahora una ciudad lodosa camina sobre aquella
puentes de cemento saltan sobre los puentes ágiles
fantasmas se amontonan sobre fantasmas
y viejo como Sahagún
voy por la calle negra de una ciudad perdida

CIUDAD DE MÉXICO

Esta ciudad humeante
llevó un vestido nuevo cada mañana
por un sol sagrado que le daba sus hilos

los ahuehuetes como templos verdes
y los templos de piedra
apuntaban al cielo
y las calles
los canales
los puentes
se marchaban azules a los campos abiertos
o subían a los cerros

ENOJADOS LOS VIEJOS

Enojados los viejos
avanzan a las sillas
con las caras hambrientas

cerosos y sin dientes
parecen ya comidos
por la vejez fiera

con ojos aguzados
descubren por doquier
pozos horizontales

mientras uno tras otro
con las manos crispadas
palpan los agujeros
de la pared desnuda

y entran al comedor
a comer con cuchara
sopa con pan mojado
y pedazos de muerte

PAREJA DE VIEJOS

Antes del desayuno
dan portazos contra la luz

a la hora del recuerdo
rezongan frente a los retratos

en la cama acostados
sueñan hacia lados distintos de la noche

y si sus pies se tocan
se empujan se patean

ceñudos se levantan
se saludan con gruñidos

de paseo por la calle
caminan uno detrás de otro

apenas ya de pie
ya casi tumbados

se asesinan con manos
con ojos con palabras

PATOS

1

Patos en la mañana fría
resbalan sobre el hielo
tras el pan seco
que les echa una niña

2

Patos hambrientos
en la tarde
cruzan la calle
entre los coches

3

Patos en la noche
ateridos junto al canal helado

casi no mueven
las cabezas verdes

4

Patos al alba
duermen bajo la niebla
que cubre también al hombre
al perro y a la piedra

CAMINATA

Los zapatos rotos
las caras polvorientas
batiendo la carretera
llegamos a Tepuxtepec

La gran presa se abrió
como un ojo lodoso
reflejando el sol

Una muchacha vendía
carpas con gotas de agua
aún latiendo en las escamas

y como a flechas vivas
las arrojaba a una sartén
donde al cabo de uno segundos
se quedaban quietas

La presa el llano el cielo
olían a carpa frita
y a luz de mediodía

Nosotros dos
los zapatos rotos
las caras polvorientas
batiendo la carretera
llegamos a Tepuxtepec

DIARIO SIN FECHAS, III

1

Santos desantificados
vírgenes desvirginadas
divinidades sin templo
mueren en esta tierra
donde adorados
y adoradores
han muerto

2. *Desierto*

Bajo un sol que hierve la cabeza
como un huevo que lentamente cuece

desde mi cuerpo que envejece
sobre un campo amarillo que ennegrece

casi comido ya por el olvido
yo juego en este mundo de polvo

3. P. H.

Dejen en paz al hombre
en su cabaña oscura
No claven ya cuchillos
contra su puerta
ni arrojen ya más piedras
contra su ventana
Encerrado entre muros
él duerme a la intemperie
dondequiera que anda
crea espacios de la muerte
Su puerta y su ventana
caerán por ellas mismas
No maten lo que muere

4. *San Juan de la Cruz*

Como el vapor
que asciende de la tierra
para formar la nube
hacía sus poemas
de abajo hacia arriba
para que su materia transformada
lloviera sobre todos

5. *Kijkduin*

Ese hombre que camina
por la playa desierta
con paraguas y abrigo
a las tres de la tarde
de este día de verano
es el prójimo fantasmal
que no quiero ser

6. *Canción del difunto*

Que no llore ya más
que no llame ya más este nombre para siempre deshecho
que no imponga movimiento a este paisaje para siempre perdido
que se calle el perro que me busca en la luna y en los cuartos vacíos
que el que me extraña no ahuyente con su dolor
al dios que me ha habitado

7. *Muerte de Luis Cernuda*

Las 5 de la mañana
las 2 de la tarde
las 11 de la noche
las 9 de la mañana
soles   lunas
entran al cuarto
salen del cuarto
sin que él se mueva de la silla

8. *Romántica*

La música de la noche
no está en los astros
sino en la oscuridad entre ellos

9. *Después de la lluvia*

A Henri Michaux

El agua entre las piedras
busca sus caminos
la colina como un pecho
se alza con deseo

muchos pensamientos caen
de esta cabeza azul (el cielo)

sobre la montaña
fulgura lo Abierto

10. *Fresno del Zopilote*

Desde hace cien años
este fresno
parece un hombre
esperando el rayo

pero bajo la tormenta
con alas frías
sólo un gorrión
llega a sus ramas

11. *Cerro Altamirano*

Hay muchos cerros en Contepec
pero ninguno como el cerro Altamirano
desde sus encinas y sus rocas
y su cráter lleno de mariposas
contemplo este mundo
que cuelga de un rayo de luz

12

Sin edad es el hombre
que con la luz en la cara
parado sobre la colina
a solas con la tarde
como una I dorada
no se mueve

13. *Distracciones*

Muy bueno para encontrar
la puerta equivocada
la mujer ajena
y el amigo atroz
a la hora del goce
nadie podía cansarse
más rápido que tú

pobre como un gorrión
ibas por el azul helado
de la noche invernal

14. *Conejito ahogado*

Conejo en el alba
corrió hacia la luna

cayó en el estanque
de hojas oscuras

No pudo salir

Conejo en el agua

15. *Hija*

Mientras sobre la tierra
de uno en uno
van naciendo los hombres

y uno queda
bajo el rayo de luz
y el rayo de la muerte
tú y yo contemplamos
esta hija de dos
jugando por el campo
con su sombra

16. *Nacimiento*

En rotación el ser
entra al canal del nacimiento

Bajo el horror físico de la madre
sale del espacio astral

y entra a la luz terrestre
con ojos humanos

17

La cara de mamá brilla en la noche
fulgura en la oscuridad
sobre el fresno del Zopilote
y la Cañada del Pintor

sobre el Cerro Altamirano
y los tejados de Contepec

la cara de mamá

18

Después del aguacero
las higueras dobladas
han dejado
sobre la tierra los higos

y sueños tormentosos
al final de la noche
han dejado
sobre mi mesa un poema

19. *Cerro de la Estrella*

Sobre el cerro pedregoso puedo ver
a los sacerdotes de Huitzilopochtli
con los cuerpos ungidos y las caras pintadas
leer en las estrellas de la noche invernal
el augurio de su muerte en el templo sagrado

20. *Jinetes*

Hernán Cortés en su caballo zaino
Pedro de Alvarado en su yegua alazana
Francisco de Montejo en su alazán tostado
llegaron un día del mar

y desde entonces por los llanos polvorientos
a través de vivos y de muertos
sin mañana y sin noche
no dejan de galopar hacia la luz

21. *Estrellas*

Dos que se miran profundamente durante una noche
mueren quemadas veinte años después de esa mirada

22

Contra los vacíos
contra los silencios
que hay entre ser y ser y cosa y cosa
las palabras tienden su puente de tensión
el poema

23

Viejo ya
se estrella el vaso
y sus cascos platean el suelo

(entre brillo y brillo
el vacío opaco)

Cuando sin luz
entre paredes frías
mi cuerpo yazga a la intemperie
en mi noche titilará la estrella
más vieja que el tiempo

24. *Al pájaro toh*

Entras en el Cenote Sagrado
no como un hombre
ni como un dios
sino como un ave del tiempo
en tus azules voladores
la mañana se sumerge
y el polvo de la tierra vuela
la roca repite tu canto acompasado
y los rayos del sol parecen perpetuarte
pero fantasmal
te pierdes en el azul presente

25. *Domingo en el zoológico*

Todas las criaturas vuelven sus cuerpos hacia el sol
y en la jaula lenta donde el león transcurre
hay un poco de Dios quemándose en lo efímero

Rayos de luz tocan la cabeza de la bestia acostada
y no pesa sobre el cemento su corona de rayos

26. *Popocatépetl*

La montaña flota sobre el tiempo
como un pensamiento cristalizado

blanca sobre el valle
parecen no moverla los días

ni los días que la han hecho
ni los que la destruirán

27

Aquí está el cerro Altamirano
yo he atravesado su arboleda
he mirado sus encinas sus acacias sus hayas
he pisado sus raíces
he arrancado sus hojas
pero no hay árbol más bello que tu cuerpo

28. *Monte Pilatus*

Pasos azules deja el hombre
que va por la montaña

sus pies pesan más sobre la altura
a medida que avanza por sí mismo

e inflada su ropa por el aire
parece que va a ser soplado en el espacio

y aunque a izquierda está él solo
y a derecha está él solo
a solas en la cima
es un poco ya todos
es un poco ya nadie

29. *Corrido*

Los hijos de Luis el Gato
se fueron para la sierra

volvieron una mañana
de mil novecientos doce ·

colgaron a don Ramiro
del árbol más deshojado

e hicieron a las Ineses
de don Paco el hacendado
gatitos de ojos castaños

Los hijos de Luis el Gato

30. *A Bert Schierbeck*

Este poema largo
no acaba con la vida
seguirá en las montañas
cuando nos hayamos ido

MUERTE

En la cocina de la casa
el campesino viejo
mira las cucharas
que dejará a su hija
y los cuchillos
que heredará a su hijo
mira por la ventana
el caballo amarrado
la encina polvorienta
la nieta de grandes ojos
sentada sobre una cerca
mira el cerro
como un terrón quebrado
y no lejos la piedra
en la que se sentaron
su padre y su abuelo
mira la ventana sin vidrios
las paredes de adobe
mira las cosas
ya por última vez
y no dice nada

MÁS PESADO que el aire
cae un gorrión en el hielo

mitad gris y mitad blanco
casi no mueve las patas congeladas

arriba cinco patos
vuelan bajo el cielo nublado

y en el fresno sin hojas
y sobre la piedra helada

al caer la noche
la luz también muere

HAMPONES EN LA NOCHE

Una noche de octubre, dos hombres se encuentran en la calle llovida.

A unos metros uno de otro, separados por un charco, se paran, se miden con la mirada.

El más joven sonríe. El otro, el del sombrero, con ojos rojos de conejo, no.

Suspensos, con los cuerpos crispados, parecen haberse petrificado en la calle mojada.

El más joven, sin dejar de sonreír, dispara cinco veces. Con la pistola en la bolsa del saco.

El del sombrero, con ojos azorados y la cara deshecha, cae al charco.

El más joven se aleja rápidamente.

Queda un cuerpo en el agua. Ropa con olor a pólvora. Un zapato, un pie perforados.

Llueve otra vez.

VERDUGOS EN EL PUEBLO

Bajaron del cerro con las manos crispadas, después de haberles torcido el cuello a cuatro criminales.

Muy juntos uno de otro, atravesaron lentamente las calles vacías del pueblo , llevando tras de sí sombras escasas.

Sombrerudos, con caras de ídolos bigotones, y con los pañuelos rojos que les habían servido de sogas alrededor del cuello, los cinco cruzaron los prados, sin importarles el letrero de "No pise el pasto".

Se sentaron en una banca, a fumar.

Asoleándose, con ojos entrecerrados, vigilaron el jardín sin gente, las casas cerradas, los caminos vacíos.

Quietos, callados, se quedaron allí más de una hora. Hasta que llegó un coche con placas de Morelia, y subieron, se taparon la cara con el sombrero, como si fueran a dormir.

El chofer del coche, un rapado, sin voltear a ver nada de las casas, de los árboles del pueblo (que se había cerrado como un armadillo), se los llevó rápidamente, tronando, echando polvo.

I COUNTED THE LIGHTS
G. STEIN

Yo conté las luces. Volaba la calandria, el cenzontle, el gorrión, el correcaminos, la mirada —que es lo único en el hombre que vuela, pues lo demás es carne.

Yo seguí contando las luces. Volaba el jilguero, la golondrina, la lechuza, el pato. Todas las aves comían los higos, las manzanas, las chispas del árbol fantasmal.

Un azul moviente atravesaba esa transparencia multiforme y coloreada, hasta que de pronto, como si un remolino las arrebatara en todas partes, las luces desaparecieron en silencio.

OBSERVACIÓN A LAS CINCO DE LA TARDE

Un hombre de cabello largo. Una mujer de falda corta. Parados en medio de la calle, en el centro de la multitud.

Él, besándola, mira a lo lejos sobre la cabeza de ella. Su mirada ve sin ver los peatones fugitivos.

Ella, con los ojos cerrados, bebe concentradamente las palabras inaudibles que él mueve sobre sus labios, la confesión vibrante que él vierte a su boca.

La multitud los rodea, los ignora, los roza.

Ellos, de pie, son un punto inmóvil en el movimiento. El río humano sin cesar les da la vuelta, como una corriente de agua a una roca.

CRIMEN

La casa sin puerta. La ventana sin vidrios. El tejado con las tejas rotas. La jaula con los alambres torcidos y sin pájaro. La vaca en el lodo. El perro echado, lleno de moscas. El tapete roído. El barril de pulque desfondado. El gallo sin cresta. La carretilla sin ruedas, recargada en la pared. Un hombre flaco, barbón, con el pantalón parchado, los zapatos sin calcetines, bebe de un jarro agujerado. Dos rancheros bajo un árbol, con los sombreros sobre la frente, empuñan sus machetes.

Kilómetros y kilómetros de llano, de nadie, de cactos y de polvo.

LOS MÚSICOS DE LA BANDA

Los músicos de la banda tocaban en la plaza. Los campesinos endomingados los oían, mirando ya los instrumentos dorados, ya dos perros que fornicaban junto a un puesto de frutas. De pronto, gruesas gotas cayeron entre rayos y truenos. Los músicos, con las trompetas al hombro, se echaron a correr. Los campesinos se refugiaron en una tienda. El perro jaló a la perra a un portal. La lluvia borró las frutas, la plaza, los tejados.

ACOSTADO EN SU CUARTO

Acostado en su cuarto, caminaba fuera de su mente.
De pie junto a la ventana, salía a la calle.
A solas en la oscuridad, hablaba con los ojos, con las manos.
Frente a una máquina de escribir lavaba coches, hacía el amor a las muchachas, robaba pan, comía higos, viajaba en barco, se conmovía por el periódico mojado que se rompe sin ruido, por la abeja volando contra la transparencia vidriada que la estorba, por la cólera de sus amigos, que con las lenguas trabadas de palabras, sin poder hablar se liaban a puñetazos.
Sentado en su silla, pasaba contento entre gentes tan desarregladas que definitivamente no tienen compostura, y cerca de parejas tan inconciliables que no hay cama que las junte.
Bajo lluvias y calores, entre cuchillos y pistolas, por las calles sucias y autobuses repletos iba contento, entero: vivía con todo su ser esta música de los cuerpos, esta ausencia.

EL HOMBRE QUE EN UN MOMENTO TORMENTOSO DE SU VIDA

El hombre que en un momento tormentoso de su vida, atribulado y confuso no sabe qué hacer consigo mismo, pues sólo ve gentes que cierran las puertas a su paso, dormido sueña con la casa natal y se ve niño otra vez, en el cuarto que comunica con el cuarto de sus padres. Pero al despertar, sufre al ver que es este de ahora y no aquel que era cuando soñaba; y abrumado, comprende que sólo en sueños podrá volver a la casa paterna, ya que un espacio impenetrable de instantes irreversibles en él mismo separan continuamente al que fue del que es. Y nunca habrá un genio, que como a un Bedreddin Hassan del tiempo, lo transporte mientras duerma del cuarto presente al cuarto de su infancia. Llevado alto en el aire, sobre noches a la intemperie y calles desoladas, platos rotos y ventanas sucias, hacia los tres primeros años de su vida, y quede allí para siempre encapsulado, invulnerable contra la vida y la muerte y los siglos por venir.

DE UN ELEFANTE Y DE UN VIEJO

Como un elefante en su jaula, porque la comida se demora se lleva la punta de la trompa a la boca igual que si comiera, y descubriéndola vacía vuelve a pasearse de un lado a otro, repitiendo poco después el movimiento vano: así el viejo, que olvidado en su cuarto no tiene otra ocupación que la de esperar a su hijo, abre la puerta al menor ruido, pensando que es domingo y que él viene a visitarlo; pero al descubrir que es una señora que se dirige a otro cuarto, le pregunta: "¿No es hoy domingo?" Y al contestarle ella que es martes, cierra la puerta, dubitativo. Aunque poco después, ociosamente vuelve a su esperanza; y al poco rato, al oír pasos en el corredor piensa que es domingo y que su hijo viene a visitarlo. Pero es la misma señora que sale de aquel cuarto, y reconociéndola se decepciona, aunque pregunta: "¿No es hoy domingo?"

LAS REUNIONES DE LO MOMENTÁNEO

De muchas calles de la ciudad, convergen los cuerpos hacia el autobús.

Hombres y mujeres de pie, forman una multitud caliente que se empuja, se agita y se comprime.

En el centro de la multitud, que parece un animal polifacético, dos cuerpos desconocidos son arrojados uno frente a otro, a un abrazo involuntario.

Y abrazados quedan a lo largo de las calles sin nadie que atraviesa el vehículo. Hasta que desgranándose el autobús de parada en parada, la multitud pierde consistencia, y los cuerpos unidos por los empujones, al sentir el vacío a su alrededor, ignorándose uno a otro, se sientan.

JUEGO

Las cosas están en su sitio y las gentes ocupan su lugar. La tormenta cae en otra parte sobre otros y es un desconocido el que desaparece en el pozo o un amigo el que pasa su vida en la cárcel. Frente a nuestras piezas nos movemos por hábito y avanzamos con cautela. Hay trampas adelante y atrás, a derecha y a izquierda, y en cualquier momento podemos tener un accidente. Es preciso repetirnos las reglas: estar en calma en la prisa y quietos en la confusión; y tirar con seguridad: aunque sepamos que el juego acaba cuando hallamos la calavera, que es la figura central.

REGLAS PARA ROMPECABEZAS

1

Al hacer el rompecabezas no seguir otro rompecabezas que se mezcla al de uno, pues, en la urdimbre de las interrelaciones hay un momento en que un jugador puede estar haciendo el rompecabezas de otro.

2

No tratar de definir con palabras concretas las piezas invisibles.

3

Desarreglar las reglas.

BORRACHOS EN EL BAR

Por la cerveza, el ron y el tequila escapan al nudo conyugal, atraviesan la jaula de los días, se libran de la camisa de fuerza de su piel, rompen el candado de sus deseos secretos, evaden el martillo, la soga y el puñal de su propia existencia, que, en la forma del prójimo enemigo, les sale al paso a cada instante por doquier…, pero acompañados de caras y de ruido, inevitablemente solos, de pronto caen sobre la mesa, de bruces sobre sí mismos.

UN POEMA

1

Un poema es una suma de hombres y una combinación de
palabras.

2

Con las palabras asumimos la historia.
Con el poema asimos la vida.

3

El poema hecho, como el momento vivido, entra en una forma
inalterable, en una condición irreversible.

4

En la condición irreversible de los momentos humanos.

5

En la condición evasiva de las cosas del mundo.

6

Todo poema fluye (huye).

7

En un mundo de sucesión, las palabras se suceden para captar
el mundo.

8

El poema sucede en un espacio verbal, en el que el ser abstracto
se materializa un momento.

9

El poema es la manifestación concisa del ser, es la exteriorización organizada de sus tensiones.

10

El poema es la euforia del ser.

11

El poema absoluto es la suma de todas las palabras.

12

Hecho el poema, el poeta desaparece.

13

Pensar para llegar a lo impensado.

DESFIGUROS

El viejo, cada mañana, al abrir los ojos, de entre sus ruinas sale cantando, como un sol.

En su cuarto, trata de levantar un bulto del suelo pero no puede.
Lo abraza, lo empuja, lo jala pero no puede.
Gime, sufre, llora pero no puede.

En la calle, con pantalones arrugados y descoloridos, entre los humos de un camión de carga y los truenos de una motocicleta, canoso y flaco, temblando sobre sus pies quisiera poder volar.

En el parque, ve pasar a una niña con las rodillas raspadas. Mientras le sonríe tirita de frío. Aunque es verano, hay sol y es mediodía.

Sentado en un banco, mirándose, sospecha que esas manos arrugadas y esos pies cansados no son suyos, pero son y en su enorme pobreza de días es lo único que tiene.

Se dice a sí mismo: "No soy bastante viejo como para creer que no puedo vivir otro año. Tendré bastante vida cuando me sienta ahíto. De ningún muerto se puede decir que vivió mucho."

Por la calle, arrastrándose, va como una oruga con los anillos rotos.

Se dice a sí mismo:

> "Viejos son los árboles que por la avenida vienen.
> Vieja es la fuente que sube en chorro para caer en gotas.
> Viejos son los niños que llevan en sus caras los ojos ancestrales.
> Viejo es el hombre. Vieja es mi muerte."

Entre dos calles se queda parado. Su ser, frente a tanta puerta, no tiene a donde entrar.

Se dice a sí mismo: "Contra distancias, contra silencios, contra espacios hablar al hombre que está enfrente. No aislarme en mi cuerpo."

Los demás viejos oyeron el radio antes de salir de casa. Les fue dicho que estaba nublado pero no iba a llover. Salieron sin paraguas. Él no oyó el radio. Trae paraguas.

Las sombras de los álamos se estiran por el suelo. Un coche con recién casados entra al bosque. En un escaparate, la foto de una mujer desnuda picoteada por pájaros.

Al entrar en su cuarto ve la luz, que en el cielo doraba las nubes, solear su silla vieja.

Cuando come, la mesa tiembla como una perra flaca.

El sol se puso detrás de un edificio. Sus rodillas crujen al cruzar las piernas. El anuncio de muebles "El Gallo" entra al cuarto. Recuerdos de 1915 y de 1958 salen de su cabeza como vestidos de diferentes modas . Lo más nuevo en su cara son los dientes. Abre el catre.

Por la ventana, perro negro sobre pasto verde.

Cierra la ventana. Borra las formas de la noche.

FUEGO NUEVO

Ceremonia sagrada de los aztecas

I

Sol rojo poniente. Largos rayos fijos picotean el valle. Cielo tensamente azul. Entre los picos de los volcanes, la cresta humeante del Popocatépetl. De su cima, se desprenden rocas, en silencio y sin peso, como en un cataclismo sin sonido.

El sol se mete en un peñasco hendido, como en una bolsa negra. Se demora un momento: parece un ojo dentado, con pestañas doradas y afiladas; una boca que se abre y muestra la lengua. Color sangre, desaparece.

II

Al pie de un cerro, cuatro sacerdotes flacos, con los cabellos al aire, se bañan en una fuente de agua sombría. Sobre sus caras brillan gotas negras. Junto a ellos, los vestidos negros se humedecen en un charco. No lejos, también en una fuente, un gran sacerdote se baña solo.

Una luz ocre destella sobre sus pieles aceitosas, mientras peinan los cabellos hirsutos de su cabellera enmarañada.

III

Tenochtitlan. Una isla en un lago. Ciudad cuadrada, dividida en cuatro barrios. En cada barrio una pirámide. En el centro el templo mayor, con su muro almenado de cabezas de serpientes entrelazadas.

Las calles largas y rectas cortadas por canales, por donde circulan canoas. Las casas blancas, sin ventanas, de techo plano y de un solo piso. De vez en cuando un puente de madera, de anchas vigas labradas. Torres blancas entre las casas. Terrazas con jardines. Oscurecer.

IV

En una plaza, un perro flaco se echa junto a un árbol, pero manos misteriosas lo jalan, lo sustraen. Un viejo de rostro y de cabellos blancos, recargado en la pared de una casa, es arrebatado desde las sombras. Tres muertos jóvenes, cubiertos con mantas y atados, con las caras vueltas hacia el norte, están sentados a la puerta, en forma de boca horrible, de una torre. Cerca de ellos, pasan guerreros vestidos de blanco. El viento es lo único que se oye. Las paredes de las casas de adobe están como manchadas por sombras sanguinolentas.

V

Danzando por una calle recta, blancuzca, silenciosa, vienen dos hombres; uno con el rostro pintado de rojo, y el otro, bañado y ungido, vestido de blanco, con los cabellos de la coronilla cortados. A cada cierto número de pasos, el de rojo se detiene y da de beber un brebaje al de blanco, ya muy borracho. Este último es un cautivo, que va a ser sacrificado. Y como lo sabe, su rostro expresa una alegría aterrorizada. Se debate en un sopor, del que trata de despertar, pero al cual se abandona impotente. Abrazado al del rostro pintado de rojo, con gemidos, gritos y risas se pierde al fondo de la calle oscura.

VI

Mujeres y niños con las caras cubiertas con pencas de maguey, como máscaras verdes; viejos de movimientos lentos y jóvenes graves arrojan a una laguna mantas, petates, pieles de jaguar y de venado, pipas y vasijas de barro, espejos y cuchillos de obsidiana, sandalias, dioses de piedra, metates, orejeras, brazaletes, collares, tambores de madera.

El ruido de las cosas al caer sobre el agua, sumergiéndose, ahogándose es la voz de la ceremonia, bajo la luz crepuscular y desolada.

VII

Hombres y mujeres matan todas las lumbres con tierra, piedras y agua.

Emiten, al hacerlo, un susurro-llanto.

En un altar piramidal, con cráneos esculpidos, un sacerdote lentamente deposita un cilindro de piedras, como a una tumba donde se sepultan los siglos. 52 años muertos. Cada piedra corresponde a un año.

Cada piedra al caer provoca un ruido ahogado como de piedra que cae a un pozo.

VIII

En la azotea de una casa una mujer encinta, con máscara de penca de maguey, está en una vasija de barro, sobre dos piedras; con la cabeza inmóvil, enigmática, su presencia casi se pierde entre las hojas grandes de unas plantas. Próximo a ella, hace guardia un guerrero, que tiene un escudo en una mano, y en la otra, una macana de obsidiana.

En la azotea de la casa vecina, tres niños, también con máscaras de pencas de maguey, esperan de pie, apenas visibles sus figuras. La oscuridad plena se va haciendo. Aullidos, gritos, telas que se desgarran, golpear de piedras, chasquidos, silbidos de viento, voces animales, murmullos surgen de la noche, de los muros, de los ahuehuetes, del suelo, de los cuerpos de las gentes, atraviesan la escena alternativamente, y en momentos, dialogan con dolor entre sí.

Una luz vaga, insuficiente, sanguinolenta, no basta ya para que se distingan las formas confusas.

IX

Por una cuesta del Cerro de la Estrella, entre piedras de tezontle y escasa vegetación, sube lenta, silenciosamente un sacerdote, tratando de sacar fuego de dos palos secos. Parece seguir tenues huellas rojas marcadas sobre el suelo. Casi invisible en la noche cerrada, el ruido de la fricción de los palos lo descubre en la oscuridad, cuando, en momentos, se pierde entre las rocas y las sombras.

Sobre un pico, arriba, se ve la silueta inmóvil de un sacerdote que observa el cielo.

X

Medianoche. Sobre una piedra aislada, de un metro de alto, de superficie ligeramente comba, con bajorrelieves esculpidos, borrosos; atado de la cintura, de los pies y de las manos está el cautivo vestido de blanco, a quien el hombre con rostro pintado de rojo, traía danzando. Terriblemente ebrio, parece que quisiera despertar del letargo superior a sus fuerzas donde nada su ser, sintiendo la inminencia de un peligro que amenaza su vida, pero con los sentidos embotados se entrega otra vez a la euforia, al sueño.

Sobre su pecho se ha colocado un madero seco, y atravesando el madero en el centro, un palillo en forma de flecha. En cada esquina de la piedra está un sacerdote: el de Huitzilopochtli, disfrazado de colibrí, con el rostro pintado de rojo, la pierna izquierda flaca y emplumada y los brazos y los muslos azules; el de Xipe Totec, desnudo el pecho teñido de amarillo; con una raya roja en la cara, de la frente a la mandíbula; en la cabeza tiene un sombrero de colores, con borlas que cuelgan sobre su espalda. Trae los cabellos trenzados y orejeras de oro. Una falda verde le llega hasta las rodillas; penden de ella caracoles, que suenan cuando se mueve. En una mano tiene una garra de águila: es un vaso. El sacerdote de Quetzalcóatl, con penacho y barbas de plumas azules. El de Tezcatlipoca, con una piel de jaguar. Custodiando a los cuatro, del lado derecho, siempre de espalda, está un personaje con una peluca amarilla, que le toca los hombros. Del lado izquierdo, de perfil, otro personaje sujeta con las manos un estandarte con un corazón florecido.

Arriba, sobre el pico, el sacerdote que observa el cielo mueve un brazo, y la ceremonia comienza:

El sacerdote de Huitzilopochtli fricciona fuertemente con las palmas de las manos el palillo de madero seco, bajo el suspenso de los otros sacerdotes. De pronto saca fuego.

Un quinto sacerdote, que estaba en la oscuridad, entra con un cuchillo de pedernal, y abre el pecho y las entrañas del cautivo. Le arranca el corazón y lo arroja a la lumbre.

En la herida abierta del cautivo, el sacerdote zurdo de Huitzilopochtli hace girar el bastón.

La herida del muerto es luminosa, y resplandece. Las llamas anidan en su pecho. Su cuerpo, al rojo vivo, es transparente, como si fuera una caja de cristal encendida por dentro.

Del bastón salen chispas y humo. El fuego sube hasta el puño.

El crepitar de las llamas es lo único que se oye.

La hoguera se hace más grande. Los habitantes de Tenochtitlan la ven.

XI

De cada esquina de la piedra los sacerdotes toman fuego, y descienden con los ocotes encendidos hacia Tenochtitlan, hacia el templo de Huitzilopochtli.

Mensajeros llegan a tomar fuego, y lo llevan en teas a las cuatro direcciones del valle.

Otros mensajeros llegan corriendo, para llevarlo hacia los pueblos.

La hoguera es roja en su base, blanca en medio y azul en la cúspide.

Humea el copal en los braseros.

XII

En una plaza de Tenochtitlan, frente a la escalera oriental del Templo Mayor, de 120 peldaños, las gentes se perforan las orejas con espinas de maguey y esparcen la sangre hacia la dirección del cerro radiante; degüellan codornices y se reparten la lumbre, que un sacerdote vestido de negro baja del santuario del templo.

En la misma plaza, llamas rojas danzan. Sombras, con máscaras verdes, blancas y rojas repiten débilmente la danza.

Las llamas se abrazan, se acuestan, se ponen de pie, se separan duplicadas.

Tocan cuerpos dormidos, que combustibles se levantan ardiendo.

Una lumbre tras otra se enciende, hasta que el horizonte es una fiesta de llamas.

XIII

Hombres, mujeres y niños llevan por la calle vestidos nuevos, alhajas nuevas, sandalias nuevas, pieles nuevas; meten en las casas petates y dioses nuevos. Algunas jóvenes llevan faldas de colores y tienen los dientes pintados de rojo y negro. Los hombres traen taparrabos y tilmas verde oscuro. La luz, nítida, misteriosa, resplandece dorada sobre las casas, las paredes sin ventanas, las torres y los ahuehuetes.

XIV

Al alba, en la cima del Cerro de la Estrella, cuatro ministros flacos, vestidos de negro y con los cabellos al aire, entierran con un murmullo-canto las cenizas del sacrificio.

Nota. Para el espectáculo del Fuego Nuevo me he basado, sobre todo, en Fray Bernardino de Sahagún: *Historia de las cosas de la Nueva España*.

He tomado datos del estudio de César Sáenz: *El fuego nuevo* y de *La vida cotidiana de los aztecas* de Jacques Soustelle. He pensado también en los escritos de Antonin Artaud sobre un teatro mítico que trate de acontecimientos y no de hombres.

CONSTRUIR LA MUERTE
1982

A Betty, Cloe y Eva Sofía

Le continuel ouvrage de votre vie, c'est bâtir la mort.

Montaigne

DE UN DÍA DE DICIEMBRE

Desde temprano
pesada de sueño la mujer
arrastró su cuerpo fatigado
por las horas iguales
y de gris en gris
llegó a la noche sin despertar

Todo su día fue oscurecer

ENTIERRO

En sucesión los coches funerarios
pasan junto al mercado de las flores
como si a la calle populosa la cruzara
un largo olor a muerto

Sólo por un momento
porque la tarde que huele a negro
a gasolina y grito
huele también a luz

YA SALE EL SOL EN EL ORIENTE HELADO

Ya sale el Sol en el oriente helado
poniendo en el prado de la noche
una flor fría

y a través de los árboles sin hojas
la gran cara amarilla
parece que viene del mañana
trémula ciega destituida

TIEMPO

Sólo la luz sobre las hojas

sólo la rama pendiente
como instante hecho curva

sólo el quieto fluir de la mañana

de pronto el pinzón
rayo ondulante
manchado de azul y verde

luego nada

CUANDO CONTEPEC NO SEA EN LA NOCHE

Cuando Contepec no sea en la noche
más que una piedra
y los pueblos que lo rodean
no más que nombres
el cerro Altamirano será
en el amanecer dorado
la sombra de un pájaro herido
atravesando un momento
el omnipresente vacío

MIL NOCHES

Mil noches sin luna
hacen esta noche oscura;
mil kilómetros sin hombre
hacen este camino vacío.
De pronto, bajo la llovizna,
surge un viejo harapiento
con una lámpara en la mano.

Y por un momento,
la soledad es húmeda,
la distancia visible
y el hombre una tristeza que camina.

TRISTEZA POSCOITAL

Velozmente
en la noche
en cama estrecha
viendo pasar las luces
en el horizonte
pareja
hace rápidamente
el amor en el tren

(luego
sentado uno frente a otra
con las luces prendidas
tristeza poscoital)

ZONA ROJA

Como una ternera de carne amoratada
la hija del jardinero en la vitrina azul

ENCUENTRO

Por la Calle de los Muertos
vamos a la pirámide

Quemada por el sol
en sentido contrario
una joven desciende

diosa de carne y hueso
apenas cubre otras pirámides

Hacia atrás hacia nunca
se pierde entre las ruinas

Por la Calle de los Muertos
vamos tú y yo a la pirámide

PERMANENCIA

Mañana cuando tu cuerpo
haya desaparecido en la calle
y la calle misma se haya vuelto aire
seguirás caminando entre las piedras
con el mismo vestido rojo
con que te veo ahora
tu mirada tu andar
seguirán en mis ojos
entre las casas blancas
como en esta tarde

LA HIJA DE LA TIZNADA

Yo recuerdo
cenizosa en el alba
la hija de la tiznada

las cejas quemadas
la boca fuera de sitio
los pechos roídos

descalza
para que sus pies no dejen
ni un segundo de tocar la tierra

yo recuerdo
verla venir airada
soltando los cerdos de la muerte

entrar en el cuarto
desatar los cuerpos que el amor hizo suyos
llevarte

aquella mañana de cenizas azules

la hija de la tiznada

AQUÍ Y ALLÁ

Aquí
la noche sube por su cuerpo
como una llama negra
que le crece por dentro
mientras abandonado y viejo
entre plantas y gatos
espera el regreso de ella
que nunca volverá

Allá
ella
pública en la plaza
púber y pecosa
se da a todos los hombres
menos a él

SOBRAS

Frutas podridas
camas deshechas
y vestidos rotos
es lo que queda de ella

lo vivo lo que es mío
se ha ido con el día

CANCIÓN

Yo que la quise tanto
yo que su luz amaba
no la volveré a ver no

No la volveré a ver no
yo que sabía su nombre
yo que conocía su cara

ERA MI NOCHE

Era mi noche
mi lluvia
mi primer zapato

era mi flor abierta todo el año

era mi fuego
mi leche
mi árbol de sangre

eran sus ojos mis primeros soles

yo por ella construía ciudades

MUERTO EN CHOQUE

La cara ungida
con gasolina y grasa

la cabeza en un charco
entre lluvia y cristales

los zapatos llenos de agua
como dos chalupas

la camisa en las ruedas
sin mangas y sin brazos

los cerdos del camión
(que lo embistió de frente)

huyen hacia el barranco
gruñen entre los pinos

CALLE

El hombre que habla solo
el que no quiere hablar
el que come de pie en un restaurante
el que manotea en la esquina
el que no es como todos
el que empuja a la vieja
el que viene de lejos
el que pasea al gato
la encinta
la tetona
el perro
el viejo que resbala
la muerte

GATO MUERTO

En el estacionamiento
al fondo entre dos coches
sobre los que destella

el sol de mediodía
al pie del muro encalado
envuelto en periódicos viejos
listo para la basura
gato muerto

DISTRITO FEDERAL

Hoy seis de enero
hasta los muertos andan en el tráfico

Por el valle lodoso
entre un taxi amarillo
y un autobús lleno
pasa un abuelo helado
en la carroza negra

Hoy seis de enero
hasta los muertos andan en el tráfico

SOÑABAS

Soñabas
que la noche era nueva
y que estrenabas cama
que las sombras eran frescas
y que los ojos que miraban en ellas maduraban

soñabas
que eras la noche
y eras los ojos que miraban

que tu cuerpo era las sombras
y la cama

soñabas

PAS DE DEUX

Una medianoche
le toca al hombre bailar con la más fea

y como un ángel patudo
baila con ella a paso de gallina

hasta que al rayar el sol
la horrenda se borra

y solo como un hongo él
se queda en medio del camino

DIARIO SIN FECHAS, IV

1. *Anna de Vries*

En este excusado azul
Anna de Vries
caga y sueña
en los días nublados
de Apeldoorn

2. *Comienzos*

Temprano es noche
y más viejo que la sarna
el desengaño nos arroja en el lodo

Temprano es noche
y como Cervantes con el pie en el estribo
vemos volverse la ilusión sueño de perro

3. *Orfeo sin música*

En la ciudad perdida
polvoriento y hambriento

sin mujer ni guitarra
saludas la aparición del sol
en el cielo poluto

4. *Esta piedra negra*

Esta piedra negra
es un pedazo de noche
que el tiempo hizo palpable
para que el hombre
llevara la tiniebla en la mano

5. *Narcisos en la nieve*

En este abril amargo
narcisos en la nieve

De la montaña al llano
un múltiple amarillo
rodeado de blanco

Trompetas solitarias
con filtros de silencio
fulguran en el frío

En este abril amargo
narcisos en la nieve

6. *El cerro Altamirano está soñando*

Bajo la luz roja de la mañana seca
como un pájaro que aventó la noche sobre mayo
el cerro Altamirano está soñando
un sueño de árboles y lluvia

7. *Retrato de dos con un fantasma*

El fantasma entre nosotros
no es nuestro fantasma
es un espantapájaros que usamos

para atraer las lanzas de los hados
tiene la forma astral de nuestros ojos
y el pulso estelar de nuestras manos
pero su pecho lanceado de minutos no se aflige
cuando la luz de la mañana se lo lleva lejos

8. *Telaraña*

Desapercibida en el rincón del cuarto
la telaraña es visible
por los rayos del sol que se pone
y por un momento dorado
la luz pende de un hilo

9. *Árbol*

No deja de madurar hacia la luz
sus ramas sangrientas cubren todo el cuerpo
y a cierta altura del aire
se ramifica hacia lo negro

10. *Poesía*

Yo canto a los seres en sus últimos momentos
La luz más espiritualizada es la final
Yo amo al día en sus últimos momentos
El esplendor del sol parece que nunca va a acabar
Yo viviré con palabras más que mi cuerpo

11. *Mercado*

Naranjas henchidas y limones porosos
zapotes de noche húmeda y ciruelas amargas

manzanas repetidas como puestas en eco
sandías llenas de vetas y piñas que transpiran

higos morados que se abren en las manos
de la vendedora joven
vestida de verde como de un follaje

Sombras rápidas de las frutas maduras
que caen de golpe en el platillo
de la mañana blanca

12. *Nueva Italia*

La plaza, el sol, la multitud dorada.
El perro flaco, la mujer encinta, la nieve de limón.
El frutero gordo, los cocos, los melones.
El machetazo, la sandía cortada.
El rojo aguado, las semillas húmedas.
Más multitud. Más machetazo. Otra sandía.

13. *Hotel en Cuernavaca*

Muros blancos de luz
buganvilia morada

olor a pasillo limpio
y a sol que abre la carne

el último cuarto el nuestro
lleno de sombra fresca

y abierto en la cama tu cuerpo
amargo como fruta verde

14. *Chapultepec*

El aire fuerte   Árboles altos
mecen la tierra en verdes
El sol   trompo de fuego
se hunde entre nubes
La tarde oscura   Un hombre
acuenca el seno de una mujer
Vestido rojo   Un pato vuela
La ciudad brama   La sombra se calienta
El hombre la mujer desnudos acostados
entre las plantas   El aire fuerte
Sobre los cuerpos rayos rojos postreros

15. *Resurrección*

Dice la Sombra que el hombre
es un saco de sombras
y que sus sueños no son
más que sombras
de una Sombra fluente
que se las lleva todas

Esto dice la Sombra
pero yo he oído a la Luz decir
que hay un Alba
cuando la Sombra desaparece
y el Hombre queda en pie

16. *Octubre*

Si el poniente es la sombra
si es las hojas
amarillas ocres y anaranjadas
quiero dejar en este día
constancia de lo dicho que es mi vida
antes que me convierta yo en la sombra
yo en las hojas

EN ESE INSTANTE ÚLTIMO DE LA CONCIENCIA

En ese instante último de la conciencia
en el que el ser como una estrella
se precipita por un espacio negro
he de volverme hacia mí mismo
como hacia un firmamento pensativo
y repasar mis días sobre la Tierra
para agarrarme de algo en el vacío
y no desvanecerme en los recuerdos
de este sueño sin suelo

Sí

he de anclar mi amor en el abismo
mientras mi ser entero llora
la gracia dudosa de haber nacido

VOLCÁN PARICUTÍN

En esta montaña extrema
de pura entraña fundida
donde se petrificó la llama
y el humo se hizo camino

En esta montaña negra
parada sobre silencios
y senderos de ceniza
está el más allá visible

está el más acá tangible
hecho tizón y hecho nube
hecho tristeza y hombre
y pájaro que se pierde
en la noche enrojecida

COMO AQUEL ESCRITOR DE LEÓN

Como aquel escritor de León
que inmerso en el letargo senil
pasaba sus días dormido en una silla
hasta que un día en el jardín
rodeado de sus hijas despertó
y pidió de prisa un lápiz para escribir
que estaba a punto de ver a Dios
pero cayendo de nuevo en el sueño abisal
soltó el lápiz sobre el papel
así yo

DOS SOMBRAS

Sobre el muro la sombra
de un hombre tal vez ido
desciende por los tabiques
como sueño doblado
que sin tiempo y sin nombre
se pierde en el barranco

En el barranco la sombra
de un zopilote ávido
desgarra el corazón
de un animal pequeño
como si lo acometiera
aún vivo

Las dos sombras en el polvo
duran un instante nada más

RELÁMPAGOS

1

La mujer en la ventana
con el pecho en ristre bajo la playera
ve las nubes ennegrecerse
los pájaros agitarse
y nuestra sombra hacerse oveja gris

de pronto en medio de la casa
cae un relámpago unánime

y sobre nosotros cae la lluvia
la noche la separación

2

Detrás de nubes
relámpagos platean lo gris
y el nuberío parece
cáscara de huevo
o cráneo que anochece

hasta que de pronto
el árbol de este mundo
(cordillera que sube
o pensamiento que baja)
tocado por el fuego
se ilumina

AYER Y HOY

Tu paso, como una sombra,
era difícil de seguir,
y al perderte en una esquina
sólo quedaba en mí, como en la calle,
un vago sentimiento de vacío.

Tu cimbreo, tu cintura
me estremecían
y el jardín parecía tener más rosas
y el verano calor,
pues en mis labios de niño aún no había
la palabra que define al amor.

La edad nos separaba,
como a dos cuerpos,
no de tamaños distintos,
sino de espacios diferentes.

Y mis manos asiéndote,
mis brazos abarcándote,
no podían asirte,
no podían alcanzar tu cuerpo, tu mirada.

Siempre más lejos,
como soñando en un abrazo
vivido en otra parte, en otro siglo.

Oh, tú, ahora vieja,
a quien ya no temo.

CANCIÓN DE AMOR DEL FIN DEL MUNDO

Parado frente al mar yo vi subir
una bestia de diez cuernos que venía
a vencer a los hombres y a borrarnos
del Libro de la Vida, yo no sé;
y vi a otra bestia que venía
a seducirnos con prodigios, yo no sé;
y aliadas las bestias con los amos del mundo
hicieron correr la sangre como ríos.
Hasta que del cielo rojo vi surgir,
en un caballo blanco,
al Hombre del amor y la verdad,
y acometer a las bestias y a los amos del mundo
con una espada en la boca, yo no sé.

Oh, tú, mi amor de cada día,
por la montaña ardiente subiré
y en los cielos abiertos te veré,
para luego trenzados descender
por un rayo de luz hasta el edén.

Oh, mía, un cielo nuevo se abrirá
y una Tierra nueva crecerá,
y en el reino de los justos
por mil años te amaré,
hasta que ya no sepamos distinguir
en este largo abrazo en el edén
cuál es tu cuerpo y cuál el mío.

MIENTRAS POR EL CAMINO

Mientras por el camino
como perro perdido
va colmado de indicios
el fantasma del hombre

en la realidad más real
no hay rostro en el espejo
no hay cuerpo en el vestido
no hay pie en el zapato

en el momento vano
suena un sonido ido
en la puerta sin cuarto
toca una mano ausente

y en el paisaje último
los montes azulinos
al caer de la noche
se cubren de silencio y olvido

de un silencio ya pétreo
de un olvido ya cumbre

LA HAYA BORRADA POR LA NIEBLA

Ve La Haya borrada por la niebla
las casas y las gentes detrás de la cortina húmeda

Ve La Haya como una muchacha alegre
detrás de una desesperación parda

Ve los perros y sus amos entre los castaños grises
como fantasmas de ayer y de mañana

Ve el hombre negro en sus zapatos negros
como aguja oscura que camina

Ve La Haya borrada por la niebla
como imagen de tu propia vida

La luz cae sin eco sobre las calles grises
y grises contestan las ventanas y las puertas

Cae con una sensación de olvido
de haber pasado ya hace muchas veces

A cada instante más esta invisibilidad se acerca
te cerca entre los callejones y las vidrieras rojas

La muerte va tomando la forma de tu cara
alrededor de ti la flor abre sus pétalos podridos

Tú vas como una aguja oscura que camina
hablando aquí y allá de amor

Inútilmente hablando aquí y allá de amor
mientras las lanzas del odio derriban tus figuras

Sobre la irrealidad del tiempo y la memoria
ve La Haya borrada por la niebla

ALBA

Ahora que la noche ha vaciado
en el alba sus caminos
y los cuerpos que andaban callejeando
se apagan como últimas estrellas
del agitado firmamento humano

ahora que la carne sobre el tibio lecho
se encoge como sombra que la luz ataca
y en el umbral de su extinción recuerda
que es hija del sueño y la ceniza

ahora que los ecos del amor humano
en las paredes callan y en la puerta enmudecen

y lo vivido se reduce en la mano
como cosa del aire sin volumen ni nombre

ahora que los vigías de la mañana
gritan con rayos que el marido se acerca
con cara de fantasma y pistola de tiempo
y la luz encarnizada de nuestro cuerpo unido
en el instante tiembla como pasto en la piedra

ahora que en las pupilas y en las cimas todas
un Sol de cobre nace y otra Luna se va
sólo queda en los labios la palabra no dicha
sólo queda en la piel miedo y deseo
por la ventana mira como un doble la luz

LUZ

Era temprano
cuando pasó la Luz por esta calle

los limones del limo
y los lagos del ojo
hacia Ella se abrieron

como si todo
absolutamente todo
en el alba de octubre

hubiera sido mano
o flores

POEMA

Pensabas
que el amor era bueno
y que volabas

en dos cuerpos
que eran el tuyo
y no eran el tuyo
al mismo tiempo

que la tierra era aérea
llena de camas y de puertas
llena de llaves y de ceros

y que la ciudad
con sus charcos y sus perros
era un cielo sin fin para tu vuelo

pensabas
que tu cuerpo
diferente de su cuerpo
no era tuyo
si te alejabas un instante
de su abrazo
de su sol y de su suelo

HOW POOR A THING IS MAN

Nací en la Calle Pobreza
esquina con Injusticia

mis padres fueron Dignidad
y Mañana Tal Vez

siempre a la puerta del palacio
de la señora Rectitud

desde muy joven aprendí
a comer aire

y a apreciar lo Invisible
en la escuela de la Privación

Un día de lluvia
porque estaba allí

mojé mi puñal
en el pecho de un general

y pasé veinte años
en la casa de la Realidad

ahora soy libre
para correr las calles

de Nuestra Señora la Ciudad
acompañado de Desgracia y Vejez

JUAN DE PAREJA POR DIEGO VELÁZQUEZ

Aquí estoy. Mi maestro me ha pintado. Seré más duradero que mi cara. Más durable que el rey y la realeza. Esta mirada ciega sobrevivirá a mis ojos. Estas cejas arqueadas serán más que esos puentes. Esta nostalgia mía será más que todos mis días juntos.

¿Cuánto dura un momento? ¿Cuánto mide el asombro? El tiempo necesario para que un hombre se encuentre con su rostro, halle su destino en cualquier callejón. Mi hado está sellado. No sé si soy la carne o soy la imagen. No sé si soy el cuerpo o soy el lienzo. El retrato o el modelo. Alguno de los dos debe existir ahora. Ignoro a quién debo dirigirme, de quién viene la respuesta, el frenesí amoroso, el gesto en la hora de la muerte.

Trescientos años han pasado. Despierto ahora de un sueño de barro. ¿Es hoy, ayer, mañana? ¿Estoy afuera o adentro del cuadro? ¿A quién miran ustedes? ¿A él, a mí? Soy Juan de Pareja, mi maestro me ha mandado a decirles a ustedes que ha sido hecho un retrato. Es fácil comprender que soy el otro.

Soy de un material perecedero. Carne, sangre, hueso y colores componen mi figura. El gris del fondo creó aire y espacio. El volumen fue dado por las sombras. El pelo negro concentró la luz en mi mirada. Yo soy el mulato Juan de Pareja. Mi maestro me ha pintado.

AQUÍ ESTÁ EL CERRO ALTAMIRANO

Aquí está el cerro Altamirano
aquí está la víbora de cascabel
aquí está la Cañada del Pintor
aquí está el jilguero vibratorio
aquí está la mujer parada
aquí está el hombre que entra en la mujer
aquí está la casa de la voz
aquí la lengua que habla

PALABRAS QUE REEMPLAZAN LAS PALABRAS

Calles de cemento
que caminan
por donde iba el río

postes de luz pública
parados en el lugar
de los árboles antiguos

cuerpos que atraviesan
los cuerpos ancestrales
que llamaron a este río *atoyatl*
y a este árbol *teocotl*

caminos que reemplazan los caminos
fantasmas que reemplazan los fantasmas
palabras que reemplazan las palabras

DIARIO SIN FECHAS, V

9. *Puta en la niebla*

En la noche
junto al puente
vestida de rojo
una mujer muy pálida
me hizo señas
para que me acercara
y sentí frío
pero no eras tú
sólo era una puta en la niebla

10. *Destripamiento*

Toma el reloj
arranca el segundo el minuto el día
borra los números de las horas circulares
extrae la máquina y apaga su respiración
arroja la caja al aire
y el tiempo será entonces un movimiento
un silencio que cae
en la mañana fría

11. *Canción*

El ruido que anda por el pecho
como una voz perdida
quiere salir para decir lo mismo
lo mismo de mañana:
a cada quien su camino de olvido

12. *Horas*

Golondrinas que atraviesan la nada

13. *Hijas*

Yo por ellas atravieso muros

14. *Viejo*

A solas en el cuarto
sus ojos vagan
por el espejo marchito

en el tiempo hay una flor
que un día será también olvido

16. *Casi borrada por el smog*

Casi borrada por el smog
puta recargada en la noche
mira pasar los coches
en la Avenida de los Insurgentes

Ni policía ni hombre
salen a encontrarla
en el túnel al aire libre
más largo del mundo

Sólo kilómetros y kilómetros de luces
precipitándose en el más acá
encandilan los ojos
de esta puta sin suerte

17. *Mujer que se sienta*

Como un higo maduro se expande
al asentar su peso en la silla
la mujer del vestido morado

18. *Tu oso blanco se llenó de noche*

Tu oso blanco se llenó de noche
como si las sombras le hubieran dado
un baño de chocolate frío

19. *Cine en Contepec*

En la oscuridad plateada
de pronto resplandecen las cabezas:
amanece en Tibet

21. *Estación central*

A solas con el sábado
viendo llover detrás de la ventana
del restaurante de la estación central
el viejo viudo se ha armado de sopa fría
huevos duros pan seco y café aguado
para pasar la tarde allí sentado

25

Como hace mil años
el pájaro carpintero
emperchado en el tronco liso
picotea las ramas muertas

y su tamborilear resuena
en la mañana límpida
de la arboleda seca
como hace mil años

26

La calma al final del domingo
como al fin de una carrera sin camino

Lejana la mujer del sábado
como una noche de carnaval romano

Dudoso quedó el día
que se cargó con desgano y fantasía

Parado en los rescoldos
como alguien que vivió la víspera
toda su semana

Miro por la ventana
los campos de olvido y de chatarra

y sigo en el aire los pasos de la dama
que anda sin sombra sin carne y sin mirada

27. *Cantina*

Entre las mesas de la cantina
anda borracha la muerte

La noche huele a mujer
a vaselina y a sal
y a tequila derramada
sobre la mesa

Parados frente al espejo
un barbón y su muchacha
escuchan a los mariachis

De pronto el espejo se quiebra
y las imágenes se rompen
al cantar de las pistolas

Entre pedazos de luna
quedan los cuerpos sangrantes
del barbón y de su amiga

La noche huele a mujer
a fruta abierta y a sal
y a tequila derramada
sobre la piel

28. *Trastrocamiento*

Al fin capturado el espejismo
por un salto inverosímil de la mente

la luz brillando sin foco a medianoche
en la calle nevada

el mercurio libre del termómetro
y la fiera desenjaulada de la piel

roto ya el marco del cuerpo
y desceñido el horizonte de los ojos

voladas las paredes del minuto
y desvanecidos los contornos y las metas

por encima del escombro y del rescoldo
del pellejo y la broza

el ser ha saltado de sus pies
en el suelo ha dejado su sombra

su sombra desgajada y deshombrada
ahogada en un charco de luz

29. *Tres*

Como conejo
la mañana corría

como muerte
la mujer envolvía

como zopilote
el amor desgarraba

30. *Distrito Federal*

Hoy un día como tantos
camino con mi esposa y mis hijas

por la avenida de los árboles muertos
respirando apenas bajo el hongo viscoso
que como un cielo de gases
cubre la ciudad del Sol estos días

Con ellas de la mano
entre la multitud embotellada
leo sobre el mar de coches
las letras de plomo
que forman en el espacio de la mañana
el vaticinio del fin próximo
de la vieja Tenochtitlan

Hoy un día como tantos
con mi esposa y mis hijas
camino por el bosque de cemento
observando los árboles muertos
que como pulmones marchitos
anuncian nuestra propia muerte

31. *Peluquería*

El domingo en la mañana
los campesinos entran
solemnemente a la peluquería
a esperar su turno
y después de un rato salen
con el sombrero en la mano
con expresión de que les han cortado
pasto en la cabeza

33

El Lerma cruza el llano
como un caballo pardo

y de los cerros viejos
a través de la lluvia
los zopilotes bajan
con la muerte en el pico

34. *El regalo*

En medio del cuarto
ella descubre su regalo
como si lo sacara
de la noche húmeda de sí misma

Mitad cuerpo y mitad sueño
recibo su regalo
con manos que saben
que es aire

35

Al final del camino
tirar en un lecho
el peso del cuerpo
como un saco de sombras

y en un dormir de piedra
yacer en un suelo
anterior al azul
y anterior al aire

EL VAMPIRO

Iba por las calles del pueblo
con los pelos de punta
los ojos rojos de conejo
y los dientes de ardilla

huérfano desde niño
vivía con un tío viejo
en una casa de adobe
junto al cementerio

sin trabajo ni escuela
pasaba el día dormido
y al anochecer salía
a recorrer los cerros y el llano

orejudo y descalzo
cetrino y remendado
parecía un árbol seco
esperando la lluvia

o sin palabras ni risa
sin mujer sin amigos
a la luz de la luna
no tenía edad

hasta que una mañana
sin haber chupado a nadie
muerto de hambre o de frío
se le halló bajo un árbol

FANTASMAS

Míralos en el aire
humo negro
en el día claro

ellos fueron
los Dorados de Villa
que atravesaron sin miedo
los cerros y el desierto

Generales deshechos
con sus pistolas vanas
se transparentan luego

Detrás de ellos vienen
las gentes que mataron

igualmente humo negro

LOS REVOLUCIONARIOS EMBOSCADOS

Aparecieron en el cerro
y como vertientes de polvo
bajaron por sus laderas
amontonándose en el llano

Como nubes blancas
comenzaron a galopar
hacia el pueblo
que parecía deshabitado

Con sus ropas de manta
se fueron haciendo claros definidos
y entraron a gritos en las primeras calles
buscando ya donde pillar

Cuando de pronto les abrieron fuego
desde cada casa
y no quedó ni un hombre
ni un caballo

EMILIANO ZAPATA

Lo volvieron calle
lo hicieron piedra

lo volvieron tarjeta postal
discurso de político

lo hicieron película
ingenio azucarero

lo volvieron bigote
traje charro

él ve nada
oye nada

FANTASMA

De la noche sale un jinete
con dos pistolas al cinto
y la cara llena de humo

anda buscando a González
que mató a sus dos hermanos
y se llevó sus mujeres

Por el Llano de la Mula
y los cerros de Mil Cumbres
anda peinando las sombras

pero sin encontrar a nadie
sentado sobre una piedra
la primera luz lo borra

DIARIO SIN FECHAS, VI

1

Si las canciones salvaran de la muerte
los políticos los militares y los agentes secretos
estarían cantando siempre

2. *Construcción*

Esclavos tallan acarrean la piedra
construyen el palacio de Senequerib
en los bajorrelieves de los muros
se representan ciudades sitiadas
guerreros y escribas trasladando
contando cabezas de vencidos
a Senequerib que observa cómo
se construye el palacio de Senequerib

3. *Sofocleana*

Las penas que los hombres se toman por sufrir.

4. *Orfeo de la Plaza Garibaldi*

Sentado en un banco de la Plaza Garibaldi
cantabas al alba entre los ebrios
cuando putas pintarrajeadas te atacaron
con pistolas botellas y cuchillos

y persiguiéndote por las calles harapientas
cortaron tu cabeza tus manos y tus pies
arrojándote luego desmembrado
en las aguas negras del canal

5. *Turistas*

Las chusmas inasibles
que pululan por Roma
son turbas espectrales
que atravesarán el Hades

y durarán las ruinas

6. *Mi padre*

Aquel que se siente abandonado
ve las cenizas que el viento trae a su puerta

viaja en un grano de arena sobre el agua
a la Grecia que ahora es costa turca

y en los árboles sin frutos
ve los higos blancos de Esmirna

7. *Nieve*

Salir por la mañana
al campo adormecido

cuando la tierra negra
no ha abierto sus frutos

y sólo está la luz
de la nieve

8. *Perros en el pavimento*

En la madrugada pero lejos del alba
planchados por el tráfico incesante
un perro blanco en el pavimento
parece un pastel de pelos y de sangre
junto a su perra como huevo estrellado

Al rojo vivo y con los ojos abiertos
apenas alumbrados por los coches que pasan
resuellan por sus heridas
a punto de soltar el pellejo

El viernes bajo la lluvia
en la madrugada pero lejos del alba
pareja de perros en el pavimento

9. *El instante y su sombra*

La pátina del ladrillo en la pared
los reflejos de la botella a contraluz
la huella del hombre en cada cosa
y la lluvia que hace caminos en el polvo
la hormiga que acarrea grumos de vida
y el pájaro que va por el espacio
como si no hubiera más que tarde y movimiento

El instante y su sombra
arriba abajo y adelante de mis ojos
como si el mundo todo fuera
un pedazo de olvido que volara

10. *Hombre que camina*

Hombre que camina
de la noche al día
por pozo horizontal
por escalera o sueño
en la tumba ubicua
de su realidad
anda sin andar
como el que hace ejercicio
en el mismo lugar

12. *Virgiliana*

Cuando en tu visión atravieses el océano
y llegues adonde hay una playa estrecha
y bosques consagrados a Perséfone
y una mansión rodeada de álamos y sauces
y una doncella oscura al trasponer la puerta
te ofrezca la copa de Dido la sidonia
y bebas de su vino
y pierdas la memoria y la realidad de tu presencia
y seas conducido sin saberlo al tálamo de mármoles labrado
y te recuesten sobre el regio lecho
es que has pisado la disolución y el infierno
es que ya puedes recorrer edades y espantos
y Dido (como a Eneas) con tea hermosa aterrará tu mente

17. *Envío*

Amadas sean mis hijas
en el día mágico

y perdónenme
la cólera y la tumba

MITOLÓGICA

Dicen los viejos
que en los tiempos antiguos
cuando los hombres
iban de noche en noche
sin pasar por el día
hubo un viejo de grandes ojos
que en el pico más alto
de la montaña más alta
rodeado por el silencio inmenso
de las aguas y del aire
cantaba ya a la aurora increada

EL REY NETZAHUALCÓYOTL PINTÓ EN SU CARA

El rey Netzahualcóyotl pintó en su cara
siete líneas de vida

en cada raya iba el sonido
que hace la luz en el aire

y en su sonido el color
que hay en las cosas

pero un día la lluvia lavó en su cara
las siete líneas de vida

y el rey miró en el agua
los ojos de otro Netzahualcóyotl que lo miraba

(por sus miradas pasó la vida)

SUEÑO EN TENOCHTITLAN

1

Toda la noche
entre las casas blancas
atravesé el canal
los remos cortaban en el agua
el verde silencioso de los sauces
y revolvían las sombras de los templos
Del otro lado del canal
en una barca amarilla venías tú
con la cara pintada de rojo
y por un momento nuestras barcas
se cruzaron bajo el puente azul
y ya no pude seguir
        tus ojos que me miraron
        clavaron en mi corazón
        flechas de luz

2

Tus ojos dejaron en el aire
pájaros azules
y tu cuerpo dejó a su paso
cuerpos luminosos
alrededor de ti todo se calmó
las gentes que pasaron por las calles
entraron una en otra
sin salir de sí mismas
        yo atravesé tu cabeza transparente
        yo levanté tus manos impalpables
        yo bebí luz de tu pecho
        yo

un gallo negro nos despertó

AUGURIOS

No el fuego sobre Tenochtitlan
en el cielo de medianoche
ni el ave parda con el espejo en la cabeza
en el que Moctezuma vio el firmamento
y la muchedumbre a caballo
sino el hombre tirado en la calle
con un puñal en el pecho
la vieja detrás de la ventana
mirando pasar la multitud del sábado
el simple día negro
que a galope se acerca
y tras de sí deja nada

TEOTIHUACAN

Idos los hacedores de soles y de lunas
los constructores de templos y de tumbas
desvanecidos los dioses en los cerros
y perdidos los hombres en la noche
por la desierta calle sólo vaga un perro hambriento
con toda el hambre de la historia en sus entrañas
y todas las puertas cerradas a su paso
¿Quién siguiéndolo por la Calzada de los Muertos
atravesando los espectros que flotan en la tarde
entre serpientes mariposas y pájaros
al penetrar el espacio de la ciudad fantasma
no ha de llegar por siempre al destino del hombre?

Aquí donde se construyó una y otra vez
el templo sobre el templo y el hombre sobre sus cenizas
aquí en el poniente extremo
donde se precipitaron juntos sacerdotes y edades
y donde el quinto Sol se ha de hundir en la noche terrestre
brilla todavía nuestro sol cotidiano

Muertos los dioses y deshechas sus obras
los siglos al final se hacen palabras

ruinas mordidas por la luz y el viento
y el hombre en su agonía no sabe
hacia dónde reclinar la cabeza
ni con qué voces dirigirse a la muerte
mientras por el valle desolado sólo pasa
el más inasible de los dioses el aire

FRAY GASPAR DE CARVAJAL RECUERDA EL AMAZONAS

Viejo y enfermo
no tengo miedo a la muerte:
ya morí muchas veces.
Por el río grande he navegado
y he visto sombras colgando de la luz
y ecos brotando del sonido sordo
que provoca el choque
de las aguas con el mar abierto.
De entre las ramas cálidas
de la máscara verde de la orilla
he visto surgir la flecha emponzoñada
y he visto caer del cielo
como aguja y tizón
el rayo y el calor.
Debajo de todo lecho
hay un esqueleto acostado
y en toda agua corre
una serpiente de olvido.
Más difícil es ser
un viejo que tiene frío
en las horas que preceden al alba
y sentir dolor de huesos
en la estación de lluvias
que seguir en un barco perdido
el cauce del río más caudaloso del mundo.
Como todo hombre,
día tras día he navegado
hacia ninguna parte

en busca de El Dorado,
pero como todo hombre
sólo he hallado
el fulgor extremo de la pasión extrema
de este río,
que por sus tres corrientes:
hambre, furor y cansancio,
desemboca en la muerte.

MUSEUM OF MANKIND

La condición galáctica de la calavera azteca

el universo en un cráneo de luz

las burbujas las distancias los velos
de la vida y la muerte

el infinito
atravesado por un rayo de sol

IMÁGENES PARA EL FIN DEL MILENIO

1986

A mis padres NICIAS y JOSEFINA,
que murieron el año de 1986:
sus días fueron de amor.

MITLA

Señoras del presente y del olvido
las hormigas recorren
los espacios del silencio
arrastrando grumos de vida
hacia el mundo de las sombras

Como vampiros con las alas abiertas
en el horizonte se perfilan borrosos
los escuálidos señores de la muerte
sin proyectar sombra sobre el suelo arenoso
sin ser tocados por el viento o la hora

Entre peñascos rotos que un día acabarán
sobre el sabino antiguo que un día caerá
sin la memoria mínima de los dioses extintos
ni del Bigaña estricto que se volvió humedad
miro el sol que se muere

Bajan las sombras lentas
por los caminos ralos de Monte Albán
y dirigiéndose al otro mundo
atraviesan cuerpos y muros
con su temblor y frío

En el patio ruinoso al borde de una tumba
un sacerdote enjuto con camisa de grecas
arroja su espectro sobre el polvo
y traza con dedo descarnado
la forma de las constelaciones deshechas

EL DIOS DESENTERRADO

Ya sacan a la sombra convertida en piedra
al aire convertido en lodo
al invisible convertido en tiempo
Ya emerge pedazo de noche el ojo pétreo

La mano perforada con que miró a la gente
fue mirada por el dios de la muerte
y se desvaneció su rostro en otro rostro
con unos ojos más hondos que el olvido

Su cuerpo inasible que recorrió la tarde
más rápido que el aire y que la mente
palpó el hueco de su propio sueño
y como un fuego se acostó en sus brasas

Ya sacan al señor del humo
al sembrador de la discordia y de los males
con sus sandalias de obsidiana rota
raíces duras de un árbol de piedra

La luz negra escurre de sus dedos
como ceniza de su propio cuerpo
La boca insaciable que ha tragado todo
como un espejo se tragó a sí misma.

—Allí está —dicen— el creador de las cosas
sin poderse dar vida a sí mismo
una piedra más entre las piedras caídas
un instante sepultado por montañas de instantes

UN CONQUISTADOR ANÓNIMO RECUERDA SU PASO POR LAS TIERRAS NUEVAS

Dormí en lechos de piedra.
Tuve por cabecera una serpiente de piedra

en un cuarto de plumas.
Todos los muros reflejaban la muerte.

Mi techo fue un charco de lodo.
La tierra estuvo encima de mi cabeza
y mis piernas fueron el azul del cielo.
A la izquierda de mi sueño un colibrí salió volando.

Mi cuerpo se confundió con el de los dioses.
Tuve en mi frente un soplo de sangre,
en mis pies sandalias negras para atravesar el viento
y en la mano un agujero para observar al hombre.

Ebrio de ritos empuñé el cuchillo de obsidiana
y arranqué el corazón de un muerto divino.
Las llamas que saqué de su pecho
las portaron mensajeros veloces
hacia las cuatro direcciones del espacio apagado.

Oculto en la cara teñida de la diosa de la selva
vi el fulgor celeste (que todos buscamos en los libros)
en los ojos de un animal sin nombre:
cuya forma diurna nunca pude conocer,
ni su paso imaginar, ni su huella oír.

Un día, en la oscuridad de mí mismo,
con orejeras de oro y el rostro rayado,
llegué a un pueblo dormido
y el mar se levantó de mis ojos
con la sonrisa infinita de la luz.

Desde entonces,
mi vida es un relámpago
vestido de hombre,
o quizás de harapos,
o quizás de sombras.

RELACIÓN DE CENIZAS

En lo alto de la pirámide
los políticos hablan
de una pasada grandeza
y señalan entre las ruinas
los dominios desvanecidos
de aquellos que fueron
señores de gentes y animales
mientras niños escarapelados
más pobres que las piedras
ofrecen a los turistas
copias baratas de sus dioses
simulacros del señor de la muerte
(Y sin que nadie lo oiga
el viento cuenta su relación de cenizas)

TORMENTA SOBRE MÉXICO

Toda la noche los sacerdotes
le cantaban para que no durmiese
a aquel niño de teta
con la cara untada de aceite
y el remolino doble en la cabeza

al alba lo llevaban en andas
al son de caracoles y de flautas
y aderezado con plumas y con piedras
lo ofrecían a nuestro señor de la lluvia
y le arrancaban el corazón de una cuchillada

pero si rumbo al cerro sagrado
iba llorando gruesas lágrimas
y si no se atravesaba en su camino
un hidrópico de mal agüero
era señal de que muy pronto
iba a haber tormenta sobre México

DESDE LO ALTO DEL TEMPLO MOCTEZUMA MUESTRA A CORTÉS SU IMPERIO

Lo que miran tus ojos es nuestro
Lo que no alcanzan a ver tus ojos es nuestro
ciudades y nubes mujeres y piedras
coyotes y víboras ahuehuetes y águilas
Nuestros hombres atraviesan las aguas
y nuestros dioses recorren la noche
y para alumbrar nuestro día
con un cuchillo negro sacamos luz
del corazón de nuestros enemigos

VIENTOS DE PIEDRA

Cuando el viento huía por los llanos
el hombre vino y lo hizo piedra
cuando el sol caía por sus rayos
el hombre vino y lo hizo piedra
cuando la serpiente corría por el tiempo
el hombre vino y la hizo piedra
capturó a la muerte con los ojos
apresó a lo invisible con las manos
fijó la impermanencia en una forma
y en todas esas formas metió dioses

Pero el viento metido en una piedra
se hundió en el polvo y en la hierba
el sol del mediodía bajó a la noche
y la serpiente emprendió el vuelo
la muerte salió de su escultura
se fue a los caminos y a los pueblos
y desde entonces anda con cabeza humana
El hombre fantasma de sí mismo
fue demolido por sus propios dioses
De todo aquello hubo lo que quedó al principio:
unas piedras

MONTE ALBÁN

Aquí cayó la luz
Aquí el olvido se hizo piedra,
ceniza y lodo,
hueso y cráneo.
Aquí el aire se hizo ave,
el vuelo árbol,
el hambre hombre,
el valle fuga
y el monte lluvia verde.
Aquí el hombre volvió al barro,
regresó al silencio,
se metió en la noche.

TIEMBLA EN MÉXICO Y SE MUEVEN LOS SIGLOS

Tiembla en México y se mueven los siglos.
No sólo los del hombre pero los de los dioses.
No sólo los visibles pero los invisibles.

Las calles tuercen su camino.
Las casas caen sobre sus sombras,
los hombres sobre sus cenizas.

El corazón del mundo ha palpitado fuerte.
Siempre ha latido fuerte en estas tierras
y no sólo han vibrado las hierbas sino los volcanes.

El desastre y la muerte han venido de lejos.
De lejos en la historia y del porvenir profundo.
Y la memoria de todos reposa entre las ruinas.

Sólo por un momento, porque sobre sus muertos
el hombre se levanta y recobra la luz de sus ojos,
y México es otra vez semejante a los siglos.

Hecho de tiempo se alza sobre el tiempo.
Hecho de agua fluye como el agua.
Los dioses lo contemplan. El hombre los contempla a ellos.

MAMÁ CARLOTA

Yo, la mujer de este hombre fusilado,
que regresa en el barco que lo llevó a la muerte.

Yo, la esposa del emperador de México,
que navega en un féretro bajo el día soleado.

Yo, la viuda del soberano del Universo,
cadáver más negro que la noche.

Yo, Carlota, en mi propio ataúd y en mi propia jaula,
a los 84 años de edad, en el Castillo de Bouchout, Bélgica.

LAS MOMIAS

Solo entre las momias me pregunto
si el destino de toda carne no es el horror.
Su condición presente borra todo pasado
y sólo expresa una desolación
perpetuada en una mueca fija.
"¿Para esto hemos nacido?", gritan en silencio,
"¿para que los viajeros del tiempo
vengan a ver el rostro de la Muerte?
¿Para que en el espejo de su porvenir
vean en qué ruina se convierten?
Lejos estamos de nosotras mismas
en una carroña que no duele.
Quiera Dios concedernos un día
el reposo anónimo del polvo."

LLUVIA EN LA NOCHE

Llueve en la noche
sobre las calles húmedas y los tejados viejos

sobre los cerros negros
y los templos de las ciudades muertas

En la oscuridad oigo la música ancestral de la lluvia
su paso antiguo su voz disuelta

Ella hace caminos en el aire
más rápidos que los sueños del hombre

hace senderos en el polvo
más largos que los pasos del hombre

El hombre morirá mañana
morirá dos veces

una como individuo
y otra como especie

y entre los relámpagos y las semillas blancas
que atraviesan las sombras

hay tiempo para todo un examen de conciencia
tiempo para contarse la historia humana

Llueve
Lloverá en la noche

pero en las calles húmedas y en los cerros negros
no habrá nadie para oír la lluvia

DESCREACIÓN

Hecho el mundo
llegó el hombre

con un hacha
con un arco
con un fusil
con un arpón
con una bomba
y armado de pies y manos
de malas intenciones y de dientes
mató al conejo
mató al águila
mató al tigre
mató a la ballena
mató al hombre

FUE SIN QUERER

Te saqué de tu casa,
te arrastré de lugar en lugar,
te hice dormir en sótanos y azoteas
y comer lo que los amigos invitaban.

Tragaste mis palabras,
mis rencores y envidias,
caminaste detrás de mí
obediente y apagada.

Yo corrí tras de las otras,
que en las calles por una nada se ofrecían
y en camastros temblorosos
abrían las piernas a la carne ciega.

Hubo noches cuando te sacudí
y saqué los colores secretos de tu cara,
incapaz de ver en el espejo
los actos frustrados de mí mismo.
Poco a poco estrangulé tus sueños,
ahogué tus deseos
y me hice sordo a tu pasado.

Un día te abandoné
en el cuarto de un hotel
de una ciudad de provincia.

Debíamos la renta, tú la pagarías.
Habíamos roto vidrios, tú los repondrías.
Alguien debía quedarse en prenda, tú te quedarías.

Años después supe que te fue mal,
que de puerta en puerta y sin amor
ya nunca diste una.

Hoy, viejo, pobre y solo
me arrepiento del daño que te hice:
fue sin querer.

JUEGO DE SILLAS

A Eva Sofía

1

Raíz del estar la silla
como un pedazo de suelo
se levanta de pronto
pero se sienta luego.

2

En pleno mediodía
con la sombra debajo
lleva a un hombre sentado
esta silla de ruedas.

3

Dos sillas en el cuarto
mirándose una a otra

pasan la vida juntas
sin conocerse nunca.

4

En los ojos de un niño
una silla con alas
en sueños lo conduce
al país de las sillas.

5

En el camión de mudanzas
a tumbos sobre una mesa
con las patas al aire
la silla va de viaje.

6

A las seis de la tarde
más delgada que el aire
más sencilla la silla.

7

En medio de la noche
muerto el que se sentaba
queda sólo la silla.

3. *Cadáver anónimo*

Este esqueleto apareció sentado
en un cuarto de ceniza y plástico.
En el vacío debajo de las piernas
el tiempo le hizo una silla de barro.
En la espalda lleva la marca
del animal que vivió en la prehistoria
asediado por los miembros de su especie.

Sus manos cruzadas sobre el pecho
tratan de asir el bulto de alguien
que se le hizo polvo entre los brazos.
Frente a la pantalla rota de sí mismo
se le encontró apagado.

4

La piedra no conoce la sombra
en la que descansa,
ni el rayo que la alumbra,
ni el golpe que la pulveriza.
Inerte en la mano que la avienta,
cruza el aire un momento
para caer de nuevo en su reposo.

7. *Viejo*

Cada vez más caído
en su propia mirada,
más próximo a la piedra
en la que está sentado,

la noche lo va cubriendo
de silencio y ceniza,
como a papel tirado,
como a tapete sucio.

8. *Poeta*

Como un grillo gris
con élitros desentonados,
cantar a lo largo de la noche,
hasta que un día el alba
lo encuentre seco en la hierba.

10

Desnuda está la voz,
que en medio de las sombras
busca los oídos de los muertos.

Huérfana está la voz,
que una vez los llamó
en el centro de todos los prodigios.

Desnuda, huérfana está la voz.

11. *A Cloe*

En tu mirada vive el cau-cau que carece de forma. No tiene sonido ni color ni peso, y lo mismo se encuentra en los rincones de los cuartos, las sombras de los muebles, las escaleras rotas, las ropas de los muertos, las sillas vacías y los autobuses sin gente.

El cau-cau, animal de la ausencia, viaja en el hueco de tu mano.

12. *Apunte autobiográfico para Cloe en su décimo cumpleaños*

Nací sin nombre
en una casa con parapetos.

Como una desolación ajena
oí el sollozo de mí mismo
y estuve a punto de morir
en el sueño palpable de mi cuerpo.

Pero la Madre Vida
fijó en mi corazón sus ojos
y me dijo: "Eres tú".

Y desde entonces,
por ese rayo indescriptible,
el aire y el dolor son míos.

15. *Espejo de obsidiana*

Mírate en el espejo negro
de la piedra de obsidiana,
allí verás la imagen
de las cosas que amas.
Lo que junto a ti aparece:
flores amarillas,
cortinas iluminadas,
muros cremosos,
en el espejo negro están borrados.

Mírate en esta noche.

REMBRANDT f. 1669

Casi ya a punto de soltar la vida,
muerto el fantasma de sí mismo,
Rembrandt observa su último rostro
que separa uno a otro del espejo.

En torno de su cara avejentada
se ha hecho pared la sombra oscura
y se forma un reino que no es suyo,
en el que morará como una imagen.

El hombre triste con el turbante gris,
que ciñe el largo pelo que cae sobre sus hombros,
¿es el artista Rembrandt que mira al hombre Rembrandt
o es el hombre vivo que contempla al artista?

Quizás el que se fue es el reflejo.
Quizás el que está aquí es el hombre vivo.
Lo mismo da: Pasó el tiempo de la mano al lienzo.
Tumbado el cuerpo, permanece el sueño.

QUE LA MUERTE ESPERE AFUERA

Que la muerte espere afuera
que los frutos de la tierra se abran
en nuestras manos como caras de sol

que nuestro acto sea una ceremonia
a los fantasmas y dioses de este mundo
que nacen y mueren con nosotros

no pidas mañana al amor
cada instante es un sueño que se olvida
cada cuerpo también

amémonos ahora
cierra la luz para que nazca el hombre
hecho de hambre y deseo

UN DÍA UN HOMBRE OLVIDA

Un día un hombre olvida
un mar un continente y un planeta

olvida las facciones de su padre
y las huellas de su propia mano

olvida el fulgor de sus ojos en otros ojos
y el sonido del agua en su cabeza

olvida el timbre de su voz y el ruido de su sueño
que despierta a otros pero no a sí mismo

olvida el traje y la casa que habitó
la calle y la ciudad que lo olvidaron

olvida el amor la revelación la muerte
el espejo que no devuelve ya su imagen

Un día un hombre se olvidará a sí mismo
olvidará que olvida

LAS PALABRAS NO DICEN

Las palabras no dicen lo que dice un cuerpo subiendo la colina al anochecer
las palabras no dicen lo que dice un colibrí en el aire al mediodía
las palabras no dicen lo que dice un perro esperando a su amo que nunca volverá
las palabras no dicen lo que dice el paso de la mujer y el movimiento en el árbol de la mañana
las palabras no dicen lo que siente un fresno al ser fulminado por un rayo
las palabras no dicen la sensación de nacer de amar y de morir
las palabras son las sombras atadas a los pies de un hombre que avanza demasiado rápido entre la multitud
son párpados de sueño con que el hombre cubre el amor que no alcanza a comprender

EL CUERPO DE LA MUJER

El cuerpo de la mujer es inmenso
el cuerpo de la mujer nunca se acaba
es profundo como un túnel
que mira hacia dentro de la tierra

Bloqueada en sus orillas
abrazada en sus ángulos
cubierta en sus bocas
por todos los cuerpos de este mundo

los labios no pueden sellarla
las manos no pueden asirla
el deseo no la penetra
el amor no la alcanza

ASOMBRO DEL TIEMPO

Estela para la muerte de mi madre Josefina Fuentes de Aridjis

Ella lo dijo: Todo sucede en sábado:
el nacimiento, la muerte,
la boda en el aire de los hijos.
Tu piel, mi piel llegó en sábado.
Somos los dos la aurora, la sombra de ese día.

Ella lo dijo: Si tu padre muere,
yo también voy a morir.
Sólo es cosa de sábados.
Cualquier mañana los pájaros
que amé y cuidé van a venir por mí.

Ella estuvo conmigo. En mi comienzo.
Yo estuve con ella cuando murió, cuando nació.
Se cerró el círculo. Y no sé
cuándo nació ella, cuándo morí yo.
El rayo umbilical nos dio la vuelta.

Sobre la ciudad de cemento se alza el día.
Abajo queda el asombro del tiempo.
Has cerrado los ojos, en mí los has abierto.
Tu cara, madre, es toda tu cara, hoy que dejas la vida.
La muerte, que conocía de nombre, la conozco en tu cuerpo.

Dondequiera que voy me encuentro con tu rostro.
Al hablar, al moverme estoy contigo.
El camino de tu vida tiene muchos cuerpos míos.
Juntos, madre, estaremos lejanos.
Nos separó la luna del espejo.

Mis recuerdos se enredan con los tuyos.
Tumbados para siempre, ya nada los tumba.
Nada los hace ni deshace.
Palpando tu calor, ya calo tu frío.
Mi memoria es de piedra.

Hablo a solas y hace mucho silencio.
Te doy la espalda pero te estoy mirando.
Las palabras me llevan de ti a mí y de mí a ti
y no puedo pararlas. Esto es poesía, dicen,
pero es también la muerte.

Yo labro con palabras tu estela.
Escribo mi amor con tinta.
Tú duermes y yo sueño. Sueño que estás allí,
Tú me diste la voz, yo sólo la abro al viento
detrás de las palabras.

Te veo darme dinero para libros,
pero también comida.
Porque en este mundo, dicen,
son hermosos los versos,
pero también los frutos.

Un hombre camina por la calle.
Una mujer viene. Una niña se va.
Sombras y ruidos que te cercan
sin que tú los oigas, como si sucedieran
en otro mundo, el nuestro.

Te curan de la muerte y no te salvan de ella.
Se ha metido en tu carne y no pueden sacarla,
sin matarte. Pero tú te levantas, muerta,
por encima de ti y me miras desde el pasado mío,
intacta.

Ventana grande que deja entrar a tu cuarto la ciudad
de cemento.
Ventana grande del día que permite que el sol se asome
a tu cama.
Y tú, entre tanto calor, tú sola tienes frío.

Así como se hacen años se hace muerte.
Y cada día nos hacemos fantasmas de nosotros.
Hasta que una tarde, hoy, todo se nos deshace
y viendo los caminos que hemos hecho
somos nuestros desechos.

Sentado junto a ti, veo más lejos tu cuerpo.
Acariciándote el brazo, siento más tu distancia.
Todo el tiempo te miro y no te alcanzo.
Para llegar a ti hay que volar abismos.
Inmóvil te veo partir, aquí me quedo.

El corredor por el que ando atraviesa paredes,
pasa puertas, pasa pisos,
llega al fondo de la tierra,
donde me encuentro, vivo,
en el comienzo de mí mismo en ti.

Números en cada puerta y tu ser pierde los años.
Tu cuerpo en esa cama ya sin calendarios.
Quedarás fija en una edad, así pasen los siglos.
Domingo 7 de septiembre, a las tres de la tarde.
Un día de más, unos minutos menos.

En tu muerte has rejuvenecido,
has vuelto a tu rostro más antiguo.
El tiempo ha andado hacia atrás
para encontrarte joven. No es cierto
que te vayas, nunca he hablado tanto contigo.

Uno tras otro van los muertos, bultos blancos,
en el día claro.
Por el camino vienen vestidos de verde.
Pasan delante de mí y me atraviesan. Yo les hablo.
Tú te vuelves.

Pasos apesadumbrados de hombres
que van a la ceremonia de la muerte,
pisando sin pisar las piedras
de las calles de Contepec,
con tu caja al cementerio.

Tú lo dijiste un día:
todo sucede en sábado:
la muerte, el nacimiento.
Sobre tu cuerpo, madre, el tiempo se recuerda.
Mi memoria es de piedra.

NUEVA EXPULSIÓN DEL PARAÍSO
1990

A BETTY, CLOE y EVA SOFÍA,
y a la turba irritable de los poetas.

LOS AÑOS

I

En nuestras manos no están los años,
los años están en sí mismos
más allá de nosotros.
En nuestras manos está el aire.

II

Los años están en su lugar, en apariencia,
porque fijándonos bien
no hay un lugar
donde estén los años.

III

Uno nunca se fija dónde pone los años,
o dónde cree ponerlos;
los días se quedan en nosotros
y no miran el lugar donde se han ido.

IV

Un año no nos lleva a otro,
se lleva a sí mismo;
o nos deja en nosotros,
mirándonos entre año y año.

V

Los años son como las cosas,
no nos sienten cuando los tocamos,
cuando mucho nos tocan
sin sentirnos.

VI

Al año próximo nunca llegamos,
nos quedamos en el año presente,

en nosotros,
de donde nunca salimos.

VII

Estábamos afuera de nosotros
cuando miramos pasar el año,
y nunca supimos que mirábamos
pasar nuestra ausencia.

VIII

Quizás en otro mundo
aquello que miramos un momento
no fue un momento,
fue un tiempo más largo que nuestra propia vida.

IX

Aprendemos a hablar cada día el mundo,
y creemos saber por completo
el lenguaje del año,
cuando ya nos deja.

X

El año es quizás el juego serio
de la vida en la tierra,
de lo que se da sin darse
y de lo presente ausente.

SOBRE EL LUGAR

…el día
que no ocupara lugar.

P. Calderón de la Barca,
Loa para el Auto Primero
(y Segundo Isaac)

I

El cuerpo es el lugar
primero y último del hombre.

II

El cuerpo tiene un lugar en el espacio
y el espacio un lugar en el cuerpo.

III

No puede haber dos cuerpos
en un mismo lugar al mismo tiempo,
pero sí dos tiempos y dos lugares
ensimismados en un cuerpo.

IV

El lugar no es forma ni materia,
no es causa ni horizonte;
es vientre, es aire, es sombra,
y, sobre todo, lugar.

V

El lugar no se desplaza con el cuerpo,
se queda en su lugar;
aunque a veces
mi lugar es tu cuerpo.

VI

Tu lugar es indiferente al cuerpo,
hasta que éste lo ocupa;
entonces se convierte en lugar ocupado.

VII

El problema de Aristóteles fue el de saber
si el lugar mismo ocupaba lugar;
el problema de la muerte fue el de ocupar
el lugar de Aristóteles.

VIII

El cuerpo en su lugar
tiende a irse a otro lugar:
el pesado hacia arriba,
el ligero hacia abajo,
el mío hacia ti.
De manera que ninguno
está contento en su lugar.

IX

En el amor el lugar no se mueve
cuando el cuerpo invade el centro;
el lugar se queda quieto,
sólo se mueve el tiempo en el lugar.

X

El cuerpo del hombre viene de un lugar lejano,
el tuyo llega de cerca.

XI

Ido el cuerpo,
el lugar permanece.

AUTORRETRATO A LOS 16 AÑOS

Fuma su primer Tigre
entre los pinos del Altamirano;
a sus pies el pueblo se acuesta
como un cuerpo de barro y teja.

Lampiño, flaco, pelilargo,
él hace el amor con todo:
con la calandria, con la encina,
con la mariposa, con la distancia.
Los días no tienen nombre ni fecha,
ignoran la jaula de las horas,
son iguales a un deseo
que puede figurarse ayer o mañana.
Las calles allá abajo
son una mano abierta,
entre cuyos dedos el sol juega
a clavar sus cuchillos.
En el cerro brama la cierva,
se oye el tauteo de la zorra;
sus ojos entran en la maleza,
ebrios de lluvia verde.
El sol amarillea su cara,
pinta sus manos de poniente,
él deja su sombra entre los pinos,
aplasta el Tigre en el suelo.

PRINCIPIOS

Principios, puros principios,
estaban en él desde el principio:
el principio del hambre,
el principio de la satisfacción,
el principio de la individuación,
el principio de la preocupación.

Principios, puros principios,
estaban en él desde el fincipio:
una pared para no abrir,
una puerta para no pasar.
una frase para torcer,
un cuerpo para ponerse de nuevo.

LA HISTORIA DEL VIENTO

¿Cómo escribir la historia del viento,
si el viento no tiene cuerpo
para acostar en la mesa?
¿Comenzó un día en el llano,
nació en las ramas de un fresno
o lo parió una ola de mar?
No importa,
nacerá en alguna parte
y morirá en otra parte.
La historia del viento es un quejido
que va de un extremo a otro del tiempo,
es el susurro de una sombra que anda.
La historia del viento es un latido en la arena,
una voz en la puerta, una huella en el pecho,
que oye el hombre pasar a su lado,
cuando el hombre se oye pasar a sí mismo.

INVENCIÓN DEL VIDRIO

Si el vidrio no se quebrara… no huviera
plata ni oro que se le comparara

SEBASTIÁN DE COVARRUBIAS,
Tesoro de la lengua castellana o española.

Un día a la Fenicia
llegó un barco con marineros hambrientos;
quienes, haciéndose de comer
quemaron pedazos de salitre;
el cual, derretido por el fuego
se volvió un claro licor fluido.
Un marinero, entonces,
cuyo nombre nadie conoce,
vio el material translúcido,
que lo defendía del aire;
tocó el cuerpo quebradizo
que la llama formadora

y la arena habían hecho.
Y para sorpresa de sí mismo,
levantó el agua fugitiva,
extendió el arroyo transparente
y vio el mundo del otro lado.

ELIO ANTONIO DE NEBRIJA, GRAMÁTICO EN GUERRA

La palabra es el pensamiento pronunciado en la boca.

FR. HORTENSIO FÉLIX PARAVICINO,
Marial y Santoral, f. 159.

... que a no ser de Dios palabra, no la obedeciera el tiempo.

D. ANTONIO DE MENDOZA
Vida de Nuestra Señora.

Dejó su nacimiento, Guadalquivir abajo;
dejó los años de su niñez en su tierra
para pasar a Italia y restituir los autores latinos desterrados de
España.
Volvió a Salamanca, abrió tienda de la lengua latina
con la intención de desbaratar la barbaria
tan ancha y luenga mente derramada.
La barbaria imperante en todas las ciencias
tenía que combatirse con el arma de la gramática:
que al borde de la ventana el ver y el verde
deben ir con el verbo y la verdad.

Elio Antonio de Nebrija, en la Universidad de Salamanca,
habló la contienda, verificó el campo de batalla,
confrontó a los vendedores de términos,
a los maestros que tenían profesión de letras
y el hábito de echar por la boca verbos;
provocó y desafió, denunció guerra a sangre y fuego:
que no es el mundo palabras ociosas,
y si hablásemos la lengua original
podríamos recobrar el paraíso.
(Su desconocimiento nos hace extranjeros en la tierra.)

Vencidos los gramáticos, triunfó sobre los juristas,
que no habían digerido los *Digestos* de Justiniano;
atacó a los teólogos que equivocaban la *Escritura;*
derrotó a los médicos, confundidos en las obras de Plinio,
y a los historiadores, ignorantes de las *Antigüedades de España*.
Examinó a los maestros lengua de buey, lengua de perro,
lengua de estropajo y lengua de víbora,
desentendidos en las voces con que el hombre articula sus
conceptos.
Hasta que lo venció la muerte, verbosa de oscuridad,
que aun el otro mundo tiene su lenguaje propio.

MOCTEZUMA Y LOS TAMEMES

Los pies de Moctezuma no tocaban el suelo
y su camino no tenía puertas;
los tamemes pisaban todos los lodos
y su camino estaba lleno de cargas.

Los oídos de Moctezuma escuchaban los cantos
y su lengua profería las palabras de mando;
los tamemes recogían los insultos
y su voz era la de los cenzontles en los montes.

Para tener a sus esposas y concubinas
Moctezuma sólo se volteaba a derecha o a izquierda,
y su progenie sagrada se propagaba luego
por los cuatro rumbos del Imperio y de la muerte.

Las mujeres de los tamemes acogían
a los caciques y a los señores de la tierra,
y sus hijos naturales atravesaban leguas
portando con pies flacos la riqueza ajena.

Sirvientes con bezotes de cristal
servían a Moctezuma perros, pescados y patos;
los tamemes cargaban cacao y maíz,
con su comida para el camino encima de la carga.

Para conocer el pasado y el futuro
Moctezuma poseía adivinos y hechiceros,
espejos de obsidiana, animales y aves,
y cautivos que sacrificaba a los dioses.

Para saber su suerte
los tamemes miraban su condición presente,
y consultaban la desnudez y el hambre
en su propio cuerpo.

El día en que Moctezuma supo en la Casa de lo Negro
que su ruina venía a caballo
con los atavíos de un dios,
que se había perdido en el Poniente;

los tamemes no vieron nada
en su día negro,
sólo cambiaron de dueño
en la historia de México.

ESPEJOS

Si al espejo venís a enamoraros
Romperse es fuerza, para no ofenderos.

LOPE DE VEGA,
Rimas humanas y divinas
del licenciado Tomé de Burguillos

1

Cuentan magos ya desvanecidos,
que Moctezuma tenía en sus aposentos
piedras negras espejeantes,
para que las parejas perezosas
vinieran a mirarse en ellas,
y al ver sus cuerpos despellejados
el temor a la despestañada
las hiciera amarse más aprisa.

2

Dicen magos ya desvanecidos,
que Moctezuma tenía en las paredes
piedras negras de obsidiana
a propósito para la reflexión
del esqueleto y la calavera,
pues creía que sólo el día apagado
representaba la verdad de la figura.
Y decía: "Mírate en ti mismo, como en un espejo".

3

Refieren magos ya desvanecidos,
que entre las mujeres de Moctezuma
una sola se espejeaba en la pared oscura;
y no era la amante la que se apretaba,
sino la doncella sepultada, la inabarcable, la huesosa;
y una vez que con su imagen el hombre se empiernaba,
era imposible separarse de ella.

4

Proclaman sabios, y también ignaros,
que Moctezuma tenía en sus aposentos tantos espejos,
que su estampa era vista en cada uno de ellos;
y el prójimo que la entrada trasponía,
reflejado vivo en la primera estancia
sin carnes era visto en la postrera;
espejos lo volvían de arriba abajo
y en las lunas negras perecía.

5

Cuentan magos ya desvanecidos,
que el cuerpo en el espejo
no era más cosa
que la imagen tersa
de una figura
que se retira en sueños.

IMÁGENES SOBRE UNA ESCALERA

1

Si pusiéramos un espejo
debajo de la escalera
se prolongaría en otra escalera,
o nadaría en su nada.

2

Si cortas una escalera de humo, continuará subiendo.
Si rompes una de madera, se hará dos escaleras.
Si cavas una de tierra, se meterá en la noche,
o se hará igual al hombre.

3

La escalera que sube con dos manos
se apoya en el suelo con dos pies,
y la tarde violeta se ve entre sus peldaños.

4

Lo peor de la escalera
es que no sabe que es escalera;
yo lo sé,
como hombre que no sabe que es el hombre.

5

La escalera ignora cuántos peldaños tiene.
Yo los cuento: 1 2 3 4 5
                         6 7 8 9 10.
Sigue el aire.

6

En el mundo que circunda a la escalera
hay ruido y movimientos, pero ella
es sólo una escalera.

7

¿Cuántas escaleras hay en el mundo,
de madera, de piedra, de humo,
que no llevan a ninguna parte?

8

El deshoy es el hoy,
y el futuro es un pasado
que aún no se presenta
en la escalera.

9

La escalera,
que con el poema se hizo,
sin las palabras se deshizo.

SON CONDICIONES DEL DORMIDO

Son condiciones del dormido, y más aún del despierto,
ver lo que no se es y hacer lo que no se hizo,
despintar a la dama en el corazón pintada,
cabecear el momento, traspasar un mundo sin paredes,
clavar los ojos en alguien que no está presente,
invertir el orden de las cosas, cambiar su naturaleza
y ganar la tierra con monedas irreales.

Son condiciones del dormido, y más aún del despierto,
penetrar el trascuarto, donde los espíritus de la calle
saben que aún en sueños el rostro aburrido instruye,

la mujer metódica vende cara la carne
y el hombre que no cree en sí mismo
inventa a un ídolo que se le parece;
encontrar a la hembra, hambre del hombre.

Son condiciones del dormido, y más aún del despierto
trasegar el olvido, trascordar la memoria,
traseñalar los caminos, para que los andantes,
incluso el soñador, se pierdan si van en línea recta;
traseguear el día; decir en presencia de nadie:
"En la trasanteanoche del trasanteayer,
todo lo perdido es obra de mis manos."

Son condiciones del dormido, y más aún del despierto,
trasoñar, trasvolar, trasver, tomar por verdadero el cuerpo
fantaseado,
traslumbrar las carnes en el lecho o en el plato;
trasroscar el amor, como tornillo que no juega en la rosca
de la fémina blanda, de la fémina ignota;
mientras en la lujuria desatenta
la muerte se trasvierte con nosotros.

Son condiciones del dormido, y más aún del despierto
soñar sombras que se zafan de una sombra asida;
soñar en un cuerpo que nos sueña;
no saber quién duerme, quién despierta:
si es ella o yo, ayer o trasmañana;
o trasnosotros solos,
en un momento huérfano del tiempo.

DE HAMBRES Y HOMBRES

El hambre que horada
las paredes del hombre,
busca salir al aire.

Ocupación de hombre:
hilar horas
con la aguja del hambre.

Matar el hambre
es matar al hombre,
porque no hay hombre sin hambre.

El hombre
no hace años,
hace hambres.

En el hombre,
la hembra
enhebra hambres.

El hambre es un halcón
encerrado
en las paredes del hombre.

En este mundo de hombrientos,
no hay mayor placer
que el de hartar hambres.

El hombre tiene hambre,
hambre de aire,
hambre de sed,
hambre de hombres.

LÍMITES, JAULAS Y PAREDES

Ponemos fechas a la sombra,
alambradas al presente.
Enjaulamos a los cuerpos con horarios
en pajareras de ladrillo.
Ponemos a la imaginación zapatos
y al aire camisa y pantalones.
Cercamos la mirada del hombre
y capturamos sus deseos con redes.
Ponemos cerrojos al ojo,
llaves a la mano,
límites al rayo.

Pero la vida guarda sus distancias,
el amor sus palabras
y la poesía amanece donde quiere.

DOMINGO AL MEDIODÍA

Los diarios dominicales traen las fotos
de los personajes vestidos de éxito,
reproches lucientes que se arrojan a la cara
del descuidado y desgraciado lector;
quien, en la soledad de su cuarto,
bajo los reflectores escritos de la fama
compara lo que es con lo que quiso ser.
Calvo, carnoso y descosido,
no sabe ya cuál ilusión, o desazón,
lo hizo tomar de prisa a la mujer
más fea, fiera y famélica.
Hacer años, o que se le hagan a uno
como lodo en los zapatos
o blasfemia en la boca,
no es lo mismo para aquellos
que buscan en el mundo diferencias;
aunque felices y fracasados caen al foso,
son una figura trémula de inesculpible olvido.
O tú, ¿no sabías que en esta tierra
unos nacen con suerte y otros desastrados,
unos hallan el tesoro al pie del arco iris,
y otros, afanosos, mueren de sed junto a la jarra rota?
Senil y sufridor sabrás que el azar no es justo,
sino simplemente azar, y ni siquiera existe
más allá del diámetro mudo de sus cuatro letras.
Domingo al mediodía,
entre los muros amarillos de toda la semana,
de toda la ciudad y todo mi cuerpo,
cuento los años (o más bien, los descuento),
con los diarios de hoy, de ayer y de mañana.

CAÍDAS

De las partes bajas del día
los hombres caen al suelo;
del suelo caen hacia sí mismos,
y de momento en momento
no dejan de venirse abajo.
En la casa, en la calle,
se les puede observar
dando con la cabeza en tierra,
muriendo sin enfermedad
y sin heridas de mano armada.
Mueren de ayer, de soledad,
de poca sombra y de mucha nada.

SACERDOTE DE DIOSES MUERTOS

Los dioses no me abandonaron,
yo los abandoné a ellos,
sacerdote de dioses muertos.
Tezcatlipocas azules, Huitzilopochtlis zurdos,
dioses sanguinarios en sus templos derruidos,
ya no asustan a nadie.
Bajo el ojo del día, bebieron sangre humana,
ahora son piedras en un museo,
bultos en un pasillo.

Los dioses no me abandonaron,
yo los abandoné a ellos,
sacerdote de dioses muertos.

CONTRA LA VANIDAD

Sirva de maestra nuestra mano
para guiarnos por las calles presuntuosas
y evadir las sierpes de este siglo.

Sirvan de maestros nuestros ojos
para mirar adentro de nosotros
y hallar al esqueleto recostado.

Sirvan para definir nuestras hazañas
las palabras que creemos más impropias
y ellas nos guarden del espejo.

Pues pensando que somos tan hermosos,
la luna de nuestro futuro fascinado
refleja la cara calavera.

AUSENCIA DEL PRESENTE

Voces sin cara y golpes sin martillo
resuenan en los huecos de la hora,
figuras que vienen por la calle
el ojo las mira ya alejadas.
Pies que se adelantan a sí mismos,
pisan la muerte salidos de la cuna,
tienen memoria de lo que no han vivido,
llevan el ritmo de su olvido.
Rostros que se asoman un momento a la ventana
en el recuerdo durarán un siglo,
serán más inasibles, más remotos,
que el sueño de mañana o el de hace mil años.

GOETHE DECÍA QUE LA ARQUITECTURA

Goethe decía que la Arquitectura
es música congelada,
pero yo creo que es música petrificada
y las ciudades son sinfonías de tiempo construido,
conciertos de olvido visible.

De labrar sonidos y silencios
sobre hierro, madera y aire, no dijo nada;
quizás habló de los lugares del verbo
en que vivimos, y con eso aludió
a nosotros, fábricas de lenguaje.

De calles musicales no se ocupó tampoco,
aunque por esos ríos caminables
el hombre va a la vejez, al amor, a la noche,
a la mesa, a la cama,
como una sonata de carne y hueso.

POEMA CON FRANKENSTEIN

Acostar en la tumba, tan ajena,
el largo cuerpo del día desperdiciado,
y yacer envueltos de nosotros,
en nuestra sombra, como en una capa.

¿El Frankenstein que llevamos dentro,
lo llevaremos hasta el postrer abrazo
de la hiedra arrancada de la vida
que se pudre en el jardín ruinoso?

¿O subirá el sueño de los pies a la cabeza,
para caer de golpe,
hasta las mismas raíces indecisas
de ese árbol descuajado que es el hombre?

La muerte es de los otros, te decías,
cuando los otros caían como pajas
sopladas por la enloquecida,
y tú saltabas la cuerda luminosa.

El fin será macabro, no lo dudes.
No hay peor peligro que el póstumo,
cuando se sueltan los vampiros de los sueños
y los recuerdos se sientan en la tumba.

Guárdenos Dios de los caminos pálidos de la luna.
Guárdenos Dios del Frankenstein de la memoria,
del monstruo parchado de nosotros mismos
que acecha nuestra resurrección santísima.

Quiera Dios cobijarnos con nuestras cenizas,
sin más techo ni lecho que la amorosa nada.

SOMBRA DE HOMBRE EN EL SUELO

No me apetece devorar al mundo
ni apuntalar carroña contra el olvido,
persigo sombras con hambre
afuera y adentro de mi cuerpo.

El día cae sobre sí mismo,
ebrio de lo que no ha vivido,
y de lo que ha dejado de hacer
para estar a solas contigo.

El día se cierra como un ataúd
lleno de cosas invisibles,
y de moscas y migajas.

Tú mueres, yo muero, el sol muere,
pero nada me gusta más que observar ahora
mi sombra de hombre en el suelo.

CARTA A MI MADRE JOSEFINA SOBRE LA MUERTE DE MI PADRE

La muerte le salió de adentro,
del pasado remoto,
de la raíz humilde,
mientras yo estaba lejos.

Siempre estamos lejos
cuando llega la muerte
a los seres que amamos,
no importa si estamos en frente de ellos.

La muerte se alza sobre sus pies,
les habla desde la punta de su lengua,
les sube a la cabeza y los derrama.
La muerte nos deja afuera de nosotros.

Siempre estamos lejos de los seres que la muerte arrebata,
no importa si los tocamos y les decimos
que el amor borra las distancias y los olvidos,
que el amor junta los cuerpos y las edades.

Siempre estamos lejos de los seres que amamos,
lejos de nosotros mismos
cuando la muerte arrebata,
no importa si los miramos y les hablamos.

ANIVERSARIO DIFUNTO

Ochenta y ocho años cumple
(en el polvo)
mi padre de sueño y carne.

Algún día (dicen)
estaremos reunidos
en el silencio y la ceniza,

cumpliendo años (o descumpliéndolos)
en una memoria
fuera del mundo.

(Lunes 25 de abril de 1988, en el día del nacimiento de mi padre Nicias Aridjis Theologu.)

A MI MADRE JOSEFINA EN SU MUERTE

Cuánta vida te llevas,
cuán pobres
y cuán muertos
tú nos dejas.

En medio del silencio,
otra vez tuya.

A DIANA FERBER EN EL DÍA DE SU MUERTE

No mires la discordia del mundo
ni la codicia de las cosas;
no oigas las palabras de los hombres
que dan vuelta a la Tierra atormentándola.
Cierra los párpados para ver,
cierra los oídos para oír;
escucha el silencio,
el amor que se hace en ti.

INESPERADA, LA ESPERADA

Inesperada, la esperada
da el temido paso,
y al encuentro sale
la tímida sombra.

El abrazo sucede
en el aire lejano,
y la gélida mano
no sabe que era nuestra.

IMÁGENES Y SOMBRAS DE LA LUZ

En un sueño vi la luz
que nombraba a la voz,
y la voz que alumbraba a la luz.
Imágenes y sombras se desprendían
de las letras del día
y formaban una mirada,
que hacía ver los tiempos del hombre,
ya cubiertos de silencio y olvido.
Y era como si la voz-luz
fuera interior y exterior;
como si los ojos, los oídos,
de generaciones mundanas,
miraran la voz y oyeran la luz,
con la dicha en los labios,
por haber dicho la luz.

LA LUZ

La luz es el poder espiritual de Dios.
Orígenes

Dios vio antes del comienzo de las cosas, usándose a Sí mismo como luz.
Filón de Alejandría

La luz arquetípica estaba en el Logos.
Juan

A las tres en cuyo día he vivido.

Honor a Quien tuvo la primera idea de la luz y juega con su metáfora.

Gracias a Aquél que nos dio luz, y ojos para mirarla.

Lumen angelicum, lumen fidei, en mi oscuridad, ¿no me contestas?

Por tu luz veremos luz, dicen los Salmos.
Por tu ausencia estaremos ciegos, dice el pintor.

Por tu silencio estaremos muertos, dice el poeta.
Por tu recuerdo reviviremos, dicen los hombres.

Esta luz, dice el pintor, no se puede pintar,
apenas vislumbrar,
acaso balbucir.

Para describir la luz, dice el poeta,
se necesitan todas las palabras del idioma,
pero ninguna palabra puede transmitir
la sensación de verla brillar en tus ojos.

Para el individuo la luz es una experiencia personal,
para la especie es una forma continua de la historia;
para ti, es el rayo único del momento,
la materialización de lo indecible.

La luz y la vida son varias y diferentes,
en el fondo están unidas y concuerdan;
su unión procede del Uno que las ordena
y del Ojo que las mira irse.

La luz es el deseo hecho cuerpo,
la duración del rayo hecho mirada.

La luz es el pensamiento visible de Dios,
es uno de sus nombres secretos,
es el principio y el fin del tiempo,
es el Ser presente.

La luz no sabe que es luz y no se ve a sí misma,
la luz es ciega como una rosa.

Los pintores de los primeros días
sabían que la luz es forma y la forma es tiempo.
Yo sólo conozco las cosas por la sombra que dejan en el suelo,
afirma el pintor.

¿Se aproxima esa hora de luces increíbles
cuando por un despliegue de imágenes felices

la conciencia se baña en un mar de claridad?,
se pregunta el poeta.

Pasamos de la luz corpórea a la incorpórea,
y se abren los ojos de la mente;
pasamos de la luz incorpórea a la corpórea,
y se abren los ojos de los sentidos, dicen los hombres.

¿Quien le dará a la luz un pasado biográfico,
ancestros y descendientes de sombra?
¿Quien la hará nacer y desnacer en un lugar del tiempo,
en la ensoñación de un ojo humano?

Esta luz que tarda mil años para llegar
dura un momento en el ojo.
Esta luz que se propaga instantáneamente
todavía está lejos.
Esta luz que sucede ayer y ahora
sucede aquí y allá. Esta luz que desciende a lugares inmundos
permanece incólume en la pupila.
Esta luz imposible de pensar
es la posibilidad de lo soñado.
Toda ella ve, toda ella habla, toda ella siente.

La luz es la primera y la postrera *visio Dei* en este mundo.

La luz penetra a los cuerpos con sus rayos visionarios,
de manera que materia y sueño
se vuelven actualmente,
históricamente inseparables.

La luz es la crónica del día corpóreo,
es el presente formal de lo pensado,
es el ojo del entendimiento sobre las cosas olvidadizas,
es el verbo que ilumina al hombre.

La luz, contenida en una forma,
sin cesar escapa de sí misma.
Yo juego en mis manos con la luz formal.

Cuando la luz divina entra, la humana se pone.

El carácter autorrevelante de la luz, no la revela.

Toda luz viene de arriba, toda muerte sale de adentro.

No apartes tu cara de la luz,
puedes caer en la tiniebla ubicua.

Frente a la Luz las luces de la tierra
son dependientes, limitadas, opacas;
en sus Ojos nuestros ojos son sombras,
lo vivo es una doncellez embalsamada,
un devenir postrero;
en sus Ojos, cerramos los párpados y seguimos viendo.

Antes de que Dios fuera fijado en una forma y en un nombre
estaba Solo, profundamente Solo,
en la imaginación del hombre que estaba creando.

La luz se va volando cuando apenas llega.

El Ser es luz presente.

PRESENCIA, COMPLETA AUSENCIA

Abrí la puerta,
vi el dios;
no tenía manos,
no tenía pecho,
no tenía pies,
no tenía cara,
no tenía sexo,
no tenía sombra.

Presencia, completa ausencia.

DIFFUGERA NIVES, REDEUNT IAM GRAMINA CAMPIS

HORACIO, *Odas* IV, 7

Una carne se abre, otra se cierra.
Una edad, impaciente, se reparte en las calles;
otra, muy disminuida,
se encoge en su propia sombra.
Los signos zodiacales
mezclan luz y ceniza
en los cielos del hombre,
y en los charcos del tiempo
hay soles de silencio.
El día olvidadizo deja
en la distancia diáfana
cuerpos que ningún cuerpo alcanza,
nombres que ningún hombre dice.

Ávida vida mía,
el otoño en mis manos
no sabe que es efímero.

VARIANTES LUNARES

1

La Luna,
la del rostro blanco,
anda
en los charcos del mundo.

2

La Luna,
tan pulcra, tan dorada,
espejito del Sol
amaneció en un charco.

3

La Luna,
tan nívea, tan plateada,
casta luz de la noche,
se enlodó en la calle.

4

Luna de agosto,
tan lejana,
la sirvienta la barre con la escoba
en el charco que deja la lluvia callejera.

5

Luna liviana,
luna de lunes,
llovediza de blancos
en un charco.

6

Labios de luna,
quién pudiera besarlos
en el cielo
del charco.

7

Luna lejosa,
quién pudiera levantar la mano
para alcanzar tu ojo
mirándome en el charco.

8

Luna llamarada,
quién te llama
cuando estás tan callada
en el agua.

9

Luna de agosto,
de tarde en tarde
la lluvia que te ama
te desoja.

10

Luna lluviosa,
cuántas miradas hay
en el azul
del charco.

COSAS GRIEGAS

1

El ojo pétreo de la estatua,
que busca en el oriente
la aurora exacta de la luz que fue.

La luz antigua,
que aguarda en el camino
el ojo ciego que jamás la vio.

El cuerpo de la hembra diosa,
con la sonrisa pronta
que se perpetuó.

Y esta luz ubicua,
que sólo conoce el fin
de su mirada.

2

Cabezas de dioses
en un panteón de olvido.

Torsos en movimiento
que han perdido sus brazos.

Caras que se miran
en un diálogo pasado.

Música detenida
al borde del silencio.

En el cuerpo de mármol,
luz presa en su fuga.

3

La sonrisa pronta
se fijó en los labios.

En su camino de dioses
el tiempo fue de mármol.

Y aquel que esculpe viento
forma también olvido.

4

La Vía Sagrada de Didyma
con sus estatuas rotas,
en el santuario de Apolo
destruido por los persas;

porque quien odia al hombre
odia también sus dioses.

5

Dioses en fila ida
sobre la playa sola,

nos miran con ojos pétreos
en sucesión de adioses.

6

La sonrisa en la piedra
no la borra ni el tiempo,

sólo el aire la roza,
sólo el calor la besa.

Al borde de la tarde
toda la luz es verde.

Y el hombre, olvidado de sí,
sabe bien su silencio.

AQUILES Y HÉCTOR

1

Aquiles, como fuego,
venció a Héctor, el viento.
Muerto el viento,
el fuego quedó entero
para otra batalla:
la del tiempo,
la del perpetuo olvido.

2

Héctor, el viento,
entró como noche
a los ojos de Aquiles,
soltó en su cabeza dioses,
que la historia no deja
de arrojar al estiércol.

3

Aquiles, el fuego,
danzando en su cuerpo
se consumió a sí mismo.

Héctor, el viento,
abandonado por los dioses,
se olvidó en sus ráfagas.

Ambos se precipitaron
por la aurora sin sol
de los ojos de un ciego;

quien, abrasado de aire,
no deja de llamarlos
desde su propio abismo.

SU SOMBRA HABLA A ULISES

I

No vuelvas la cabeza para ver
tu cuerpo desmoronado en el camino,
que toda la distancia se ha volcado en ti.

Solo en tu charco has de yacer,
como figura que se deshizo al mediodía
o como perro que se ovilló en su rincón.

El olvido que venía detrás de ti,
pisándote los talones desde el día
cuando un dios te echó a andar, te alcanzó.

Toda memoria quedó atrás
encogida debajo de los pies,
y el muerto anónimo eres tú.

Después de tantas astucias para no morir,
sólo te queda al borde de los labios
un sabor amargo de poesía.

II

No vuelvas la cabeza para ver
a todas las Penélopes perdidas,
que en el mar de los días se han ahogado.
Sólo en tu memoria has de saber
que de entre todas las Penélopes huidas,
una ha quedado detenida,
y es la que está hecha de poesía.

PENÉLOPE

Veinte años tejió los días,
los dioses en el cielo,
los héroes en la batalla
y los espíritus en el mar.

Veinte años tejió sombras,
y sombras de sombras,
en la tela vana de la vida.
Nunca pudo tejer
la imprecisable luz
en mi mirada,
ni mi porción de olvido.

EN SUEÑOS VEO LA TUMBA DE MI PADRE

En sueños veo la tumba de mi padre
entre las tumbas de los griegos caídos en 1922.
Pero al despertar no encuentro su tumba
entre los cuerpos descarnados en 1922.
Lo que sí veo es a turcos con el puño aullante
persiguiendo a mi padre en cada noche de 1922.
Pero mi padre, más rápido que la carne que se degüella,
más invulnerable que los huesos que se trituran,
no muere a manos de los turcos
que asesinan a los griegos en 1922.
Otra muerte lo tumba, la del corazón del hombre.

LA TÍA HERMÍONE

Siempre me ha inquietado la historia de la tía Hermíone,
pérdida, según mi padre, un año en Yugoslavia;
extraviada, según mi tío, en el barco
que la traía de Esmirna por el Mar de Nadie.
Los sobrevivientes confunden los caminos de los muertos
con los suyos propios,
y no saben ya qué sueño, qué recuerdo es de quién.

Nunca vi el rostro de la tía Hermíone,
pero me perturba saberla perdida en la confusión del pasado,
sin posibilidad de preguntarle a ella qué sucedió,
dónde se perdió y cómo fue reencontrada.
¿O es que se perdió en un tiempo sin calendarios,
en un mar sin olas y en un barco sin paredes,
por la secreta decisión de escapar de aquellos que la amaban?

¿No sabía que mientras estuviese viva,
por lejos que se fuera en el País Sin Nombre,
siempre habría de volver al barco de refugiados
que es este presente, que es este planeta?
La hallaron un día, esto es seguro,
pero si se halló a sí misma alguna vez, nadie lo cuenta:
un día desapareció del mundo sin dejar más anécdotas.

FRAGMENTOS Y COMENTARIOS I

Hesíodo de Ascra

Los mortales las llaman Pléyades,
ellas no conocen su nombre.

Acusilao de Argos

Las Harpías guardan las manzanas de las Hespérides,
la Fidelidad guarda las tuyas.

Ferecides de Siros

La ambrosía es el alimento de los dioses,
el tiempo la sed de los hombres.

Aristóteles

Orfeo nunca existió. Nada sabemos de su poesía. Fue hecha, quizás, por Onomácrito. Pero en los sueños y en las tumbas, él sigue dando instrucciones a los poetas y a los muertos.

Puesto el día, el hombre es sombra de sí mismo.

Orfeo

Los no iniciados deben cerrar las puertas (los ojos) y quedarse afuera de la Luz.

Los iniciados sólo deben mirar.

Epiménides de Creta

No hay *omphalos* en el centro de la tierra ni en el mar ni en el cuerpo del hombre. Si hubiera, sería visible a los dioses, no a los hombres. Si hubiera, en ese lugar ocurriría la presencia y la ausencia del tiempo en todos los momentos del ser.

Un día, Apolo, desde su templo en ruinas, supo que el mundo no tiene centro.

Mítica

Arrojando piedras detrás de ellos, Deucalión y Pirra hicieron hombres. Yo, arrojando instantes detrás de mí, hago sueños y sombras.

Voz en el Hades

¡Caecilia Secundina, ven, hazte presente aquí conmigo!

FRAGMENTOS Y COMENTARIOS II

Tales de Mileto

El hombre se mueve entre dos aguas toda la vida. En una nace y en otra se ahoga.

Anaximandro de Mileto

Lo No-Limitado es mortal e indestructible. Lo mortal, lo dispensable somos nosotros. De nosotros está hecho lo inmortal, lo indestructible.

La Tierra es una columna pétrea: La luz una cadena transparente que arraiga en cualquier ojo.

Heráclito de Efeso

Nuestra desgracia es vivir en el Cosmos sin comprender el Logos; es estar en medio de la vida, siempre presente, visible, explicable y manifiesta, pero nunca entendida.

Si el Sol tuviera lo ancho de un pie humano, el poema de un hombre sería más grande que la respiración de un dios.

No te refociles en la realidad, lávate en la pureza aunque sea en sueños.

El hombre pasa su vida hablando y oyendo y no sabe hablar ni oír.

Heredamos la muerte y la transmitimos.

Aquellos que buscan oro sacan mucha tierra y hallan aire.

La muerte nos abrirá los ojos.

Los puercos se lavan en el lodo, los pájaros en el polvo y nosotros en la ceniza.

Tú no podrías hallar las fronteras del alma, aunque anduvieras el camino entero, tan profundo es su Logos.

El arco es llamado vida, su flecha muerte.

Un hombre vale para mí diez mil hombres, si es un hombre.

En el mismo río no nos bañaremos dos veces, porque el río es otro a cada instante.

La armonía oculta es más fuerte que la visible.

Los inmortales son mortales, los mortales inmortales: Cada uno vive la muerte del otro, y muere su vida.

Hay dos clases de sacrificios humanos, los que salen de los ojos y los que comete la mano.

El hombre que olvida por donde va su ruta, encuentra su camino.

Hay fuego Elemental en el Corazón Humano.

Los incrédulos no ven lo Divino.

Para aquellos que están despiertos hay un Cosmos ordenado. Dormido, cada hombre se vuelve hacia su propio Mundo.

No es posible pararse dos veces en el mismo río ni en el mismo instante.

Cuando el hombre transgrede la Justicia, las Furias le muestran su medida.

Las almas huelen en el Hades su pasado en el aire.

Yo busqué en mí mismo, y no me hallé.

Los oídos son testigos más inexactos que los ojos.

La facultad de pensar es común a todos, pero algunos nos hacen pensar que no lo es.

El alma tiene su propio Logos, el cual se acrecienta a sí mismo según la Necesidad.

Carácter es destino.

FRAGMENTOS Y COMENTARIOS III

Alcmeón de Crotón

El hombre difiere de las otras criaturas porque sólo él comprende lo que no comprende. Las otras perciben pero no comprenden lo que no comprenden.

Epicharmo de Siracusa

El Sol es toda mente, la luz es su mirada.

Parménides de Elea

El Ser nunca Fue ni Será, porque Es el ahora, un Todo todo junto, un Uno continuo.

Todo está lleno de ser. Aún lejos de sí mismo el Ser está cerca del Ser. En todas las direcciones, igual a Sí mismo, alcanza sus propósitos uniformemente.

Zenón de Elea

Si el Ser no tuviera tamaño, no podría ser.

La flecha en vuelo permanece inmóvil. O, ¿la flecha inmóvil permanece en vuelo?

Meliso de Samos

Si Nada existió, de ninguna manera Nada pudo llegar a ser de Nada.

Y no hay Vacío, porque el Vacío es Nada, y Nada no puede ser.

Antifón el Sofista

El hombre es el más divino de los animales, o el peor de las bestias.

El amor hace el sudor, la sal del cuerpo.

Dudar, donde no hay lugar para dudas.

La enfermedad es un día de fiesta para los cobardes y para los flojos.

Hombre, asómbrate: Las estatuas son de bronce, de piedra y de arena; la tuya, de olvido.

Palabras cortas no hacen el poema breve.

El tiempo es un pensamiento, una medida, una huella.

Tras de la sombra vana, el tiempo corre.

Orfeo

La Esfera es un Huevo, la bóveda de los cielos una concha, el éter la piel. El hombre es la mirada.

Acusilao de Argos

El vellocino de oro no es dorado, es púrpura por el mar. El mar tiene el color que el cielo le da, y tu cuerpo el ritmo que el deseo le otorga.

Orfeo

Yo he caído en tus pechos, como un niño en la leche. Me he enredado en tus hilos, como un hombre en los días. Lejos de tu cuerpo, te llevo en mí como una sombra. Tú, dándote a cada instante, no te me has dado nunca.

Paisaje

En la noche nublada, una banda se apaga. Sobre ti, el azul amanece.

Conocimiento

El Cielo es el cerebro de la Tierra, una soledad que aún no podemos comprender.

Sobre una frase antigua

Si no fuera Alejandro sería Diógenes. Si no fuera Diógenes sería aire.

HEN PANTA

El Uno entero
el Uno todos
la totalidad de los seres
el todo único.

El que todo lo une
el que reúne unos
el Uno todo
el Uno único

SOL DE MOVIMIENTO

A Eva Sofía

Algo sucedió en Teotihuacán hace mucho tiempo.
En el corazón de la noche se juntaron los dioses.
Dos de ellos se ofrecieron para echarse en el fuego
y alumbrar el mundo.

1. Habla Nanahuatzin

Yo, imaginero buboso,
sacrificado en el fuego antiguo,
toco en la oscuridad sin fin
este sol de cenizas.

Yo, de cuyas manos flamígeras
brotaron los rayos azules
que hicieron visibles las cosas
en la mañana humana.

Yo, ciego desde hace mil años,
vi en los espejos amarillos
la negrura del mundo
y de mi propio rostro.

Yo, el creador.

2. Habla Tecuciztecatl

Yo, el de la tierra de caracoles,
desde el día de mi muerte
llevo sobre la espalda
un sol de piedra.

Yo, el abuelo de manos amarillas,
deseo volver al comienzo del mundo
para hallar mi sombra
perdida entre las brasas.

Yo, formador de la era última,
quisiera coger un hilo de luz
para pasar el tunel de mí mismo,
por el que ando a tientas.

Yo, el descreador.

POEMA DE AMOR EN LA CIUDAD DE MÉXICO

En este valle rodeado de montañas había un lago,
y en medio del lago una ciudad,
donde un águila desgarraba a una serpiente
sobre una planta espinosa de la tierra.

Una mañana llegaron hombres barbados a caballo
y arrasaron los templos de los dioses,
los palacios, los muros, los panteones,
y cegaron las acequias y las fuentes.

Sobre sus ruinas, con sus mismas piedras,
los vencidos construyeron las casas de los vencedores,
erigieron las iglesias de su Dios, y las calles
por las que corrieron los días hacia su olvido.

Siglos después, las multitudes la conquistaron de nuevo,
subieron a los cerros, bajaron a las barrancas,
entubaron los ríos, talaron árboles,
y la ciudad comenzó a morir de sed.

Una tarde, por una avenida multitudinaria, una mujer vino
hacia mí,
y toda la noche y todo el día
anduvimos las calles sin nombre, los barrios desfigurados
de México-Tenochtitlan-Distrito Federal.

Entre paquetes humanos y embotellamientos de coches,
por plazas, mercados y hoteles,

conocimos nuestros cuerpos,
hicimos de los dos un cuerpo.

Cuando ella se fue, la ciudad se quedó sola,
con sus muchedumbres,
su lago desecado, su cielo de neblumo
y sus montañas invisibles.

LOS RÍOS

Naturaleza de los ríos es correr
y su verbo fluir.
Han caído del cielo,
de la lluvia o del cerro.
Llevan en sus cauces sapos y sangre, saúces y sed.
Algunos fueron concebidos en lechos de amor
por mujeres mortales,
y dieron nacimiento a héroes, a tribus
y a hombres secos de todos los días
que los llevan por nombre.
Son figurados como un cuerpo verde
con las piernas cruzadas y los brazos abiertos,
un espejo cambiante que refleja a un ojo que huye,
un agua dulce que camina de prisa.
En la adoración de las gentes
merecieron un altar, no un templo;
se les arrojó en sacrificio caballos y bueyes,
doncellas vestidas de los atavíos
de una diosa con la cara amarillenta.

En este valle verdusco,
antes corrían ríos rutilantes,
cenizos, castaños y cárdenos,
púrpuras, perdidos y pardos;
quebrajosos, vocingleros, berreando
bajaban de la montaña humeante,
salían a los llanos lerdos,
tentaban a la temprana Tenochtitlan.

Hoy van mugiendo entubados, menguados,
pesados de aguas negras, crecidos de mierda;
ríos sin riberas, risibles, con riendas,
rabiosos, rabones, ruidosos de coches;
avanzando a tumbos por la ciudad desflorada,
desembocando en los lagos letales,
y en el marcado mar, que ya no los ama.

GENTE

Alejandro Martínez Morales,
nació en Contepec, Michoacán,
en mayo de 1916,
un día del cual no se acuerda.
Desde hace 44 años recoge el correo
que deja el tren de México
en la estación ferroviaria,
y lo lleva al pueblo de Tepuxtepec,
corriendo por el llano como un viento.
Dice, que nunca le ha llegado carta.

NEPOTISMO

Secretario del partido,
director general,
embajador,
sobrino,
primo,
yerno,
nepos ex fratre,
nepos ex sorore,
favorito del Pontífice,
predilecto del Jefe,
nosotros somos la familia revolucionaria,
el país es de nuestros hijos y parientes,
porque el pueblo
con su sangre

y las armas en la mano
así lo ha mandado
desde Sonora a Yucatán,
desde Michoacán a Veracruz.
Porque tú,
porque yo,
porque nosotros,
los César Borgia,
los Pier Luigi Farnesio,
los Girolamo Riario,
los Caraffa,
no fuimos los primeros,
no seremos los últimos,
¡Viva la Revolución!

FANTASMA ZAPATISTA

Cabalga el día por los cerros,
trae una carta para Zapata,
que mataron ayer.

Pasa la tarde, pasa la noche,
los caminos sangrientos de la aurora.

quiere decirle a Zapata
que no acepte el caballo alazán que le regalan
y no vaya a la comida que le ofrece el traidor.

Zapata no ha muerto en Chinameca,
otro murió en su lugar; los héroes escapan de la muerte,
no importa que los asesinen a mansalva.

Cerca ya de Cuautla, cerca ya del otro mundo,
se encuentra con hombres armados
que llevan en una mula un cadáver.

"Señores", les dice, "díganme adónde
puedo hallar al Centauro del Sur,
para entregarle esta carta antes de ayer."

Pero ellos, con la sombra enroscada en el polvo,
no contestan, no lo miran, porque traidores
sólo hablan el lenguaje de los vivos.

RUE VIVIENNE, BOULEVARD POISSONIÈRE, BOULEVARD BONNE NOUVELLE

Por estas calles donde casi todo ha sido dicho,
lo no vivido y lo inimaginable,
tus ojos miran los pasos que se han ido.

Por estas calles donde tantas auroras han corrido,
un hombre viene despacio, como no queriendo
llegar a su cita consigo mismo.

Por estas calles donde el amor ha transcurrido,
sólo queda el lecho angosto del olvido
para sernos y desconocernos, sin habernos tenido.

Por estas calles donde las multitudes se han perdido,
nosotros vamos bajo la lluvia
como si nunca hubiésemos existido.

MUCHOS MIÉRCOLES

Dicen que el tiempo se repite puntualmente,
o se queda parado mientras damos la vuelta
a los siete lados del heptágono,
y para probarlo se señala el miércoles,
que acaba de pasar y ya está presente.

Quizás el día ni siquiera se mueve,
se queda aquí con su jaula de horas;
nosotros nos movemos de prisa
y tornamos al mismo día, al mismo sol,
como polilla alrededor de un foco.

Lo que nos consuela es que el día y nosotros
somos los mismos, aunque un poco distintos,
y el miércoles llega cuando está ya ausente.
Hasta que sucede el día de la muerte
y el juego de los días acaba.

CUARTO VACÍO

Asientos de café en una taza rota,
periódicos de ayer sobre una mesa,
migajas de pan como moscas muertas,
comida de gato (sin gato) en el suelo,
toalla sobre una silla con la mugre hecha tela,
cama sin sábanas con una colcha rápida,
zapatos con la cara vuelta hacia el piso,
gota de agua en otro grifo, en otro tiempo,
geranios rojos en la ventana,
tarde gris.

(En el cuarto de Leif Larsson.)

EXSILIUM

Algo se queda atrás cuando partimos
del día, del lugar y de nosotros mismos.

Tenemos nostalgia de lo que deseamos
y de lo que mentimos.

Las palabras no alcanzan para hablar
de lo que nunca fuimos;

ni el idioma nuestro
ni el que hemos aprendido.

Aquí y allá está la falta
de lo que nos pasa,

el enemigo ubicuo culpable del exilio
y del ayer no digerido.

Corren los buenos días por las calles ajenas,
pero la soledad es nuestra:

la Tierra nos destierra
en cada momento que existimos.

Y un día llega la hora
cuando también el cuerpo nos exilia.

PETER BREUGHEL: DOS MONOS ENCADENADOS, 1562

A veces somos como esos monos
encadenados uno a otro,
mirando pasar la vida
desde una lumbrera.
Encorvados en la hora sin tiempo,
vemos los barcos en el agua
y las aves en el aire
perderse en el azul pálido del olvido.
En nuestro puesto de observación,
ignorados por todos y por nadie,
la historia pasa
dejando huellas en la mirada
y sueños en la noche.
La luz sucede a la oscuridad
y la oscuridad a la luz,
hasta que un día una mano
nos descubre yertos en la lumbrera;
sin ceremonia alguna
nos arroja a ninguna parte,
con las cáscaras de lo que comimos
y los recuerdos de la vida que no vivimos.

LA POBREZA NO ES EL HOMBRE

1

La pobreza no es el hombre
que anda vestido de pobre,
es el harapo mental de la criatura
que rodeada de la luz del mundo
cree que es pobre.

2

La pobreza no es el plato vacío,
es el canasto lleno en las manos del hombre,
que después de recoger los frutos del camino
en su criba de instantes lleva hambre.

3

Hombre pobre es aquel
que en medio de la luz
porque no aprisiona nada
tiene nada;
al contrario de aquel,
que sitiado por la miseria,
apretando harapos en los dedos,
se ve rico.

4

Hay hombres que para no sentirse pobres
acumulan cosas,
y hombres que para sentirse ricos
se desprenden de ellas;
de manera que pobreza y riqueza
son una condición del alma.

5

La indigencia ajena
no es la del hombre famélico
en la calle de nuestra caridad urbana,
es la pobreza en el espejo
que nos mira desde el próspero presente,
como si fuésemos el mendigo.

6

El empobrecimiento del día
no está en la luz que se retira,
está en el hombre que se queda solo
en una silla.

HELMSTEDTER STRASSE 27

A Betty

Víctimas de la historia (o la prehistoria),
se quedaron las sombras de los que aquí vivieron,
las ropas de camino de los que ya no son.

Hay un nudo en la garganta en estas duelas,
en la ausencia entre muros que dejaron,
al pasar por las puertas cruje un pie de ayer.

A veces en la noche un elevador sin nadie
sube un piso más allá del aire,
o baja el pozo de lo que ya no es.

Con frecuencia se oye en la escalera
a hombres que vienen para arrancarnos
de los brazos del cuerpo que ya se fue.

Y nos despierta la pesadilla,
y fuera del sueño todavía soñamos
a quien desde adentro nos está matando.

No es cierto que el miedo se acaba con el muerto,
está arriba de la punta del cabello,
está abajo de la sangre del talón,
vive más allá de nosotros y el tiempo.

(Berlín, en la madrugada del
lunes 15 de agosto de 1988.)

DIARIO SIN FECHAS, VIII

1

Tú caminas
por la Calzada de los Muertos,

llevas
la primavera en la boca.

2

El viejo mira a la luz
apagarse en el valle,
el ahuehuete no mira
el sol apagarse en sus ramas.

3

Ausencia el sol ha tocado
en el vidrio de la mañana;
el sueño blanco ha tocado
con sus dedos transparentes;
las nueve azul ha nombrado
sin voz.

5

Con la luz que el sol deja
sobre las cosas olvidadizas,

se puede recordar el día
por una eternidad de sombras.

10

Tan tímido, tan tenso,
tan temprano tocando
los tarsos del tropiezo,
los túmulos del tiempo;
tan tumbado en el tálamo,
tan tarugo, tan tímido,

tan tuyo.

ERÓTICA

Globos el deseo perfora
en la clara dureza de su cuerpo,
delgadeces empujan en su vientre
un temblor que si se agita salta,
ritmos balancean bajo su pecho
viva abundancia que el deseo persigue
con una sombra flaca.

DEFINICIONES AMOROSAS

Deseo
Dos llamas que apagan su calor
cuando están más fundidas,
y tienen más desolación
cuando parecen más unidas.

Pareja

Dos cuerpos que agotan su fervor
en otro cuerpo,
que es suyo y no es suyo
al mismo tiempo.

Amor

Dos soplos que convergen
a un día de carne y hueso,
y se disuelven en una noche
de ceniza y viento.

Hijo

Dos vidas que conforman un destino,
que por el día se aleja
dejando huellas y dejando ruido,
y vuelve a las sombras de su primer aullido.

INVIERNO EN MALMO

Congelar la luz
para despertar la mañana
mil años después.

Congelar los ojos que la ven
para soñar mil años después
en su presente inapelable.

Congelar el presente,
congelar la luz,
congelar los ojos que la ven.

DIARIO SIN FECHAS, IX

1

Contar sílabas,
mientras el tiempo nos descuenta.

Hilar sueños,
mientras la vida nos deshila.
Hacer años,
mientras la muerte nos añora.

2

Al crecer el hombre
crece el hambre,
y al saciarse de ella
se devora a sí mismo.

4

En Contepec no hay ríos,
hay mariposas que se levantan
anaranjadas en la mañana,
y al caer la tarde
acuestan sus sombras
en mi mano oscura.

5

El hombre muere de días,
la historia muere de ausencia.

6

Morir es arrojar
una piedra en la noche,

7

El Allá es el Aquí,
y de aquí a allá
sólo hay la distancia
de ti a mí.

9

Dicen que a veces la mejor poesía
cae en el espacio entre dos versos,
y a veces el mejor amor
cae en el abismo entre dos cuerpos.

17

Como un griego de antes
quisiera esculpir mi olvido,
y desde la blancura ciega del tiempo
ver a todos irse,
incluso a mí mismo.

18

El llano se llenó de olvido
allá en Monte Albán.
La luz se metió en la tarde
allá en Monte Albán

Un sol se apagó en tus ojos
allá en Monte Albán.

19

Ah, mira este mundo
hasta que el ojo
se convierta en piedra
y el rayo de luz
en hilo de polvo.

Las manos se abrirán
hacia lo que miraste,
y no pudiendo alcanzar más que el olvido,
a solas contigo misma
pintarás las sombras.

20

Esta inasida vida
sin comenzar acaba,
quizás inmerecida.

Tenida o no tenida,
se va cuando allí estaba
esta innacida vida.

21

La luz se quedó atrás,
baja del aire, se olvidó en el agua,
brilló en tus ojos, que la miran irse.

La luz y su arrastrado río de formas,
oro demorado del día extinto,
la luz pensante, se posó en tu mano.

22. *Efigie del caballero Don García de Osorio*

La armadura, que no lo salvó de la muerte.
Las rodillas quebradas, para que el hombre vago
no ande los campos de una Castilla borrada;
los ojos apretados, para que no se escape el sueño
último que vieron bajo el sol;
y los labios sellados, para que la palabra no salga
y llame de nuevo al amor.

23. *Fantasma*

Cabalga todo el día y nunca llega.
Cruza un río que ya no corre,

baja un monte desaparecido,
se arroja al cuchillo de un matón
que ya escondió la mano.
Siempre llega tarde a sí mismo,
cabalga un tiempo que ya pasó,
y no lo sabe.

DIARIO SIN FECHAS, X

1

La luna no es el embrión del mundo,
ni la abuela del hombre,
ni la diosa desmembrada.

Sobre ella no corre una liebre,
ni moran los fantasmas,
ni se desgarran los lunáticos.

La luna es esta soledad en la tarde
de azul contaminado,
que la vieja ve desde su ventana.

2

Cuánto silencio hay en el cuerpo que muere,
parece que en su lengua callasen
todas las palabras del hombre.

Cuánta voz hay en la muerte,
parece que desde la raíz del tiempo
hablara Aquel que es todas las palabras
en todos los momentos del ser.

3

El frío es una cadena,
el miedo es una cadena,

el deseo es una cadena
en el cuerpo del hombre.

5

Ya deja de tener miedo a la vida: es lo único que tienes.
Pasado el tiempo, sólo vive el miedo. Y no sirve de nada.

6. *Ajedrez: Muerte vs. Hombre*

Siempre gana la muerte,
no importa que tengamos las blancas y peón de más
Ladea la testa humana,
tira la corona real,
juegue quien juegue.

Ella se sabe todas las partidas,
las históricas y las increadas.
Sólo es cosa de tiempo.

7. *La risa del conejo*

La que queda en la cara
después de un accidente,
de una operación mal hecha
o cuando se recibe un balazo.
La venganza de la boca
en la hora de la muerte,
en el momento del amor
o en la vejez verde.
Y la del hombre
que va por el mundo
riéndose sin ganas.

9

La amante adolescente
me mira desde la mesa

de su desfloramiento
con cara de papa
recién pelada.

12

El monótono gotear de los recuerdos
en la sala vacía de todo cuerpo,
la tranquila enumeración de los despojos
del tiempo y sus lugares apagados;
la búsqueda azul de lo improbable,
de lo que pudo ser y lo soñado;
y el urgente día,
por el que voy solo, apagado.

14. *Variantes sobre la nieve*

1

Caen los trapos de la nieve
sobre el campo de diciembre,
y el paisaje invernal triste
poco a poco se desviste
de ese blanquísimo harapo
que sobre la tarde llueve.

2

Caen los trapos de la nieve
y el paisaje se desviste
de esa luz, harapo blanco,
que sobre la tarde llueve,
como si el campo nevado
amaneciera en el aire.

IMÁGENES DE CONTEPEC

Rana

Los niños del pueblo
le arrancaron las patas
a una rana en el charco,
y la voz,
que anunciaba la lluvia,
no se quejó.

Hoja de trueno

En la estación del ferrocarril,
cuando anochece,
en las paredes de madera
silba el viento del llano,
y entre los bultos de harina
y las señales viejas
hay una hoja de trueno.

POEMAS ESCRITOS DURANTE EL AMANECER DEL JUEVES 26 DE NOVIEMBRE DE 1987

3

Después de algunos poemas breves
aún aguardo el poema verdadero
que me traerá la luz del día.
Pero la poesía, ¿dónde está?
¿en la noche o en la calle?
¿en el hombre solo o en la pareja?
¿en la fiesta o en el hastío?
¿en la mano que escribe o en los labios cerrados?

4. *La cuestión del otro*

En un periódico veo un nombre y una fecha,
y me digo: "Ese día, cuando yo estaba
enfermo
él andaba en la calle con esa belleza rubia.
Esa noche, cuando él tenía a nadie
yo iba con esa mujer morena.
Nuestros pasos, contemporáneos,
que pisaron las mismas calles
de la misma ciudad, el mismo día,
no se cruzaron,
y nuestros rostros, iguales,
nunca se vieron."

6. *Consejos para uno mismo en segunda persona*

Abre esa puerta para no entrar a ningún cuarto.
Ve por esa calle para no hallar lo que buscas.
Oye todos los ruidos para percibir tu silencio.
Sube por ese monte para caer en el suelo.
Infórmate mucho para no saber nada.
Mírate en ese espejo para no ver a nadie.
Sigue ese poema para llegar a otro.

ANTIGUA, VERACRUZ

Aquí, de donde Cortés partió hacia México,
la arena se hizo olvido.

Tanta desmemoria hay
en las cosas del mundo.

Aquí, donde Cortés quemó sus naves,
bien puede decirse

que el conquistador de México
nunca se conquistó a sí mismo.

DOS POEMAS LASCASIANOS

...Porque el pan escaso es la vida del indigente
y quien se lo quita es un hombre sanguinario.
Mata el prójimo quien lo priva de su sustento
y derrama sangre el que retiene el salario del jornalero

1. TRISTES TIRANOS, CAPITANES DE LA MUERTE

Un día de estío, que dura más allá de su año,
fray Bartolomé de las Casas, ex obispo de Chiapa,
con el cirio de los moribundos en la mano
pide a sus amigos continuar la defensa de los indios;
porque entonces y ahora, en estas tierras sin reposo ni asiento,
tristes tiranos, capitanes de la muerte,
gobernadores que desgobiernan a los hombres,
con fusiles y discursos
roban el pan y el salario del pobre.

2. CONQUISTADORES TODOS

Hernán Cortés, Pedro de Alvarado,
Nuño de Guzmán, Francisco Pizarro,
conquistadores todos, cuya memoria quiso
fray Bartolomé de las Casas que desapareciera
para siempre de la superficie de la tierra,
como si nunca se hubieran ido del número de los vivos,
siguen recorriendo con otros nombres
estas tierras desventuradas.

LA GRATIFICACIÓN DEL CUERVO

Imaginar la carroña de la amada
cuando ella nos está abrazando,
y desear a la luna en la ventana
como a una cuerva blanca, abierta.

Sacar los ojos de la prójima presente
como si ya fuese difunta,
y a la muerta que se cree muy viva
comerle las carnes apretadas.

Masticar el cuerpo de mí mismo
pensando que es el pariente o es el amigo,
y enseñar a los ignaros de la vista
que es real el mundo imaginado.

Andar con paso grave los caminos tiznados de la vida
cuando la tierra es rica en cuerpos largos,
y hablar con voz humana al César vanidoso
mientras el César grazna su amor al hombre.

AMOR DE CUERVO

Si la mañana es azul
pasar delante de la puerta de la cuerva,
y si la noche es lóbrega
ser un cuervo blanco en su ventana.

DECEPCIÓN DEL HOMBRE

Oír un trino en el árbol
y hallar un cuervo en las ramas.

PAREJA

Cuervo y cuerva nos heredarán la historia.

POEMA ESCRITO EN UN AVIÓN

Oirás ruidos,
manos que se acercan ofreciéndote
el cuerpo femenino de la tierra
y la luz, tantas veces deseada.

Oirás luces,
más próximas a ti que el pensamiento;
y silencios, más cercanos a la voz
que los rayos de este sol que tramonta.

Oirás ojos
que se alejan de las cosas cotidianas
mientras los estás mirando,
y te miran mirarlos desde adentro.

Oirás palabras que se fueron,
recuerdos que te oyen decir aquello
que estuvo en la punta de la lengua
y no se dijo.

Oirás regresos,
a ti mismo, a él, a ella,
a cualquier hora y año,
pero sólo en sueños.

Oirás tu cuerpo,
que a medianoche viene a recibirte
y ya no tiene sombra,
sed ni ser.

Oirás caerte.

SEFARAD, 1492

Pharaon dirá a los hijos de Israel: Encerrados están en la tierra, el desierto los ha encerrado

ÉXODO, 14, 3.

Iehová dixo á Moysen: Porque me das bozes? di a los hijos de Israel que marchen

ÉXODO, 14, 15.

I

Soldados borrachos pronuncian mal tu nombre
en las calles de la ciudad cercada.
En los caminos aviesos del verano
el rebaño lascivo de los moros
ataca a tus doncellas de tetas túrgidas;
y ellas, llenas de trapos, huyen como ciervas
para caer en cacería de otros.
La luz de todo ayer zumba en los ojos;
los reyes, monumentos de olvido,
te ofrecen su amistad enemiga.
Tú vas a pie junto a tu amor cansado,
contemplas el día sin nudos como un cedro.

II

Al avanzar te quedas.
Palabras, bienes, ciudades enteras
se te olvidan en algún lugar.
Tu talega está llena de agujeros
por los que te sales.
Cargado vas de lo que no llevas.
Nada hay que cargar.
Todo lo ha dado el día sin que se acabe
y todavía tiene todo para dar.
Los ojos adelantados se te quedan atrás.
Nada hay que quedar.
Daría el oro por dar nada.

III

Descansa del camino al caer la mañana,
muchos se cansan antes de empezarlo.
No mires a los sueños que se hacen en torno tuyo,
serpientes de olvido muerden tus talones
y tristezas te atan a la tierra.
Arroja la nostalgia lejos de ti,
que si tu sombra pesa mucho sobre el suelo
sepárala de ti, arráncala de ti.
De ti, a quien pertenecieron estas calles,
estos cuerpos,
estos años
de la ciudad que hoy te expulsa.

IV

Hay siglos en los que no pasa nada
y años en los que pasan siglos,
el cuerpo del hombre se desdobla en el tiempo
y alcanza los milenios con la mano.
Los colores violentos del día
están llenos de cuchilladas
y la cara del niño empedrada de historia.
Rotas las murallas de la vida,
el hombre es un relámpago en su cielo,
al abrir una puerta salen ríos caudalosos
y al quitar una piedra se hallan tumbas o templos.
El hombre está en el presente de la desmemoria.

V

El arduo camino del adiós ya ha comenzado,
empequeñeciéndote vas en los ojos de los que se alejan
parados a la puerta de una casa.
Espolvorea tu polvo, aligera tu cuerpo,
no admitas el arrobo que te arroja a la afrenta,
ni hieras los hijares de tus hijos
para llegar pronto a ningún lado:
no hay peor destierro que el que se lleva dentro.

Aún caído de tu condición no andas desnudo,
parte el sol que te quema entre dos pobres friolentos,
entre dos mitades tuyas, la que se va y la que se queda.
Todo el aire del exilio es tuyo.

VI

No te hinches en los espejos de ti mismo,
que muchos se extasiaron con figuras que vieron
con los ojos dormidos y al abrir los párpados
vieron a un asno rebuznar a su cara.
Defiéndete del sueño aún despierto,
porque sólo conduce a la sombra de lo vivo.
Más allá de los reyes y sus provisiones,
lejos de los inquisidores y sus perros humanos
está el reino del amor infinito.
Encima de la noche en que te encierran,
los pies ligeros de la lluvia
tocan los terrones de lo irrepetible.

VII

Dicen que aún sin recuerdos morirás de añoranza,
que frente al agua te ahogarás de sed,
sueños estancados te saldrán al encuentro,
calles de tus pasos te desorientarán,
la ira tuerta se tapará el ojo sano
para matarte con la justicia ciega.
La ciudad de las generaciones ya no es tuya,
fantasmas piadosos engendraron en tus hijas
herejes de sangre y sombra.
Aquellos que te expulsan sólo son un reflejo
en el espejo de Aquel que está en ninguna parte.
Sólo Aquel que no habla, existe. Sólo a Él, que no veo, estoy
mirando

VIII

En Sefarad liquidamos nuestras deudas,
cambiamos casas por asnos y dejamos haciendas,

y para que anduviesen el infortunio a la sombra de maridos
casamos a nuestras hijas de doce años para arriba.
Desde el día del decreto de Expulsión
nuestros bienes fueron secuestrados,
nuestras personas no tuvieron derecho
a que se les hablase en oculto ni en público.
Las biblias, las sinagogas y los cementerios
fueron confiscados por los perros del Señor.
Temprano en la mañana emprendimos el camino del destierro
hasta la noche cerrada de la historia.

IX

Antes de dejar Sefarad ya la habíamos dejado,
a pie, a caballo, en asno y en carreta,
en duras jornadas llegamos lejos de nosotros mismos;
por caminos de herradura, carreteros y reales,
y aún descaminados, anduvimos el tiempo hacia el exilio.
El Sol, la Luna, el polvo y los arroyos fueron a nuestro paso,
mañanamos en tierras dilatadas sin habernos acostado;
el carretero de noche descansó de su fatiga,
pero nosotros no: Aún en la muerte seguimos caminando.
En la maraña de los montes nos prometió el marrano
un mar de maravedís y maravillas.
Sólo hubimos la huesa hollada por el hombre.

X

Expulsados de Sefarad, que se expulsó a sí misma,
arrojados de las plazas de los fieles
y sus fiestas seglares y religiosas, no de su fuego,
desnudos, descalzos y piojosos,
las hijas violadas, y los hijos acuchillados
por los moros de todos los caminos,
las puertas de la Inquisición se abrieron para nosotros.
Pagados los portazgos y las pechas al rey Fernando,
cubiertos los cruzados al rey Joao de Portugal,
que nos acogió en su reino cristiano para vendernos luego,
con nuestro Dios y nuestra historia a cuestas
nos fuimos de Sefarad, que se expulsó a sí misma.

XI

Vendrá un nuevo Moisés con el rostro radiante,
cantará los viejos himnos del desierto,
alzará la vara y extenderá la mano
y entrarán los hijos de Sefarad
por en medio de la mar en seco.
Las aguas serán paredes a derecha e izquierda,
la amargura se apartará de nos, sin mojarnos siquiera.
Nos iremos cantando entre las aguas rojas
sanos y salvos, como antaño nos fuimos otros.
Se cerrarán las olas justicieras
sobre los reyes y los inquisidores de este mundo.
La luz que nos abra los ojos durará mil años.

XII

Desde sus tumbas trasegadas por los perros del Señor,
desde las cajas negras donde van sus cenizas
a los autos de fe, plazas de toros
donde los jueces de la Santa Inquisición
muerto el cuerpo liberan el alma a su delirio,
nuestros abuelos nos observan marchar
al exilio de Sefarad, y no pueden nada.
Sellados los labios por un silencio
más largo que la soga que nos ata a la vida,
atados los ojos por un sueño más grande que el de la muerte,
proferido el nombre de Dios desde los terrones del hombre,
a los muertos sólo los sabe la tierra.

XIII

Esta tierra de destierro es el terrón de sal
con que bebo mi sed,
estos ojos que desmiran son mi hambre de hombre.
Amorrado el amor, amortajado de ti,
mi hoy es tu deshoy, y ambos un desoy.
Estos campos caducos ya no me reconocen,
sombra y desombra se disputan tu cuerpo,
perdido mi lugar no tengo ya asiento en este mundo.
La luz que me alumbra quema,

Castillo de fuego soy en las plazas del horror,
donde el pueblo menudo viene a ver
el drama del juicio final en mi pasión.

XIV

Encerrado en las mazmorras del fervor
no me dan de comer ni de beber,
pero toda la oscuridad es mía.
Los hombres, no la tierra, me destierran:
en Burgos me echan de Burgos,
en Vitoria me prohíben comer,
en Sevilla me convierten en estatua de fuego.
Yo, los otros, los Caballería, los Lunbroso,
no tenemos lugar en el mundo de los hombres.
Mas, qué importa el destierro, si los que aquí caminan,
zapateros, sastres, médicos, remendones
no vinieron para quedarse más de una jornada.

XV

Como una procesión de sombras
por la serpiente de olvido de la historia,
vemos en el mar la forma del exilio.
En el puerto de Santa María el rabino alza la vara,
extiende la mano para partir las aguas
y para que nos salvemos de nosotros mismos.
Pero el mar no se abre en dos mitades,
las olas no se cierran sobre los inquisidores,
el horizonte anuncia el hambre y la peste
y la sola vista de las naves ensombrece a los expulsos.
La realidad del destierro se nos hace presente,
la justicia de los hombres es insoportable.

XVI

Tú que ibas por el mar en carreta y por la tierra en barca,
creíste al rabino predicando: "El destierro viene de Dios".
El destierro no viene de Dios, viene del hombre:

tu vecino, tu amigo, tu pariente.
Vanas fueron las palabras del profeta
que aseguró llevarnos a la tierra prometida
sacándonos de Sefarad ricos y con mucha honra.
El rey se apoderó del único paraíso que teníamos, la vida;
nos quitó las llaves de las puertas, el presente;
se adueñó de las cosas que mirábamos, el sueño;
su nombre se inscribirá con oro
en las placas del tiempo y de la muerte;
el nuestro se grabó en las cenizas.

HOMO STALIENS

1

En el espejo de la historia
se mira un momento el tirano,
y quisiera quedarse mil años
contemplando su vacío.

2

Quiere el tirano perpetuar sus glorias
y perpetua su infamia;
quiere registrar sus ceremonias
y celebra su horror.

3

Como en vida,
el tirano muerto
es plática obligada
del hombre de la calle:
Stalin iba al cine;
Stalin mató a los generales;
Stalin no viajaba al frente;
Stalin engañó a todo el mundo.

Stalin está presente
en la vida del hombre medio caníbal,
al que le arrancó el corazón
pero no la lengua

4

El fantasma del tirano
se pasea por el tiempo,
asustando a las almas piadosas
que hablan de él en lugar seguro.
¿Quién cuenta sus crímenes?
No el muerto, no el verdugo,
el testigo que guardó silencio
y escapó astutamente.
El cual, casi con satisfacción,
revela a hombres de otra parte y otro tiempo
el número de víctimas que sucumbió
a la saña del monstruo fallecido.

5

El que conoció al tirano
no vivió para contarlo;
el que no lo conoció
no supo lo que es el miedo.

Y aquel que nació años después,
va por las calles del hombre
mirando en la mañana
a los gorriones y a los niños.

6

Algunas palabras nunca fueron más allá de la puerta de la lengua;
algunas manos nunca se alzaron más arriba del pecho del tirano.
y el amor más atrevido es el que se imaginó
delante de una mujer a la que no se le dijo nada.

IMÁGENES DEL CUERVO

Los tarsos del rencor
recuerdan la mano que alimentó tu pico.

Si el deseo es un cuervo
que devora la carne,
la noche de tu satisfacción
es más negra que tus alas.

El aire se llena de graznidos,
cuando en la mañana confiesas tu amor
a una cuerva desnuda.

Si tu pico es más largo que tu cabeza,
tu graznido es más fuerte que tu pensamiento.

Si tu boca da graznidos,
hay un cuervo en tu pecho.

Acuérdate del cuervo en el espejo,
como si fuera la sombra de tu enemigo.

Que el día de la resurrección
no haya un cuervo en tu tumba,
porque asomado a tus cuencas vacías
devorará la gracia que te ilumina.

PINTURAS

1. *La peinadora de Degas*

En el espacio rojo la peinadora
saca chispas de los cabellos
de la muchacha ígnea;
y la peinada cierra los ojos,
para que la lumbre que saca el peine
no pase del pelo al pecho
y la vaya a quemar.

2. *Il tramonto*

La tarde azul,
lago de luz
sobre la sombra;
afuera del cuadro tú,
hombre del tiempo.

4 *Pieter de Hooch*

Patio de cada día,
fuera de la ciudad y del tiempo,
pasos míos que se mueven
hacia una calle que no anochece.

IMÁGENES INDIAS

1. *Avión*

Bienvenida la aurora
de la noche no dormida,
encontrada en el aire
de ninguna parte.

2. *Sanci*

Hacia las *stupas* andaba
los caminos de la mañana;
entre un árbol y mi compañera,
templos del tiempo.

3

En malayyavam, en tamil, en hindi
y en otras lenguas pasadas, presentes y futuras,
los hombres pintan sus plegarias
para adorar la imagen de un solo dios,
el de la luz presente.

4. *Templos*

Los de la carne, los de la piedra,
las esculturas vegetales
y la fuente fugitiva
de la mujer andando.

5

El Ganges viene de arriba,
la serpiente viene de abajo,
el monzón viene de arriba,
la montaña viene de abajo,
el silencio viene del Buda.

6

Tenemos los días contados
en Delhi, en Bhopal y en Ajanta,
andando siempre hacia delante
vamos hacia las huellas borradas.

7. *Homo indio*

Nace solo,
come solo,
fornica solo,
defeca solo,
duerme solo,
envejece solo,
muere solo
en medio de la multitud.

8. *Niño indio*

Rodeado de ruido
en la profunda calle,
va cabizbajo
en el gentío.

Lleva mucho silencio,
mientras todo vehículo:
coche, animal, bicicleta
se dirige al olvido.

9. *Ellora*

Alumbrados por un espejo de mano,
en el poniente vano,
los hombres pasan como sombras
delante del Buda en su santuario.
Ante su cuerpo de piedra,
mis manos tiemblan
en el perfecto olvido.

NUEVA EXPULSIÓN DEL PARAÍSO

No es la piedra de los sacrificios,
es el rastro
donde el hombre degüella a los carneros.

Es el burdel de terneras
abiertas en canal,
en las vidrieras de la mañana.

Es el paisaje de huesos blancos,
de muslos y médulas,
de corazones y costillas.

Es la carnicería de conejos pelados,
corriendo sin patas,
de cabeza en el garfio.

Es el cerdo sobre las brasas,
mirándonos con ojos blancos cocidos
hablándonos con el hocico cosido.

Es el altar del apetito
donde el hombre sacrifica a la vaca,
al gallo y al cordero.

Es esta hembra del hombre
que se llama hambre,
hambre de muerte.

1. *Ballena gris*

Ballena gris,
cuando no quede de ti más que la imagen
de un cuerpo oscuro que iba por las aguas
del paraíso de los animales;
cuando no haya memoria de tu paso
ni leyenda que registre tu vida,
porque no hay mar donde quepa tu muerte,
quiero poner sobre tu tumba de agua
estas cuantas palabras:
"Ballena gris,
danos la dirección de otro destino."

4. *Animalia*

¿Qué dijeron los loros en la selva
antes de emprender el vuelo hacia la noche?
¿Qué dijeron las tortugas marinas
antes de fenecer sobre la arena?
¿Qué dijo el venado cola blanca
antes de ser cazado entre las zarzas?
El águila real, el puma, el zopilote,
la nutria, el quetzal, el mono araña, ¿qué dijeron?
Su silencio es lo único que oímos, su silencio.

5

Otro amanecer más
y el sol no ha salido;
otra estación más
y la primavera no llega.

Cubiertos los campos
de negrura y de hielo,
la luz se ha ido de los ojos humanos.

Yo, el último de mi especie,
sentado en esta sala en ruinas
veo por la ventana la oscuridad del mundo,
espero el regreso del sol.

7

Los árboles no saben cuándo venimos,
los arroyos no saben cuándo nos vamos,
los animales no saben que también morimos:
ellos están en sí mismos,
abandonados a su presente,
fascinados por su propio olvido.

8

Cuando se pone el sol,
los loros en su jaula
regresan a la selva.

Parten hacia el crepúsculo,
llamados por ese imprecisable
fulgor en la pared.

Loros de ciudad,
no saben ya que no hay selva
adonde volar.

9

Vino el hombre y tendió su cuerpo
bajo la sombra de árboles ausentes.
Vino el hombre y oyó el silencio
de los pájaros extintos.
En el llano el hombre miró
a la liebre que corrió hacia el olvido.
El hombre tocó los terrones
del río que había bebido.

El hombre cavó caminos negros
en el cielo sin lluvia.
El hombre abrió sus manos hacia la aurora
y recibió puñados de oscuridad.
Al llegar la noche el hombre
se cubrió con los harapos,
los muñones, las cenizas
del mundo que había destruido.

ÁRBOLES

En el lugar donde el árbol cayere, allí quedará.
Eclesiastés, 11, 3.

Veo hombres como árboles que andan.
San Marcos, 8, 24.

Son las fuerzas de Dios parecidas a las de un árbol.
El Bahir

1

Mi madre me dio un ciprés
para que creciera bajo su sombra;
yo busqué una arboleda
para andar bajo sus alas.

2

Nada más natural que adorar a un árbol,
cubierto nuestro día de follaje azul.

Nada más natural que subir caminos verdes
hasta alcanzar el fin de nosotros mismos.

3

Aún en sueños, los pies andan bosques desaparecidos;
aún cerrados, los ojos miran follajes inexistentes;
aún cortada, la mano acaricia la rama que se ha ido.

4

El hacha del espíritu
es la que derriba más árboles.

5

Así pasen los siglos,
los fantasmas del bosque
perseguirán al talador impío.

6

El espíritu del talamontes
andará siglos de mediodías
buscando sombra
en un bosque de árboles talados.

7

En este siglo,
el hacha del mal
se vuelve contra la idea de árbol.

10

Un leñador pérfido
besó la herida de la encina,
y cuando ésta lo creyó su hermano
le dio el hachazo aleve.

11

El viento va de árbol en árbol,
diciéndoles que van a morir
a manos de un talador impío,
y ellos abren sus manos a la tarde,
incapaces de defensa y de llanto.

14. *Detritus Federal*

Frente a los volcanes invisibles,
en los basureros de las laderas peladas,
pastan los hombres
su *smog* de cada día.

15

De todos los árboles que crecen en la tierra,
ninguno como los de mi infancia:
el fresno, el oyamel, el trueno
y el que nace cada día.

17

Arrasado el bosque de tu infancia, ¿adónde voltearás
para hallar tus pasos que no hicieron camino en el día verde?
Cortados los oyameles de tus años de niño, ¿adónde escucharás
la voz del poema, que como serpiente herida, volaba entre las
ramas?
Caídos los muros de tu casa, ¿adónde descansarás
cuando la tiniebla invada las cavernas de tu cuerpo?
Talado y quemado el cerro de tu pueblo, ¿a qué cima llegará
la mariposa Monarca, imagen de la resurrección del invierno?

18. *Willow do walk/ if you travels late*

A la orilla del río de aguas negras,
el sauce urbano tiene por costumbre
desarraigarse y andar de noche
tras el peatón efímero.

25

Los robles tienen alma,
y cuando los matan
dan voces
que sólo escucha el aire.

26

Cuando tumban a un árbol
su sombra cae en pedazos
sobre la tierra muda,
y silenciosa sangra.

27

"No me hieras", dice un árbol
al hombre armado con una hacha,
"es tu cuerpo que abates
y tú también te mueres."

28

Los hijos de Caín
van por el mundo
matando hombres
y derribando árboles.

36. *Cuento del talador que cortó el árbol sagrado*

Al bosque de la mañana llegó un día
un talador con cien hachas,
para cortar el árbol sagrado,
húmedo de rocío.
Era un fresno antiguo
de corona hemisférica,
follaje denso gris
y frutos amargos.
Sus raíces se hundían
en las fuentes oscuras
donde las Parcas deliberan
sobre los destinos humanos.
El talador de cien hachas
quería hacer astas para sus lanzas,
empuñadas de acero,
mojadas en sangre.
Ciego, no vio la hermosura

del templo que derribaba;
sordo, no oyó el águila en sus ramas
ni a los pájaros gorjeadores.
Dio el primer hachazo
contra el grueso tronco,
saltó la corteza cenicienta,
vislumbró la humedad blanca.
Pero al segundo hachazo
el suelo se abrió bajo sus pies,
y sin poder asirse a nada,
cayó en un infierno de árboles talados.

37

Si el árbol fue divino,
es un dios en el polvo.

38. *Tema de Yeats*

Fue más bella que mi primer amor
esta encina en la niebla.

POEMAS A CLOE

LA HORA por la que tú preguntas no tiene día
el lugar por el que tú preguntas no tiene nombre

el hombre por el que tú preguntas no tiene cara
no tiene sombra

cuando te vas
nadie pregunta por la preguntadora

UNA estrella escucha a su luz
irse al infinito
un arroyo oye a su agua
llegar a su silencio

un hombre mira a su sombra
darse vuelta en el pasado
mientras sus pies se quedan
en el charco del día

OYE la palabra en tu boca
tomar cuerpo y salir al aire

óyela llamar a alguien
en medio de la mañana

y morir frente a una puerta
que se cierra

EL OJO busca su azul
en el día que perdió su tarde
el caballo corre hasta allí
donde ya no hay suelo que pisar
las palabras han de seguir
hasta el lugar donde el poema está hecho

EN EL ningún lado del mundo
tú estabas
y de pronto amaneció

Entre las fulguraciones de la luz
no estabas
en el Lugar Preciso

EN UN sueño vino el jugador
que se parece a mí mismo
a jugar conmigo

y perdí los pies para irme a la calle
los ojos que lo ven hacerme trampas
los oídos que te oyen decirme que no juegue con él
la voz que me grita que es un fantasma
el que reparte las cartas frente a mí

Cuando desperté perdí todo
sólo me dejó la mano
para escribir mis pérdidas

LOS TIGRES de Contepec no tienen selva
ni horas en el día
fuera de la historia corren
detrás de las gacelas del olvido

Los tigres de Contepec
cierran
los labios de sus ojos

EN LA mano imaginaria
cabe una montaña

caben dos cuerpos que se aman
cabes tú

FIN DEL MILENIO

A medida que nos acercamos al fin del milenio, nos hacemos semejantes a las criaturas que vivieron en el Año Mil y a las que probablemente vivirán en el Año Tres Mil. La muerte nos hará contemporáneos a los seres del pasado, la posibilidad de la resurrección parecidos a los del futuro.

Mil años han pasado desde el último fin del mundo. Mil años pasarán después de este fin de milenio. Entonces como ahora, el hombre sobrevivirá a su peor enemigo: él mismo.

Con cada milenio, como con cada instante, la edad del infortunio acaba, la edad del infortunio comienza.

Hoy, como hace mil años, la ley es zurda, el hombre muere y la más grande novedad sobre la tierra es la luz del Sol.

EN NUESTRO SIGLO

En nuestro siglo se ha escrito mucho sobre los derechos del hombre y se han cometido muchos crímenes contra el hombre; se ha hablado de la Naturaleza y se ha desnaturalizado la vida. El hombre individual ha sido defendido de la muerte y se ha comprometido como nunca el futuro de la especie.

En nuestro siglo, se ha hablado tanto que casi no se ha dejado oír la palabra humana; ha habido tantas canciones y tan poco canto.

En nuestro siglo, el último acto de rebeldía será el de rebelarse contra la rebelión. En la plaza ruidosa del mundo, el último acto poético será el de guardar silencio.

DESDE mi ventana
veo a un hombre decir
carretadas de palabras.

Veo a una mujer oír,
con los ojos abiertos,
carretadas de palabras.

Entre los dos, sin que lo sepan,
pasa una luz
semejante al silencio.

Al salir el sol,
nuestra sombra ya es recuerdo
en el suelo;

pero qué gusto a totalidad
tiene tu cuerpo desnudo
en mi anhelo.

Homenaje a la luz,
que nos confiere
esplendor y momento.

DIARIO SIN FECHAS, XI

1. *Carta a Cloe*

Hija mía:
No tenemos tiempo
para vivir todo lo que nos pasa,
la vida nos da la vuelta
como la corriente de un río a una roca.
Como si estuviéramos en la biblioteca de Alejandría,
queriendo leer todos los libros,
abarcar la historia junta,
no abrimos ningún libro,
solamente abrimos los ojos
para imaginar.

2

El campesino coge del suelo
la hoja del calendario: abril.

En sus manos
el tiempo sabe a tierra.

Yo hablo de padres y de gentes
y de una casa en el centro del pueblo.

El campesino mira sin entender,
tira la hoja del calendario: abril.

10

No se quiere ir
el niño bajo la lluvia.

Terminó el sueño,
terminó la noche,

y todavía está mirándome
el niño bajo la lluvia.

EL POETA EN PELIGRO DE EXTINCIÓN 1992

UN POEMA DE AMOR

Cuando hable con el silencio

cuando sólo tenga una cadena
de domingos grises para darte

cuando sólo tenga un lecho vacío
para compartir contigo un deseo
que no se satisface ya con los cuerpos de este mundo

cuando ya no me basten las palabras del castellano
para decirte lo que estoy mirando

cuando esté mudo de voz de ojos y de movimiento

cuando haya arrojado lejos de mí
el miedo a morir de cualquier muerte

cuando ya no tenga tiempo para ser yo
ni ganas de ser aquel que nunca he sido

cuando sólo tenga la eternidad para ofrecerte
una eternidad de nadas y de olvido

una eternidad en la que ya no podré verte
ni tocarte ni encelarte ni matarte

cuando a mí mismo ya no me responda
y no tenga día ni cuerpo

entonces seré tuyo
entonces te amaré para siempre

No sólo los idiomas de los hombres mueren
no sólo el bronce de la cabeza de Sulla se abre
no sólo el tigre de Bali se extingue

hay lenguajes privados que se apagan
hay sueños que nos rompen los ojos
hay animales nuestros que mueren de irrealidad en la calle

No sólo los panteones de las épocas pasadas
están llenos de dioses olvidados
el amor de los hombres está hecho de palabras perdidas

La cabeza de Sulla no es el bronce de ojos vacíos,
no es la nariz rota por un puñetazo del tiempo,
no es la boca desgarrada de los labios hasta el pecho.

No es esa mirada ciega por una furia nunca satisfecha
que recorre los siglos,
ni es la historia que se traga a sí misma.

La cabeza de Sulla es esa que lleva el hombre
de todos los días sobre los hombros,
y va mordiendo el aire

AUTORRETRATO A LOS SEIS AÑOS

Un vidrio separaba el cerro Altamirano
de mis manos.

Una puerta dejaba afuera el salón de clases
a la escalera que se precipitaba en el pueblo.
Todos querían entrar a la clase de español:
el gorrión, las piedras, el fresno y el azul del cielo.

Mi lápiz dibujaba a la maestra campesina:
su vestido raído, sus zapatos deslenguados.

Yo aprendía a leer como se aprende a ser:
tú, yo, padre, hermano, la sombra en la pared.

RETRATO DE MI PADRE CON TIJERAS

Llueve en Contepec, mi padre está en la tienda
y las tijeras en su mano se abren como dos cuchillas.

Las tijeras al cerrarse rasgan la manta, tela de pobre,
como si la vida se vendiera por centímetros.

El metro sobre el mostrador ignora lo que mide,
¿o su madera mide en secreto la tristeza de mi padre?

Porque tendero y cliente parecen cortados por la misma tijera,
la de la tristeza sin razón ni límite.

Llueve en Contepec, la tarde empedrada viene por la calle
hacia la casa donde mi madre cuece los duraznos.

Es una tarde verde que anda por los cerros
y abre la puerta del zaguán, puerta de toda maravilla.

RÍO

A Betty

Soy el río muerto,
los hombres envenenaron mis aguas
y con ellas la vida que había en mí.

Lustroso en la superficie,
me muevo inmóvilmente
hacia el poluto mar.

Mis peces matan,
mi sed mata,
mi cuerpo hiede.

La ciudad es mi tumba,
el aire rancio mi cielo,
mi tiempo un esqueleto que fluye.

Yo soy el hombre lobo,
me devoro a mí mismo.

Al amanecer corto el fresno
donde se posó la luna.

Al mediodía quemo los pastizales
donde corre el venado.

Al anochecer voy a la playa
a destazar tortugas.

Yo subo a la montaña
para cazar el águila.

Lo que Dios hizo en seis días,
yo lo deshago en uno.

Yo soy el hombre lobo,
me devoro a mí mismo.

PARAÍSO NEGRO

A Eva Sofía

Señora de los planetas muertos,
ten piedad de esta Tierra,
que desde el comienzo de los tiempos
cuelga de un rayo de luz.

Señora de los milenios
que se pierden en la oscuridad del momento,
ten piedad de las estrellas animales y vegetales
que se apagan en el aire, en el agua y en el suelo.

Señora de los pequeños mundos y los pequeños olvidos,
haz que nunca lamentemos la ausencia
de la ballena en los mares, del elefante en la tierra
y del águila en los cielos.

Danos la gracia de no despertar un día
en el Paraíso Negro.

RÍOS DE POETAS

El Tajo de Pessoa,
el Neva de Pushkin,
el Sena de Apollinaire,
el Guadalquivir de García Lorca,
me hacen pensar en los ríos
entubados, pútridos, muertos
de esta ciudad que un día,
con sus naves hundidas,
se ahogará en su sed.

LA YEGUA DE LA NOCHE

Hay un verso [de Shakespeare] que dice: I met
the night mare.
J. L. BORGES, "La pesadilla".

La yegua de la noche
lo hizo venir en sueños
y besar el aire.

Con las manos perdidas
se asió a ella,
quien no tenía orillas.

Adentro de sí mismo,
ella se volvió vacío
y pared helada.

Nunca se había hundido tanto
en un vientre tan cerrado y duro,
como en esa carnalidad lejana.

¿Quién es ella? —se preguntó,
abrazado a sí mismo,
mientras el hombre y la mujer
que él había sido,
lo miraban desde el borde de la cama
húmedos de amor.

VISTA DEL VALLE DE MÉXICO DESDE CHAPULTEPEC, *CIRCA* 1825

Todo el valle se abre desde lo alto
de la roca pórfida de Chapultepec
este viernes de julio, después de la lluvia.

Caminos de álamos y olmos llevan a la ciudad,
salen de la ciudad bañados por las aguas
del lago de Texcoco, plateado de orillas.

Hacia el sureste, los dedos púrpuras del Sol postrero
acarician los hombros nevados de la Mujer Blanca
y el cono estricto de la Montaña Humeante.

Por el Norte, en la falda del cerro del Tepeyac,
más allá de las praderas mojadas de luz,
aparece el santuario de la Virgen, morena de tierra.

''á entre los magueyes, por donde las calles verdes
hacia el Oriente, viene una mujer sola, la bisabuela
i madre, en la que yo ya voy, enamorado y diurno.

l lejano Sur, todo Sur es lejano,
camino carretero el día viejo se dirige a San Ángel
ojo, lleno de azul, parece querer irse de viaje.

Los pueblos indios se duermen entre los sembrados,
la ciudad culebrea metiéndose en la noche, y un colibrí,
forma de la fuga, se figura en las fauces del felino amarillo.

El tiempo mece la cabellera verde de los sauces;
en el Poniente, un cenzontle retumba
y el paisaje se anima, el pasado se mueve.

OTOÑO

Ese sol oro y malva...
J. R. J.

Ese sol malvado de las últimas horas
soñando en las paredes despintadas del cuarto,
pinta en los ojos voces de la primera infancia
cuando la casa estaba habitada por pájaros.

Pájaros amarillos, azules y morados,
y aquellos que ninguna imaginación ha formado,
cantaban en los espacios del aquí distante,
cuando el lejano ahora se estampaba en los cerros.

Padres, hermanos, animales, se han ido
de la jaula instantánea que nos encerraba a todos,
y en el rincón de harapos donde yo me he perdido
sólo quedan palabras.

A CLOE

Yo oigo tu presencia desde aquí,
aunque no te oigo a ti.
Me gusta tanto que estés allí
que no quiero que te vayas de aquí.
Tan cerca y tan lejos desde allí,
que casi me siento a mí.
Quizás aquí, allí y mí
no son más que formas
iguales y distintas de ti

EL INSOMNIO COMIENZA EN LA CUNA

A Cloe

El insomnio comienza en la cuna.
Recién despierto de la eternidad
el hombre no tiene sueño
ni ganas de dormir;
rodeado de tanta vida que no ha visto,
abre los ojos para mirar la luz
al borde de sus párpados.

El insomnio sigue toda la vida,
el hombre,
deslumbrado por tanta aurora
al borde de las cosas,
no quiere cerrar los ojos
por miedo a quedarse ciego
o a ya no abrirlos nunca.

El insomnio continúa en la tumba.

1491: 1991

Alberto Dürero dibuja a un hombre
con la cara apoyada sobre su mano derecha.
Los ojos de esa criatura hecha de tinta
miran al que los mira,
preguntándole, tal vez, lo que pregunta.
Esa mano, esa cara, son su autorretrato.

Quinientos años después, un hombre
observa ese dibujo y busca en esas líneas
los rasgos de su propia cara.
Con unas cuantas palabras traza
un autorretrato impersonal. No sabe
más sobre sí mismo que sobre Dürero.

LLUEVE en mi cuarto,
el agua moja las paredes.

El cuarto no tiene tejado,
el cielo nada en mi pecho.

Un árbol crece en mi mente,
en su follaje gorjea la lluvia.

Toda la noche cantan los álamos
la lluvia suena en mis manos.

Toda la noche siento en mi cuerpo
el cuerpo resbaladizo de la lluvia.

Toda la noche veo llover
las semillas blancas de mis ojos.

Al alba me levanto. Toco la luz
con manos líquidas. Yo soy la lluvia.

LLUEVO, atravieso el aire
convertido en mariposa blanca.

Fugaz y fugitivo lluevo,
entero y en partes.

Gota a gota caigo sobre mí mismo,
lejos de mí.

Yo fulmino, yo trueno,
yo soy la calle anocheciente

por la que tú caminas.
Yo lluevo.

EL POETA EN PELIGRO DE EXTINCIÓN

1

—El poeta está en peligro de extinción
—dijo el señor de los bigotes.

—El poeta es alguien de otra época
que va por el día diciendo cosas
que nadie entiende —dijo la señora.

—El poeta habla el lenguaje olvidado
de los hombres, mientras un albañil
se cae de un edificio —dijo el comerciante.

—El poeta escribe libros que nadie
quiere publicar ni vender ni leer
—dijo el profesor.

—Deberíamos formar una sociedad
para proteger a los poetas
en peligro de extinción —dijo la señora.

2

—Baudelaire nunca fue popular
—dijo el señor de los bigotes.

—A Dante, después de setecientos años
poca gente lo lee —dijo la señora.

—Góngora, absuelto y resurrecto,
ha caído de nuevo en el olvido —dijo el profesor.
—¿Qué podríamos hacer para que el público
conozca más a los poetas? —preguntó el comerciante.

—Nada, absolutamente nada —dijo el poeta.

—¿No decían que esta clase de hombre
estaba ya en peligro de extinción?
—preguntó el señor de los bigotes.

3

Dijo el poeta:
Por las calles del neblumo
ensartar lunas;
en el mundo de la comunicación
expresarse en lenguajes olvidados;
en el mercado de las cosas
que se huelen, se comen y se palpan,
o duran mil años guardadas,
tocar el cuerpo de la mujer inexistente.
Frente a la ventana de mi cuarto
ver pasar a mi doble entre los coches
como a un animal en peligro de extinción.

La que escribe es la mano que piensa,
es el cerebro que siente
el aire que caduca alrededor.

El pulgar y el índice aprietan la pluma
que va regando manchas de tiempo
en el papel.

La manga raída de la camisa blanca
y la uña quebrada en el meñique doblado
no alteran el orden de los términos.
Porque todos son términos de la frase larguísima
que ninguna mano humana
acaba nunca de escribir.

RÍO DE NINGÚN NOMBRE

Partió hacia el Nuevo Mundo
con los Caballeros de las Espuelas Doradas
que pasaron a la Hispaniola
con fray Bartolomé de las Casas.
Vagó por las islas y la tierra firme
en busca de fortuna:
un día se ahogó en sí mismo
en el Río de Ningún Nombre.

EL VACÍO
OBRA EN UN ACTO

Un cuarto. En las paredes no hay un cuadro,
una grieta, una mancha, una araña.
Del techo, de cordones pelados, cuelgan dos focos fundidos.
La entrada, sin puerta, da a una pared verde sucio.
La ventana, con el vidrio quebrado, no tiene hora.
En un rincón hay una mesa con nada.
En el silencio que sigue no se oyen pasos, voces ni crujidos.
En el cuarto no hay nadie. Nadie llega.
La obra puede durar un minuto o toda una vida.

ARZOBISPO HACIENDO FUEGO
1993

PINTAR LA NOCHE

Pintar la noche
con palabras impropias
y acostarte en ella
extensamente desnuda

Cortarte los pies de sombra
para que seas toda mía
y no te vayas   fantasma de carne y hueso
por las calles ruinosas

Hacer el amor
donde no hay cuarto
ni cuerpo
ni deseo

Hacer el amor
como se hace nada

LA PERRA SOLEDAD

Te quedaste parada
junto a tu puerta
sin decidirte a entrar
ni a salir
ni a hablar
ni a cerrar los ojos
solamente allí
esperando
esperando
acostarte
con la perra soledad

NICOLÁS

Dormía con el foco prendido. Tenía miedo
que las sombras se le materializaran,
y que la esposa que había abandonado en Contepec,
muerta de cáncer, se le apareciera.

Vestido se tendía en el camastro flaco.
Como una lagartija se asoleaba a medianoche.
Las pesadillas se le ponían en la pared
con cuerpo y nombre de mujer,
cuando aún tenía los ojos abiertos.

Murió un domingo de enero en la mañana.
Las minas estaban cerradas.
Las calles, las tiendas y las gentes estaban cerradas.
Un largo aburrimiento recorría el pueblo de Matehuala.

SOLA MENTE

El poeta Bert ya no tiene prisa
por alcanzar las calles de Amsterdam.
Anda por su cuarto con muletas,
baja los pisos en silla teleférica.
Se le ha hecho noche en todas partes,
usa lentes de gruesa sombra para leer la luz.
Ya no abre la puerta.
Sola mente está esperando a que la muerte
le quite las muletas
y lo deje parado en medio de sí mismo.

TODOS LOS PERROS SE LLAMABAN TARZÁN

A Eva Sofía

Todos los perros se llamaban Tarzán.
Todos los perros venían cuando él les decía Tarzán.
Todos los perros murieron respondiendo al nombre de Tarzán.

Cuando él falleció, siete tarzanes
salieron a su encuentro en el otro mundo.
Siete tarzanes llevaron su alma en el hocico
para pasarlo por el río sobrenatural.

LA ANUNCIACIÓN PERDIDA

Se perdió la Anunciación de Jan van Eyck.
En esa pintura, un ángel llamado Gabriel
le dijo a una virgen llamada María
que ella iba a alumbrar al Hijo de Dios.

El cuadro, el pintor, y el propietario del aposento,
donde transcurre la escena, han desaparecido
en ese rincón del tiempo que se llama sombra.

Medio milenio después el Hijo de Dios no ha nacido.
A esta tardanza, nosotros la llamamos
la Anunciación Perdida.

CUMBRE DE LA TIERRA, A. D. 1992

Se puso una fecha para nuestro encuentro
con los seres del futuro.
A la reunión sólo vinieron los muertos
y la fecha pasó de largo.

Ahora tenemos que fijar otra fecha
para que se vayan los muertos que vinieron.

Y vengan los muertos que aún no han nacido.
Si no, ¿cómo vamos a seguir jugando
a comernos el futuro?

ZAPATOS AL PIE DE LA CAMA

Hoy al despertar hallé mis zapatos al pie de la cama.
Perros atados de sus agujetas
para que no se separen uno de otro.
No vaya a ser que, olvidados de mí,
partan en sueños al pueblo de mi infancia
y jamás regresen.

ARZOBISPO HACIENDO FUEGO

Arzobispo haciendo fuego
con los libros del indio de Mesoamérica
vuelve las palabras humo,
mientras las figuras pintadas
se retuercen en las llamas
como si estuviesen vivas.

Arzobispo haciendo fuego,
aúlla.

ESTÁ MÁS LEJOS RÍO DE RÍO

Está más lejos Río de Río que tú de mí,
¿cómo es eso?
¿Cómo es que acabando de llegar ya te hayas ido
y teniéndote cerca de mí toda la vida
no te he tenido nunca?

¿Cómo es que mirándote en el espejo
has desaparecido del cuarto,

y después de tanta presencia
sólo tenemos la ausencia?

BECERRA URBANA

Anoche entre los coches
ibas por Paseo de la Reforma,
becerra urbana.

Unos ojos, un rostro cautivo,
una respiración entre las luces turbias.
Eso fue todo.

ACTOS

A Cloe

Sentarse a la mesa de un café vacío
estarse en el cine de una película acabada,
seguirse leyendo el libro más allá de la última página,
entrarse en la calle de una pintura de otro siglo,
ser cuando ya no se es,
venir por el día cuando ya todo el mundo ha cerrado los ojos.

MAYA

De Uxmal,
dime tú que sabes,
jaguar de la selva perdida

DESCENSO A LA CIUDAD POLUTA

Antes de que desciendas a la ciudad poluta
mira el cielo amarillo que te envuelve
como un vasto sarape desgarrado,

mira allá abajo la amiba que te espera
comiéndose a sí misma.

Antes de que desciendas al lugar donde la luz se olvida,
mira la mañana ebria de ruidos,
la catedral hundida como un barco gris,
las estatuas Fe, Esperanza y Caridad
volver hacia ti el rostro cacarañado.

Mira a la gente de sombra descolorida,
los cerros pelones que saludan tu arribo,
los perros, los niños y las margaritas
sufrir la muerte amarga de la lluvia y el aire.

El día aquí es un árbol marchito descuajado,
el beso aquí es una boca metálica y viscosa,
el tiempo aquí es una larga procesión de coches
camino al funeral del hombre.

SOBRE EL ESPEJO

No se quiere ir el niño del espejo.
Pasaron los años, terminó la vida
y aún está allí parado el niño del espejo.

Llenas de sábado las calles se van vaciando
y la figura solitaria se va haciendo
más pequeña en el espejo.

El espejo estaba quieto reflejando al cielo,
y de pronto pasaron olas,
guacamayas rojas.

El espejo es un pozo de cristal
donde nada un sol negro,
el ojo.

El cadáver pesa más que el cuerpo,
pero nadie ha pesado la muerte
en el espejo.

Los pájaros que cantan en el espejo,
en vano tratan de irse
por un cielo de ausencias.

Entrar en tu cuerpo como en un espejo,
hasta que la figura propia
se disuelva en la tuya.

El tiempo que se presenta
en la forma de un cuerpo,
se representa abismado en el espejo.

El ojo (como el espejo), ve todas las cosas,
pero no se ve a sí mismo
más que en el espejo.

Unos sienten pasar el tiempo
en los rizos del agua, otros ven venir
el ayer en las arrugas del espejo.

Hoy,
entre los cuerpos cautivos del espejo,
vi tu rostro fugitivo.

LUGARES Y DIOSES ROTOS

A Eva Sofía

Delos

Yo, Peisistratos, mando
que nadie nazca ni muera
en esta isla,
que a las mujeres encintas
y a los viejos,

símbolos de la mortalidad,
no se les deje desembarcar aquí,
que en esta isla,
purificada del tiempo,
sólo nazcan y mueran
las hormigas y las flores

La diosa decapitada

De la Koré aquella
que hablaba en el Eleusis
sólo queda un cuerpo sin cabeza.

La palabra la puso el aire.

A Afrodita

No me des de esa fruta
que se come con los labios;

con esa media boca
que te queda,
el amor es la muerte.

Phaidiamos: Sobre la tumba de su hija

El pie que solía llevar
el cuerpo por el camino,
es solamente un dedo
sin pie, sin cuerpo, sin camino.

Manos

Los puños
aprietan
aire,

el aire
no se deja
asir.

Cabeza de diosa

El cabello lo pintaron de rojo,
los ojos los hicieron de piedra negra,
las orejas fueron de bronce,
la nuca la figuraron de ausencia.

Corredor

El hoplita que corre sobre el mármol,
corre hacia sí mismo

y nunca llega.

Estela sepulcral

Si me voy de este mundo,
no me des la mano,
porque la mano,
como la piedra,
también se vuelve olvido.

Poseidón

El mar con rostro humano,

tócalo con los ojos.

El Ágora: La piedra que habla

Yo soy el límite del Ágora,
yo soy la piedra que habla:
Aquí donde Sócrates y sus discípulos
pasaron hablando de una parte a otra,
solamente el calor bate,
solamente las hormigas pululan.

Homero y Horacio se encuentran en el Hades, Año 2008, D. C.

Homero: Han pasado dos mil años
desde la última vez que nos vimos.

Horacio: Es cierto.

Homero: Qué hay de nuevo en la tierra.

Horacio: El hombre.

Homero: Y qué hay de viejo.

Horacio: La muerte.

POETA EN PELIGRO DE EXTINCIÓN, 4

En las sombras estaba el poeta
inclinado sobre sí mismo,
afilando pájaros de luz,

sacaba punta a los perfiles,
aguzaba los picos,
daba bulto a los cuerpos,

y cuando sintió que palpitaban,
abrió la puerta del invierno
y los dejó volar.

PERSONAJE

A Cloe

Yo inventaba senderos,
porque sus pies necesitaban caminos,

y nombres,
porque sus ojos precisaban gentes para ver,

y cuerpos,
porque su cuerpo quería cuerpos para amar,

y destinos,
porque debía tener una historia personal,

y él era yo y yo era él,
y un día llegó la hora

cuando los dos fuimos la misma persona
en un mundo de palabras ajenas.

PROPAGACIÓN DEL VERDE

Un día un pintor
pintaba la huella cálida

que dejan los ojos
en los caminos

cuando el verde
se propagó en el lienzo

y desde entonces
quedó allí el árbol.

RECOMENDACIONES CONYUGALES

Ya deja de decir *Okay*,
ya deja de repetir la misma cosa
en el mismo lugar,
que es como decir varias veces
la misma historia a la misma persona.
Ya tira esa cara vieja,
ya muérete.

CAFÉ TIROL: TREINTA AÑOS DESPUÉS

A Betty

Volvemos al lugar donde nos encontramos
treinta años después,

pero allí ya no está el lugar
ni estamos nosotros.
Todo se ha ido: el café,
las meseras y ellos:
nuestros fantasmas,
clientes del día desvanecido.
Rentado el local para otra cosa,
el Café Tirol se volvió tienda,
boutique y juguería.
Ninguno de esos negocios
sobrevivió a sí mismo.
Los espacios del tiempo
nos expulsan a cada momento
de nosotros mismos
y sólo nos queda lo que no hemos sido.
Antes, las calles de Reforma y de los ríos
llevaban al Café Tirol todas las tardes
y allá fumábamos el día,
nos bebíamos los años:
con amigos, enemigos,
escritores, artistas, vagos,
y aquellos putos de ambos sexos,
dispuestos a venderse a cualquier precio,
a burgués, político o delincuente,
pero como nadie les compró el cuerpo ni la cabeza,
allá andan vivos todavía
enfermos de su peor miseria,
la de ser ellos mismos.
Tú y yo, por nuestro lado,
nos fuimos del Café Tirol
a buscar el árbol de la vida
entre los árboles talados de este mundo,
y hoy como ayer, sólo hallamos
la hoja caída del fulgor presente.
De aquellos días, ya no decimos:
"Nos vemos a las siete en el olvido".
Porque de lo que fuimos,
ya no quedan los cuerpos ni las sillas,
sólo quedan palabras.

LOCA EN LA NOCHE

En alguna parte de la ciudad
vas caminando sola,
vas pisando las botellas rotas,
los espejos rotos de ti misma,
loca en la noche.

En alguna parte de la noche sucia,
vas caminando tú,
pisando los retratos viejos,
las imágenes entrelazadas de nosotros,
loca en la noche.

En alguna parte de ti misma
va caminando la ciudad,
va andando la noche,
y nadie puede ya alcanzarte,
amada mía,

loca en la noche.

EJERCICIOS PARA LA OSCURIDAD

A veces hago ejercicios para la oscuridad,
ejercicios para quedarme ciego y para la muerte,
ejercicios para afrontar el mundo descarnado
con la sola mente.

Temprano en la noche me levanto,
recorro mi cuarto como si fuese mi cuerpo,
ando a tientas entre mis recuerdos,
acumulo palabras y apuntalo mi nada.

Con los ojos cerrados palpo las facciones de mis hijas,
sus cabellos y sus mejillas toco,
y sobre todo sus labios,
donde la palabra hizo la luz un día.

Aprendo a acariciarlas de memoria,
porque lo que vemos desaparecerá una tarde,
no de su lugar ni de su cuerpo,
sino de nuestros ojos.

OLVIDOS

He visto olvidos de todos tamaños
al pie de las cosas,
más largos que sombras.
Olvidos junto al árbol que corre
y junto al río que crece,
olvidos en las manos que aprietan
los senos que huyen presentes;
olvidos que salen a nuestro encuentro
en forma de cuerpos
y pequeños silencios.
He visto olvidos antes del sueño,
y olvidos sobre olvidos
en el movimiento amoroso.
Yo he hecho una vida de olvidos,
un camino de olvidos,
una obra de olvidos.
El día que me muera
no será el día de mi muerte,
será el día de mi olvido.
El olvido de mi principio
se juntará al olvido de mi final.
Y todo, adentro y afuera de mí,
será olvido.

TIEMPO DE ÁNGELES
1994

A Cloe y Eva Sofía

TIEMPO DE ÁNGELES

Y Dios dijo: "Hágase el ángel".
Y el ángel fue hecho de palabras.
Y el hombre dijo: "Hágase el ángel
de palabras interiores.
Sea el ángel a semejanza de mi espíritu".
Y Dios dijo: "Que cada hombre
tenga en el cielo un ángel
a su imagen y semejanza
y cuando muera se haga uno con él".
Y el hombre dijo: "Si Dios no creó el ángel,
la imaginación debe crearlo,
porque si hay un vacío entre Dios y yo
no puede haber comunicación entre nosotros.
Es preciso que exista
un espíritu intermediario
entre el cielo y la tierra,
entre lo invisible y lo visible,
entre lo espiritual y lo material".
Dios dijo: "El hombre llegó tarde
para el tiempo de los dioses
y temprano para el ser,
el ángel llegó a tiempo
para los dos tiempos".
El hombre dijo: "Entonces,
el ángel es el cuerpo
que une los dioses y el ser,
es el puente que junta
la mirada con lo mirado".
Dios dijo: "Para que se entiendan
los ángeles y el hombre,
que los ángeles en la tierra hablen
el lenguaje de los hombres
y los hombres cuando sueñan
hablen el lenguaje de los ángeles;
porque hay una lengua original

que comprenden los ángeles
de todas las épocas y todas las razas
y es la que está hecha de poesía".
Dijo el hombre: "Entonces,
un ángel sabe cuando está delante de otro ángel,
no por lo que se dice y se revela,
sino por la luz que sale de sus ojos".
Dijo Dios: "Los ángeles no pueden ser vistos
por los ojos, porque están en nuestros ojos".
Dijo el hombre: "Entonces, el ángel
que buscamos en el mundo
está adentro de nosotros, es nosotros".
Dios dijo: "Cuando el hombre
se encuentre consigo mismo,
sea el ángel que buscaba en el mundo.
Porque el cuerpo de ambos
está hecho de palabras interiores".
El hombre dijo: "El ángel que no veo,
que no me ve, que va conmigo,
es el que seré, cuando yo muera".
Dios dijo: "Que el ángel del hombre
viva más allá del hombre,
se levante sobre su cadáver
y cobre su existencia verdadera.
Que el ángel tenga la forma
que el hombre quiera darle".
Dijo el hombre: "Entonces,
el ángel tiene el cuerpo
que la imaginación le da,
el ángel pintado en mi espalda,
el ángel tatuado en mis brazos,
me cubrirá la espalda
y me protegerá los brazos.
Un día será semejante a mí mismo".
Y Dios dijo: "El ángel, en este tiempo
de negrura que se aproxima,
sea mensajero de la luz.
El ángel sea igual al hombre.
Porque este es un tiempo de ángeles".

LA ÚLTIMA NOCHE DEL MUNDO

Creía que era la última noche del mundo
y que en el horizonte iban a aparecer los ángeles,
los de la luz y los de la oscuridad,
y en la contienda mortal muchos perecerían.
Los hombres serían los espectadores de la batalla
entre las huestes del bien y del mal.
De las nubes caerían los oros del día desgarrado.

Pero no era la última noche del mundo,
era una noche más que no iba a volver al mundo.
parado frente a la ventana de un cuarto que daba
a un río desaparecido, sobre unas casas grises,
un ángel pensaba en los cuerpos de agua que habían sido,
oía en la distancia la historia de su niñez perdida.
El río corría en el ayer, que es un futuro hacia atrás.

La virgen, una india mazahua, pedía limosna en la calle,
pero nadie la socorría con un quinto,
porque la calle estaba llena de indias mazahuas
y se necesitaba un costal de monedas para darles a todas.
Y porque nadie tenía las piernas flacas
y los bolsillos rotos, La calle era una soledad de concreto
que se perdía entre otras soledades de concreto.

Me dolía la cabeza al ver qué habían hecho
los hombres con el agua y con los pájaros,
y con los árboles de la avenida, y con la vida.
Me dolía la cabeza al ver mi sombra en la calle
y por saber que el fin del mundo se acercaba
por todos los caminos y todos los instantes.
Un mendigo de ojos fulgurantes me seguía.

Había frutas de plástico y animales disecados
en las vidrieras de las tiendas del hombre,
fotografías de la Tierra cuando todavía era azul
y de bosques hace tiempo destruidos.
Hambriento de memoria, pero más de mí mismo,
di vuelta en una calle, buscando sorprender
al mendigo, mi doble.

Encontré a un ángel patudo
leyendo el periódico bajo la luna turbia.
Sus huellas doradas estaban impresas en el pavimento.
LOS ÁNGELES INVADEN LA CIUDAD
—era la noticia del día.
LOS ÁNGELES ENAMORAN A NUESTRAS VÍRGENES
—era la noticia de ayer.

Entonces, desinflado, desganado,
me fui desandando los caminos,
como si el amor de los seres conocidos
se hubiese ido de las calles de la Tierra.
Entonces, al llegar a mi casa,
como el ángel de la ventana, me puse
a oír el agua del río desaparecido.

ZONA ROJA

Seguí al ángel patudo por la Zona Roja.
Iba descalzo dejando huellas doradas en el pavimento.
Huellas que en seguida el silencio borraba.
Pasó sin dar limosna a las indias mazahuas.
Pasó junto a los coches en doble fila,
ignoró a los policías y a las prostitutas.
Era sábado en la noche y había ruido
en el cuerpo y la cabeza de las gentes.
Era sábado en la noche y la ciudad gritaba.

El ángel atravesó una pared arañada
y se halló en la recámara de un prostíbulo.
Una esfinge de carne y hueso estaba echada en una cama.
Un hombre trataba de abrir una ventana sucia
que daba a un muro negro, pero no podía abrirla,
porque el marco estaba fuera de sitio.
Un ciego, con cara de ídolo borracho,
palpaba las formas redondas de un manequí femenino
y se ponía lentes con ojos azules pintados.

Los pasillos estaban llenos de maridos, de jóvenes barrosos
y de muchachas locas. Una de ellas tenía la boca grande,
los pechos flácidos, los muslos numerados.
El ángel nunca había visto un rostro tan solitario,
como el suyo. Ni ojos tan llenos de penumbra,
como los suyos, en el vidrio de la puerta.
Ojos negros, cafés, azules, verdes y transparentes.
Ojos que podían atravesar las paredes y los cuerpos.
Era la primera vez que él se veía a sí mismo en un espejo.

El ángel nunca había bebido alcohol ni había bailado.
Creía que cuando las parejas se abrazaban en el salón
lo hacían para volar juntas o para hacerse un sólo cuerpo.
Observaba de cerca a una mujer a la que le habían roto la boca
y se preguntaba si sería capaz de decir las palabras completas.
No imaginaba por qué estaba una niña desnuda en una habitación
ni por qué la muchacha morena llevaba el pelo verde
ni por qué los pechos y las piernas femeninas tenían precio.
El sólo calculaba la soledad del paraguas en la silla.

Afuera, un desesperado andaba al borde de un edificio.
Tenía la intención de saltar hacia el vacío
y las gentes de abajo esperaban que así lo hiciera.
Esa noche tenían ganas de ver un suicidio.En la calle,
clientes y prostitutas reconocieron al ciego borracho.
—No verá su sombra que se precipita hacia el abismo
—dijo un joven greñudo, cuando el otro se lanzó contra sí mismo.
Pero no cayó al suelo. Sólo cayó su grito.
Sostenido por el ángel. Se quedó parado en las alturas.

ÁNGEL MOTOCICLISTA

Conque el ángel va en motocicleta,
el pelo largo, las alas plegadas,
entregando cartas extraviadas.

A gentes que viven en habitaciones
sin puertas ni ventanas,

o no tienen domicilio fijo,
encerradas fuera de sí mismas.

Ansiosas de recibir noticias
de sus seres lejanos,
oyen llegar al ángel
mucho antes de que llegue,
como si él llegara por adentro.

Allí en la calle, con su cuerpo etéreo,
volando sobre la velocidad de la moto,
él atraviesa despreocupada mente
el tráfico urbano.

No es el enviado de Dios, es Rafael Sánchez,
mensajero de la Compañía Privada de Correos, S. A.,
entregando cartas extraviadas
a los desconsolados
en el servicio de mediodía.

EL ÁNGEL DE LA UBICUIDAD

El ángel de la ubicuidad,
no ha aparecido en este sitio.

Visible en otros lugares de la tierra,
no se ha presentado en esta calle.

Vertical y horizontal puede ser
la posición de su cuerpo. Dicen.

Pero aquí no lo hemos visto
ni parado ni acostado. Nadie sabe por qué.

En esta calle donde estamos conscientes
de los límites del cuerpo,

no hemos percibido su estar,
ignoramos su ser.

La mente que desdobla las imágenes
y duplica a los durmientes,

no se ha multiplicado aquí,
no tiene lugar en este espacio.

El ángel de la ubicuidad,
que se ha manifestado en todo el mundo,

que se ha desdoblado en muchos cuerpos,
no ha aparecido en este sitio.

EL ÁNGEL DOBLE DE SÍ MISMO

Ángel que ve a su doble morirá,
porque se convertirá en sí mismo,
en su doble material.
Una figura espejo de la otra.
El ángel visto nos revelará
a nosotros mismos,
y nosotros lo revelaremos a él.
Los ojos que así se miran
las pupilas se beberán,
sorprendidas en el acto
de crear y de destruir.
El ser perdido en la luna engañosa
se despedirá de su persona,
alejándose en un cuerpo ajeno
idéntico al suyo.
Suicidio de la mirada
que se encuentra a sí misma.
Intercambio de dobles
a través del espacio del ser y el estar,
o mediante el ojo que devora al ojo.
En la sombra que dejamos en el suelo,
quedará algo semejante a lo que fuimos.
Otro lo recogerá.

EL ÁNGEL DE LOS NOMBRES

Al igual que el hombre,
que nombrando los siglos venideros
ha nombrado el olvido,
el ángel va poniendo nombres
a los lugares que visita
y a las cosas que mira,
para que sus pasos sobre la tierra
no sigan un curso ciego.

En torno suyo, la luz pega
sobre las piedras viejas
y él va por la ciudad
nombrando edificios:
ruinas contemporáneas,
cayéndose de rodillas,
mirándonos con ojos quebrados,
abrazándonos con manos rotas.

Las calles son páginas
llenas de nombres pegados a las paredes,
de nombres fijos en las ventanas
y de nombres que caminan.
A cada paso hay algo o alguien
que es necesario nombrar.
(En el tiempo hay hoyos negros
que se comen los pasos, las palabras.)

Nuestra vida está encerrada
entre lápidas de nombres.
Si se nace se da un nombre.
Si se muere se da un nombre.
Lo que el hombre da a cada momento
es un nombre. Si habla de amor,
da nombres. Pues,
necesita nombres para ser.

Vive en la jaula de las denominaciones,
con nombres delimita el terreno,

circunda los hechos, asegura el presente.
Pero en la cadena memorizada de la vida
hay amnesias serias, vacíos inexplicables,
esqueletos con partes cubiertas
de un polvo que no se puede nombrar,
y se crean zonas de silencio en medio de la calle.

Los cementerios están llenos de nombres
sepultados a perpetuidad engañosa,
porque en este mundo
ni siquiera la muerte es eterna.
Porque en este mundo sólo basta
que un cuerpo sea inhumado
en el lugar de otro
para que un nombre recubra a otro.

En el día dudoso hay árboles,
hay animales, hay ciudades,
hay personas, hay caminos
que parecen haber sido nombrados
para siempre. Pero sucede un fuego,
una tormenta, un terremoto,
la mano del hombre
y todo cambia de nombre.

Cargado de palabras,
el ángel va poniendo nombres
a las cosas de la Tierra antigua,
aunque él no tiene voces,
ni conocimiento suficiente,
para nombrarlas a todas.
El ángel va poniendo nombres,
hasta perderse en el Poniente amarillo.

DEL HOMBRE Y SU NOMBRE

El creía que en el espacio el hombre
tenía un sonido propio, su nombre.

El creía que en el espacio el hombre
tenía un sonido propio, su nombre.

El creía que la cifra sonora del hombre
era aprehensible por su nombre,

que si se profería su nombre
era tocado interior mente el hombre.

En todo caso el nombre
podía hacer presente al hombre,

al hombre, que en todo tiempo y lugar
buscaba irse de su nombre.

Y él creía que cuando moría el hombre
caía en el silencio de su nombre.

EL ÁNGEL QUE NUNCA EXISTIÓ

Sobre las tumbas, que también se mueren,
y las raíces del árbol de la vida,
que también se pudren,
apareció en el Poniente amarillo
el ángel que nunca existió

Al caer la tarde, bajo la Luna roja,
en el fresco de una iglesia antigua,
se figuró con sus ropas emblemáticas,
su escudo, su espada y sus pies planos,
el ángel que nunca existió.

No pudieron guardarlo paredes,
arquetas, sagrarios ni cajas fuertes,
de la escena despintada del fresco
salió armado, asexuado, adolescente,
él ángel que nunca existió.

Enroscada en una cintura estaba la serpiente
de la historia que se muerde la cola.
Atravesado por su espada de palabras,
se retorcía en el abismo de sí mismo
el dragón del mal.

Parado en la pirámide del Sol,
el pelo hirsuto y las alas abiertas,
los ojos dorados, el aliento potente,
tocó hacia las cinco direcciones del espacio
la trompeta del último día.

Hacia atrás, hacia delante del tiempo
el ángel difundió las lúgubres noticias.
Los difuntos lo oyeron en su profundo olvido.
Los vivos, más muertos que los muertos, lo oyeron.
El caballo negro galopó. El caballo pálido relinchó.

En los intersticios del cuerpo,
donde el gusano roe toda memoria,
en el lecho, donde el amor se atasca
y las muertes abrazadas se funden,
el ángel del ayer miró el futuro.

Y todo el futuro transcurrió.
Cuando el ángel pintado salió de la pared
y voló hacia la pirámide del Sol,
donde en una hoguera pétrea la era comenzó.
El ángel que nunca existió.

ÍNDICE

ANTES DEL REINO
1963

AJEDREZ-NAVEGACIONES
1969

LOS ESPACIOS AZULES
1969

EL POETA NIÑO
1971

QUEMAR LAS NAVES
1975

VIVIR PARA VER
1977

CONSTRUIR LA MUERTE
1982

IMÁGENES PARA EL FIN DEL MILENIO
1986

NUEVA EXPULSIÓN DEL PARAÍSO
1990

EL POETA EN PELIGRO DE EXTINCIÓN
1992

ARZOBISPO HACIENDO FUEGO
1993

TIEMPO DE ÁNGELES
1994

Esta edición, cuya tipografía y formación realizó *Angelina Peña Urquieta* en la Subgerencia de Composición Electrónica del Fondo de Cultura Económica, y cuyo cuidado estuvo a cargo de *Diana Luz Sánchez*, se terminó de imprimir en junio de 1994 en los talleres de Impresora y Encuadernadora Progreso, S. A. de C. V. (IEPSA), Calz. de San Lorenzo 244; 09830 México, D. F. El tiro fue de 3 000 ejemplares.